Jane Gardam

Weit weg von Verona

Roman

Aus dem Englischen
von Isabel Bogdan

Hanser Berlin

Die englische Originalausgabe erschien 1971
unter dem Titel *A Long Way From Verona*
bei Hamish Hamilton Ltd

Motto: Aus Lewis Carroll, *Alice im Spiegelland*,
übersetzt von Helene Scheu-Riesz und Nicola T. Stuart,
Jacoby & Stuart 2017

1. Auflage 2018

ISBN 978-3-446-26040-5
© Jane Gardam 1971
Alle Rechte der deutschen Ausgabe
© 2018 Hanser Berlin in der
Carl Hanser Verlag GmbH & Co. KG, München
Umschlag: Anzinger und Rasp, München
Motiv: © Elizabeth Mayville
Satz: Greiner & Reichel, Köln
Druck und Bindung: CPI books GmbH Leck
Printed in Germany

Die Sonne schien das Meer entlang,
sie schien mit aller Macht
und scheuerte die Wellen blank
zu heller Glitzerpracht.
Und das war wirklich sonderbar,
so mitten in der Nacht.

Lewis Carroll, *Alice im Spiegelland*

Teil I

Der Verrückte

1

Ich möchte von Anfang an klarstellen, dass ich nicht ganz normal bin, denn im Alter von neun Jahren hatte ich ein einschneidendes Erlebnis. Das sage ich lieber gleich, denn mir ist aufgefallen, dass man beim Lesen, wenn etwas erst so langsam im Laufe eines Buches durchsickert, irgendwann enttäuscht ist oder sich ausgetrickst fühlt, wenn es dann klar wird.

Ich bin allerdings zum Glück nicht verrückt, und soweit ich weiß, gibt es da auch in meiner Familie keine erbliche Vorbelastung. Was mich von anderen Mädchen meines Alters – dreizehn Jahre – unterscheidet, ist Folgendes: Als ich neun war, kam ein Mann in unsere Schule – eine Art private Kinderaufbewahrung, wo man ab fünf Jahren hingehen konnte, und die meisten Mädchen verließen die Schule wieder, wenn sie elf waren, außer sie waren wirklich sehr dumm –, um uns zu erzählen, wie man Schriftsteller wird. Nicht viele von uns hatten wirklich schon darüber nachgedacht – über Schriftsteller im Allgemeinen, ganz zu schweigen davon, selbst eine zu werden. Ich am allerwenigsten, jedenfalls hatte ich es nicht wirklich in Erwägung gezogen. Ich hatte aber schon seit einigen Jahren geschrieben. Bei uns zu Hause lag immer jede Menge Papier herum, mein Vater war Housemaster an einer Schule; ich kann mich an keine Zeit erinnern, in der ich nicht Stifte in die Hand genommen und Dinge aufgeschrieben hätte. Komisch, aber ich kann mir immer noch nicht vorstellen, Papier zu *kaufen*. Es kommt mir vor, als müsste es das kostenlos geben. Wie bei Pastorenkindern mit der Kollekte. Manchmal stehle ich Papier, wenn ich mit den Gedanken woanders bin.

Dieser Mann kam also. Wir waren alle im größten Klassenraum, die Kleinen saßen im Schneidersitz auf dem Boden, die Großen lümmelten sich auf Stühlen dahinter herum, und man sagte uns, wir sollten still sein. Die Tür ging auf, und hinter der Direktorin kam dieser entsetzlich müde aussehende Mann herein. »Liebe Mädchen«, sagte sie, »das ist Mr Arnold Hanger. Er kommt von sehr, sehr weit her, um euch zu erzählen, wie man Schriftsteller wird. Sie brauche ich gar nicht groß vorzustellen, Mr Hanger, denn wir alle *lieben* Ihre Bücher so sehr (strahl, strahl), dass wir das Gefühl haben, Sie schon gut zu kennen.«

Dann sagte sie noch einmal recht scharf »Mr Hanger«, denn ihm war das Kinn auf die Brust gesunken, als würde er gleich wegnicken. »Mr Hanger«, sagte sie, »für uns sind Sie fast wie ein alter Freund.«

Alle applaudierten wie verrückt und klatschten den anderen auf die Knie und stießen einander in die Seite und schnaubten und versuchten sich nichts anmerken zu lassen, denn natürlich hatte NIEMAND je von dem Mann gehört, außer vielleicht der Direktorin. Ich bin sicher, dass keine der anderen Lehrerinnen ihn kannte, denn die waren entweder zu alt, um überhaupt noch irgendwas zu lesen, oder sie hatten es gar nicht gelernt. Es war eine ziemlich eigenartige Schule.

Der Mann sah aus, als sei ihm das auch klar. Er öffnete langsam die Augen, als die Direktorin sich hinsetzte und auf ihrem Stuhl zurechtrutschte, ganz pudrig, mit ihrer züchtigen Bluse unter dem tief ausgeschnittenen, losen Oberteil, und hoffnungsvoll zu ihm aufsah. Aus irgendeinem Grund war das wahnsinnig lustig, und das Mädchen neben mir und ich brachen fast zusammen, beinahe hätte ich rausgehen müssen. Ich nehme an, mein ganzes Leben wäre anders verlaufen, wenn ich das getan hätte.

Jedenfalls.

Arnold Hanger stand mit einem tiefen Seufzer auf und betrachtete uns, dann breitete sich ein wundervolles Lächeln auf seinem ganzen Gesicht aus, und er fing an zu sprechen. Er war absolut umwerfend. Sogar die aus der obersten Klasse, die wirklich Garstigen, die den ganzen Tag nur rumsaßen und gähnten und nach der Schulzeit einfach genauso weitermachen würden – es war eine ziemlich vornehme Schule –, selbst die setzten sich auf und hörten zu.

Er hatte eine sehr schöne Stimme, und er hatte jede Menge Bücher dabei, in denen Zettel steckten, mit denen er sich bestimmte Stellen markiert hatte, und er nahm erst ein Buch zur Hand, dann das nächste, und las uns Stellen vor – lange, lange Stücke, und manchmal ganz kurze. Gedichte und alles Mögliche.

Na ja, ich war erst neun und fast noch im Märchen-Alter. Tatsächlich war es nicht so einfach gewesen, mich überhaupt ans Lesen zu kriegen, denn ich stromerte immer umher und kritzelte auf dem Schreibpapier meines Vaters herum, drückte das Gesicht ans Fenster und so weiter; ich VERPLEMPERTE ZEIT, sagten sie immer. Er fuhr fort – Buch um Buch um Buch, von dem ich noch nie gehört hatte. Gedichte und Geschichten und Dialoge und Teile aus Theaterstücken, alles mit verschiedenen Stimmen vorgetragen. Ich saß so still, dass ich gar nicht aufstehen konnte, als er fertig war, so steif war ich.

Die Direktorin bedankte sich bei ihm (strahl, strahl, STRAHL), und er sah plötzlich wieder traurig und müde aus und trottete mit gesenktem Kopf hinter ihr her zur Tür, während wir klatschten und klatschten. Er blieb mit dem Rücken zu uns einen Augenblick lang in der Tür stehen, dann drehte er sich um und starrte uns an; plötzlich hob er die Hand, und wir wurden still.

»Danke«, sagte er. »Freut mich, dass es euch gefallen hat. Falls ich hier heute irgendwen überzeugt habe, dass Bücher Spaß machen sollten, dass Englisch nichts mit Pflichterfüllung zu tun hat, dass es nichts mit der Schule zu tun hat – mit Arbeitsblättern und Hausaufgaben und Ankreuzen und Durchstreichen –, dann bin ich glücklich.« Er wandte sich um, aber dann drehte er sich noch einmal zu uns und rief, er *brüllte*: »Zur Hölle mit der Schule!«, schrie er. »Zur Hölle mit der Schule! Es geht um die Sprache. DIE SPRACHE IST DAS LEBEN.« Die Direktorin packte ihn und führte ihn zum Tee in ihr Arbeitszimmer. Sie sah nicht gerade begeistert aus, und wir wurden entlassen, und ich rannte nach Hause.

Ich holte alles, was ich je geschrieben hatte, aus meinem Schreibtisch und raste zurück in die Schule – meilenweit entfernt –, aber als ich ankam, sah ich das Taxi zum Bahnhof gerade losfahren und Mr Hangers Hut durch die Rückscheibe. Ich drehte mich um und flog wieder nach Hause, durch unseren Garten und hinten wieder raus in Richtung der Gleise, ich sah nach rechts und links und überquerte die Gleise und lief durch die Schrebergärten an den Gleisen entlang bis zu dem Hang, der zum Bahnsteig hinaufführt, und dann den Bahnsteig hinunter.

Ich war vor ihm da und musste warten, bis er über die Brücke kam.

Er kam sehr langsam. Er trug einen flachen, braunen Hut und einen langen, schon etwas älteren Tweedmantel. Mitten auf der Brücke blieb er stehen, beobachtete den Zug beim Einfahren, sah ihm in den Schornstein und ließ sich vom Qualm einhüllen, wie mein Vater und ich früher, als ich noch klein war, bevor mein Bruder geboren wurde. Und dann trottete er ganz langsam, als wäre es ihm egal, ob er den Zug erwischt oder nicht, die Holzstufen der Fußgängerbrücke hinunter. »Nun machen Sie schon«, rief der Schaffner und hielt ihm eine Tür zur dritten Klasse auf. »Machen Sie hin!«, und ich lief zu ihm, als er gerade einstieg.

»Würden Sie sich das mal angucken?«, fragte ich. Ich schob mich vor den Schaffner und warf Mr Hanger meine ganzen Zettel zu. »Jetzt aber«, sagte der Schaffner. Es wurde gewinkt und gepfiffen, und ich sah Arnold Hanger drinnen auf dem Boden herumkriechen und dann mit dem Lederriemen kämpfen, mit dem sich das Fenster öffnen ließ. Er bekam den Kopf erst heraus, als der Zug schon am Ende des Bahnsteigs war, aber ich folgte ihm noch ein Stück den Hang hinunter, und er nahm den Hut ab und winkte sehr galant damit und verpasste das Signal nur um Haaresbreite. »Das mache ich! Und wohin soll ich es zurückschicken?«, rief er, und ich rief zurück: »Ich habe meinen Namen und meine Adresse draufgeschrieben!« (Tatsächlich neigte ich damals dazu, meinen Namen und meine Adresse auf alles zu kritzeln, was ich schrieb. Und auch auf alle möglichen anderen Sachen, vor allem auf meine Arme und Oberschenkel. Ich habe festgestellt, dass das typisch für Kinder in dem Alter ist.)

Nach einem kleinen Geplänkel mit dem Schaffner und nachdem ich durch den Gepäckraum hinausgescheucht worden war, beruhigte ich mich ein bisschen, und dann war es mir peinlich. Ich erzählte niemandem, was ich getan hatte, und komischerweise sprach auch in der Schule niemand über den Vortrag, auch ich nicht. Ich behielt für ein paar Tage die Post im Auge, aber dann vergaß ich es, was auch typisch ist, wenn man acht oder neun ist. Das war auch ganz gut so, denn ich hörte erst Monate später wieder davon, mitten im Winter. Tatsächlich war es genau an dem Tag, als wir unser Haus verließen und auf die andere Seite Englands zogen – »in die abscheulichste Gegend des Landes«, wie meine Mutter sagte –, weil mein Vater nicht mehr Lehrer sein wollte, sondern Hilfsgeistlicher.

Wir saßen im Taxi zum Bahnhof, meine Mutter weinte, und Rowley, mein Bruder, weinte auch – er war noch sehr klein und tat selten etwas anderes –, und mein Vater sprach mit dem Taxifahrer darüber, ob es Krieg geben würde oder nicht, und versuchte, nicht zu unserem Haus zurückzuschauen, in dem noch unsere Vorhänge in den Fenstern hingen und unsere Gartenstühle auf dem Rasen standen. Selbst die Schaukel hing noch im Birnbaum, denn das Haus gehörte der Schule, und das meiste darin mussten wir für den nächsten Housemaster und seine Familie dalassen.

Ich sagte: »Wir hätten die Schaukel abnehmen sollen. Sie wird morsch, wenn sie den ganzen Winter draußen bleibt.« Und mein Vater sagte: »Ach, die Eaves werden sie morgen abnehmen. Guter Mann, Eaves. Er wird sie streichen und ölen und sie über den Winter auf den Dachboden bringen. Ich würde mich nicht wundern, wenn er im Frühjahr die Gartenmöbel streichen lässt.«

»Ich mag es, wenn die Gartenmöbel so abblättern«, sagte ich, und dann musste ich auch weinen, und mein Vater rief: »Meine Güte! Was ist denn mit euch allen los? Willy« (er kennt immer alle mit Namen), »Willy, leg dich in die Riemen. Lass das Taxi in See stechen.« Dann zückte er sein Taschentuch und putzte sich sehr laut die Nase und schnaubte geräuschvoll und ausgiebig, bis ihm die Augen tränten.

Als er das Taschentuch wegsteckte, sagte er: »Hier, Jessica, ich habe ganz vergessen, dir das zu geben. Heute ist ein Brief für dich gekommen.« Und als das Taxi hielt, überreichte er mir einen langen, dicken Umschlag, der in leuchtend blauer Schreibmaschinenschrift an mich adressiert war.

Ich öffnete ihn sofort in dem kleinen Gang, in dem wir für die Fahrkarten anstehen mussten, und ließ die ganzen Sachen fallen, die ich hätte tragen sollen, weil meine Mutter Rowley und die Babytasche und eine Menge Päckchen hatte (sie ist eine sehr schlechte Packerin). »Jessica«, sagte sie, »musst du das denn *jetzt* lesen?« Und ich antwortete nicht, sondern guckte nur, denn in dem Umschlag steckte alles, was ich je geschrieben hatte, und obendrauf hatte Mr Hanger einen Zettel geheftet, auf dem stand ebenfalls in leuchtend blauer Schreibmaschinenschrift:

JESSICA VYE, DU BIST OHNE JEDEN ZWEIFEL EINE ECHTE SCHRIFTSTELLERIN!

2

Diese Erfahrung hat mich grundlegend verändert, wie im Himmel, »in einem Augenblick«, und ich glaube, es ist der Grund für die nächste Sache, die ich klarstellen muss. Nämlich: Ich bin nicht besonders beliebt. Manche mögen mich sogar ausdrücklich nicht. Also, um es ganz ehrlich zu sagen, ziemlich viele Leute können mich absolut nicht leiden.

Das sage ich nicht nur so, um Mitleid zu erregen, wie älteste Geschwister es angeblich tun, wenn sie in der Zuneigung ihrer Eltern einen neuen Platz zugewiesen bekommen, weil ein zweites Kind geboren wird. Ich bin überhaupt nicht eifersüchtig auf Rowley. Man kann gar nicht eifersüchtig auf ihn sein. Er ist wirklich süß, nur entsetzlich verwöhnt, und man lässt ihm alles Mögliche durchgehen, für das man mich gewiss hätt' ausgeschimpft (ich spreche, wie übrigens auch Shakespeare, gern in Blankversen).

Was ich allerdings am Unbeliebtsein nicht verstehe, ist, dass die Leute mich am Anfang oft sehr mögen. Das merkt man. Zum Beispiel, als wir von Vaters Schule hierhergezogen sind, nach Cleveland Sands, und ich auf die Highschool nach Cleveland Spa geschickt wurde, war ich am Anfang wahnsinnig beliebt. Ich wurde im allerersten Trimester gleich zur Klassensprecherin gewählt, und sogar zum Schlagball-Captain, obwohl ich da hoffnungslos schlecht bin, und alle wollten mich in ihren Teams und mit mir seilspringen und für Zugtickets anstehen. Dann wurde es langsam immer weniger, und irgendwann hassten mich alle genauso sehr, wie sie mich vorher geliebt hatten. Es war schrecklich. Ich sah sie die Lippen kräuseln und sich abwenden und kichern. Ich hatte keine Ahnung, was ich tun sollte. Ich besorgte mir drei Tüten Karamellbonbons – das war noch vor der Rationierung – und reichte sie herum und sagte: »Nimm ruhig zwei, ich habe jede Menge«, aber sie sahen mich alle nur an, als wäre ich verrückt, und sagten »Danke« und starrten mich weiter an, während sie die Hände in die Tüte steckten, und hinterher hörte ich sie darüber lachen. Florence Bone – meine Freundin – fragte: »Warum tust du das?«, und ich antwortete nicht. Dann fragte ich: »Warum *hassen* mich alle so?«, und sie sagte: »Tun sie doch gar nicht. Was hast du denn? Reg dich mal ab.« Florence Bone ist selbst total unaufgeregt und ausgeglichen und wahnsinnig gut in Mathe und grundsätzlich sehr ehrlich.

Aber in diesem Moment war sie nicht ehrlich. Ich wusste, dass sie mich nicht leiden konnten, und bis auf Florence mochte ich auch niemanden so richtig, insofern hätte es mir auch egal sein können. »Was erwartest du denn?«, fragte Florence. »Wir finden dich völlig in Ordnung. Was willst du denn noch?«

Aber sie log. Ich muss noch etwas über mich erzählen, damit klar ist, dass sie log: Ich weiß immer, was die Menschen denken. Damit brüste ich mich nicht. Ehrlich, ich wurde einfach so geboren. Tatsächlich ist das gar nicht so ungewöhnlich, ich kenne noch ein oder zwei weitere Leute, die das können. Eine habe ich letztes Jahr kennengelernt, von der werde ich noch erzählen, und das wird Ihnen gefallen, denn sie war die schrecklichste Frau … Aber darum geht es jetzt nicht.

Es geht um Folgendes, in drei Punkten. Dreierlei. Also:

1. Ich bin nicht ganz normal.
2. Ich bin nicht sehr beliebt.
3. Ich weiß immer, was Leute denken.

Und ich könnte noch hinzufügen:

4. Ich kann entsetzlich schlecht die Klappe halten, wenn mir etwas durch den Kopf geht, denn
5. ICH SAGE UNWEIGERLICH IMMER UND ÜBERALL DIE WAHRHEIT.

Darauf bilde ich mir wirklich nichts ein (Nr. 5). Ich komme nicht dagegen an. Man braucht sich nichts auf etwas einzubilden, wozu man nichts kann. Es ist eher eine Art Krankheit. Florence Bone meint, ich sollte wirklich mal mit einem Psychiater darüber sprechen, ich habe sogar schon meinen Vater gefragt, ob er das auch findet. Er hat nur geschnaubt wie ein Verrückter und gesagt, er kennt niemanden, der einen Psychiater so wenig nötig hat wie ich.

Dass ich immerzu die Wahrheit sagen muss, hat übrigens überhaupt nichts damit zu tun, dass mein Vater Hilfsgeistlicher ist.

Als ich schon seit Ewigkeiten in Cleveland Spa war und zwölf Jahre alt, dachte ich, zum Abschluss des Schuljahrs wäre es doch nett, irgendetwas zu unternehmen, zum Tea ausgehen oder so was. An der Ecke Ginger Street lag ein Tea Shop, der Elsie Meeney's hieß, an dem wir jeden Tag auf dem Weg zum Bahnhof vorbeikamen (Cleveland Spa liegt zehn Meilen von Cleveland Sands entfernt). Es war ein düsterer Laden mit einem gläsernen Vordach über dem Gehweg, das von Pfeilern gehalten wurde. Vor dem Krieg hatten Blumenkörbe zwischen den Pfeilern gehangen und dem Laden Atmosphäre verliehen. Die Metallkörbe hingen immer noch dort, aber es waren keine Blumen mehr drin, und das Glas war wegen der Bombenangriffe aus dem Vordach genommen und durch Bretter ersetzt worden.

Im Schaufenster standen schiefe Kuchenregale, in denen runde Papierdeckchen lagen, wo Kuchen hätten stehen sollen. Ein Schild pries Hochzeitstorten an, und in einer Ecke lagen zwei ältliche Teekuchen. Obwohl erst seit etwas mehr als einem Jahr Krieg war, wirkten die Cafés schon viel zu groß.

»Kriegt man hier überhaupt noch Tea?«, fragte Helen Bell. »Sieht nicht aus, als würde hier noch irgendetwas passieren.«

»Kriegt man«, sagte ich. »Ich habe mich erkundigt. Ich bin einmal zur Dinnerzeit reingegangen und habe gefragt. Ich sagte: ›Machen Sie nachmittags noch Tea?‹, und drinnen hängt tatsächlich ein Anschlag, auf dem steht: ›Tea‹.«

Die drei – es waren Helen Bell, Florence Bone und die komische Cissie Comberbach – wirkten, als würden sie es erst glauben, wenn sie es sahen, und wir drängten alle in den Laden und legten unsere Schuhbeutel und Gasmasken und Schulranzen auf den Boden und nahmen die Umschläge mit den Zeugnissen so lange in den Mund. Hinter dem Tresen stand eine dünne Frau mit einer lavendelfarbenen Schürze und las eine Zeitschrift. Hin und wieder schniefte sie lautstark und blätterte um. Florence stupste mich an. »Denn man los«, sagte sie. Ich hustete.

Die Frau sah nicht mal auf. Sie blätterte um und ließ die Füße kreisen, und ich räusperte mich noch einmal.

»Entschuldigung«, sagte ich, »können wir Tea bekommen?«

»Äh?«, sagte sie.

»Tea«, sagte ich.

»*Tea*?«, fragte sie.

»Ja«, sagte ich. »Steht doch da.«

»Also, ich weiß nicht«, sagte sie. Sie starrte den Anschlag an.

Er hing an einem Torbogen, hinter dem es drei Stufen hochging. Oben hingen rote Plüschvorhänge, die in der Mitte zurückgehalten wurden.

»Da *steht* doch Tea«, sagte Florence, allerdings nicht zu der Frau, eher zu der Luft um sie herum.

»Oh, das würde ich auch so sehen, da steht Tea«, sagte sie und schniefte. Sie blätterte weiter in ihrer Zeitschrift und ließ den Fuß kreisen und kreisen.

»Also, ich habe vorher gefragt, und da *steht* Tea, und wir gehen da jetzt rein«, sagte ich.

Wir stapften die Stufen hinauf, unter dem Torbogen hindurch und befanden uns in einem kleinen, runden Raum mit einem Buntglasfenster, über das netzförmig braune Papierstreifen geklebt waren, falls es einen Bombenangriff gab. Es war ein stickiger Raum mit nur zwei Tischen darin: einem großen, runden mit schmutziger Tischdecke und einem kleinen mit sauberer Decke und einem »Reserviert«-Schild. Wir setzten uns an den schmutzigen Tisch. Helen und Cissie sahen sich an, und Cissie kicherte.

»Jetzt bestellen wir«, sagte ich. »Wir bitten um die Karte.«

»Falls es eine gibt«, sagte Florence. »Die Hoffnung stirbt zuletzt.«

Es wurde sehr still.

»Also«, sagte Helen nach einer Weile, »warum wolltest du eigentlich zum Tea ausgehen? Ich verstehe gar nicht, was du *willst*.« Helen Bell hat schmale Hände und ein schmales Gesicht. Sie spielt gut Klavier. Ich mag Leute, die dauernd Klavier spielen, eigentlich nicht so gerne. Sie haben so gemeine kleine Münder.

»Nun ja«, sagte ich, »man unternimmt mal was. Ist doch nett. Kann man doch gut machen, zum Schuljahresende. Meine Mutter ist manchmal mit mir ausgegangen, wo wir früher gewohnt haben, zu Kuchen und Limonade. Einfach, weil es Spaß macht.«

»Wir verpassen den Zug nach Hause.«

»Dann nehmen wir halt den nächsten. Das ist sowieso netter.« Das hatten wir alles längst besprochen, geradezu stundenlang. Wir hatten die schriftliche Erlaubnis unserer Mütter dabei, wir hatten jede einen Shilling, alles. Wie sie sich an dieser Schule mit manchen Dingen anstellen! Es dauert ewig, bis sie mal irgendetwas *machen*. Mein Vater sagt, in diesem Teil des Landes an der Küste gibt es viel dänisches Blut, und die Dänen neigen zum Herumstehen. Da braucht man sich ja nur Hamlet anzusehen.

»Zu Hause halten sie mich für verrückt«, sagte Helen. »Ich habe ihnen gesagt, sie sollen mir meinen Tea warm halten.«

»Aber das hier ist doch dein Tea. Richtiger Tea. Kleine Eclairs und so. Nachmittags-Tea.«

»Wo denn?«, fragte Helen.

»In einer Minute«, sagte ich.

»Bist du irr?«, fragte Cissie Comberbach (sie sagt fast nie etwas). »Wir haben Krieg.«

»Aber noch nicht lange. Wenn es noch Tea Shops gibt, gibt es auch noch Tea. Ihr wisst hier nur nichts davon. Cafés wie dieses hier waren großartig, Leute mit bunten Hüten aßen Eis, es gab Blumen am Vordach, wundervolle, fette Schokoladenkuchen und Sonne!« Helen wandte sich ab, griff nach ihrer Gasmaske und schwenkte sie herum, als wollte sie bald gehen, und plötzlich ging sie mir fürchterlich auf die Nerven.

»ÄHEM«, rief ich. »Wir bräuchten dann BITTE DIE KARTE. Könnten wir bitte DIE KARTE HABEN?« (Ich benutzte die Stimme meiner Mutter, wenn ihr plötzlich einfällt, dass sie mal die FRAU EINES HOUSEMASTERS war.)

Zwischen den Vorhängen hindurch sah man die Frau von

ihrem Barhocker herabsteigen, und sie kam und stellte sich mitten in den Durchgang. »Wir haben keine Karte«, sagte sie merkwürdigerweise. Sie ließ den Finger in der Zeitschrift stecken und sah uns an. Dann rief sie: »Alice!« Irgendwoher kam eine Antwort, und am hinteren Ende des dunklen Raumes tauchte eine dicke, schmuddelige Frau auf; soweit wir sehen konnten, durch eine Art Loch im Boden. Sie schien überrascht, uns zu sehen. »Wir haben zu«, sagte sie und wollte verschwinden.

»Haben Sie nicht«, sagte ich. »Ich habe gestern extra gefragt. Wir haben die Erlaubnis dabei. Und auf dem Tisch da liegt eine saubere Tischdecke, und es ist reserviert.«

»Für einen Stammgast. Verzieht euch.«

»Tun wir nicht. Wir haben Geld. Und wir möchten Tea.«

»Wenn ihr euch nicht verkrümelt, ruf ich die Polizei.«

»Wenn Sie uns keinen Tea bringen, rufe *ich* die Polizei«, sagte ich. »Weil Sie für etwas werben, was Sie gar nicht haben.«

Florence trat mich unter dem Tisch. »Halt die Klappe«, sagte sie. »Du hast einen knallroten Kopf. Wir gehen.« Die anderen standen bereits auf und hoben ihre Sachen auf. Ich sagte: »Wir bleiben.«

»Komm schon, wir gehen«, sagte Helen.

»Wir bleiben hier«, sagte ich mit der Stimme meiner Mutter, und dann stieß ich unglücklicherweise eine sehr große und schwere, algengrüne Pflanze um, die auf einem Bambusding hinter meinem Stuhl stand. Sie fiel auf den Kopf. Kaum zu glauben, was für einen Lärm das machte.

»Mein Fleißiges Lieschen!«, kreischte die mit der lavendelfarbenen Schürze.

Ich sagte: »Wir bleiben.«

»Ach du meine Güte, dann bleibt halt«, sagte die Dicke.

»Aber eins sag ich euch: Es gibt nur Rumkugeln. Nichts Ausgefallenes.«

Wir warteten. Cissie Comberbach kickte die Erde herum, und Helen sagte: »Ich glaube, ich mag gar keine Rumkugeln.«

Ich sagte: »Wenn da Alkohol drin ist, dann *werde* ich die Polizei informieren. Sie dürfen Kindern keinen Alkohol geben.« Florence sagte: »Alkohol hin oder her – du hast gar nicht gefragt, was das kostet. Und sie hat es nicht gesagt. Das sollten wir klären. Wir haben nur jede einen Shilling. Mehr habe ich nicht dabei, und ihr?«

Ich hatte auch nicht mehr. Helen hatte noch Fourpence, Cissie Comberbach einen Penny. Für die Heimfahrt hatten wir Monatskarten.

»Wir müssen sie zurückrufen.«

»Hilfe, nein.«

»Sicher ist sicher. Sonst kriegen wir wirklich ein Problem.« Florence ging zum Kaminsims und klingelte mit einer Glocke, die aussah wie ein Metall-Muffin. Nach einer Weile rief die Frau von vorne: »Was ist denn jetzt schon wieder?«

»Wir wollen Tea für einen *Shilling*«, sagte Florence.

»Oho, das wollt ihr?«

Ich sagte: »Florence, das kannst du doch nicht machen!«

»Was?«

Ich sagte: »Das kannst du doch so nicht sagen!«

»Warum das denn nicht?«

»Es ist schrecklich. ›Tea für einen Shilling.‹ Grauenhaft. Es klingt so ungehobelt.«

»Was ist denn an Tea für einen Shilling ungehobelt?«

»Ist es einfach. Wie ›Suppe mit Fleischeinlage‹«, sagte ich.

»Ich hätte jetzt nichts gegen eine Suppe mit Fleischeinlage«, sagte sie. »Lasst uns gehen, das sind ja grässliche Leute hier.«

Die dicke Frau kam durch den Boden zu uns herauf und

knallte uns ein Tablett vor die Nase. »Da habter eure Rumkugeln«, sagte sie. »Brot und Butter beziehungsweise Margarine, Ananasmarmelade, Teekuchen, Kanne Tee für vier, vier Tassen, Zucker.«

»Ist das Tea für einen Shilling?«, fragte Florence.

»Shilling! Huh!«, sagte sie und ging.

Helen seufzte und sagte: »Was machen wir jetzt? Wir haben keine Ahnung, ob es auf jeden Fall einen Shilling kostet oder ob es sich danach richtet, wie viel wir essen.«

Aber Cissie hatte schon angefangen. »Wir essen jetzt einfach«, sagte Florence. »Aber sicherheitshalber nicht alles. Ich glaube sowieso nicht, dass ich mehr als eine Rumkugel schaffe.«

Helen sagte, sie könne wahrscheinlich nur höchstens eine überhaupt vom Teller heben. Sie sagte, die seien bestimmt aus der Blumentopferde gemacht, was sie für einen Spitzenwitz hielt. Cissie lachte sogar darüber, oder jedenfalls versuchte sie es, bekam aber die Zähne nicht auseinander. Ich musste lachen und warf dabei dummerweise die Teekanne um, und der Tee lief über die Tischdecke und in die Teekuchen und dann langsam und mit einem sehr ungehörigen Plätschern auf den Boden, und plötzlich fing Florence an zu heulen wie ein Hund.

»Jesses, jetzt ist es passiert. Ich sollte wohl klingeln.«

»Nein, wisch es auf.« Helen reichte mir ihren Kittel vom Naturwissenschaften-Unterricht. »Die Tischdecke war ja schon schmutzig.«

»Ich wollte sowieso keinen Teekuchen«, sagte Florence freundlicherweise. »Aber immerhin sind sie jetzt ein bisschen weicher.«

»Zum Glück ist sonst niemand da.«

»Wenn noch jemand da wäre, hättest du nicht so ein Chaos angerichtet.« (Florence hatte sich beruhigt.) »Da hättest du besser aufgepasst.«

»Du hättest dich benommen«, sagte Cissie.

»Ich glaube, wir sind die Einzigen, die überhaupt je hier waren.«

»Gelegentlich wird sich schon irgendein komischer Vogel hier rein verirren«, sagte Florence. »Und die *müssen* auch komisch sein.«

Die Türglocke ertönte, und eine Stimme rief: »Kaaaeee!« Man hörte Schritte, dann kam eine Frau die Stufen herauf, eine Frau von einer ganz schrecklichen Farbe – sie war dunkelgelb und ihr Gesicht mit lauter bunten Farben angemalt. Sie hatte sich die Augenbrauen entfernt, sodass dort nur noch schimmernde Halbmonde waren, und obendrüber hatte sie andere schwarze Halbmonde gemalt. Sie hatte einen angemalten, gekräuselten Puppenmund und trug ein Stirnband wie ein Indianer. Ihre Kleider hingen ihr von den Schultern und waren mit einem Gürtel unterhalb der Taille gerafft, und sie trug altmodische, spitze Schuhe mit Knöpfen. An ihren alten Armen klimperten lauter bernsteinfarbener Armreifen. Irgendwie sah sie aus, als müsste man sie schon mal gesehen haben. Wie jemand, den deine Mutter kannte, als du noch klein warst. Sie war sehr alt. Ihre Arme waren ganz verwittert.

»Der Regenbogen kommt und geht«, sagte sie. »In Blüte schön die Rose steht.« Sie setzte sich an den sauberen Tisch, nickte uns zu und lächelte.

»Heute Abend spricht Churchill«, sagte sie. »Winston. Für den Rest der Welt mag er Churchill sein, aber für mich ist er Winston.«

»Wirklich«, sagte ich. »Sie kennen ihn?«

Helen sagte: »Halt die Klappe, sprich nicht mit ihr. Du lieber Himmel!«

»Ob ich ihn kenne? Natürlich! Seit Jahren. Ach, ich wär so gern im guten, alten London!«

»Kannten Sie ihn schon, als er noch jung war oder so?«

»Er ist ja nicht alt«, sagte sie. »Er ist in meinem Alter!«

Die anderen steckten die Gesichter in ihre Tassen.

»Churchill für den Rest der Welt, Winston für mich«, fuhr sie fort, als die Dame vom Tresen ohne die Zeitschrift zu ihr kam und mit einer weißen Serviette über die saubere Tischdecke fegte. Die dicke Frau, Alice, tauchte auf und stellte ein Tablett vor ihr ab. »Da sind Sie ja, Mrs 'Opkins«, sagte sie mit veränderter, ganz freundlicher, strahlender Stimme. »Was fürn herrlicher Tag. Nur bisschen Verdruss. Wie immer, meine Liebe?«

»Winston für mich«, sagte sie, zündete sich eine Zigarette an und steckte sie in eine lange, grüne Spitze. »Ich kannte sie alle.«

»Guckt euch mal ihren Tea an«, sagte Helen. »Sackzement, guckt euch mal ihren Tea an.«

Auf dem Tablett lagen kleine Kresse-Sandwiches und welche mit Ei – sogar mit Ei –, drei Scheiben ofenwarmes Brot und Butter, dünn und flockig wie Cornflakes, ziemlich frisch, und ein Schokoladeneclair in blassgrünem Papier. Ein kleines Glasschälchen mit Schwarze-Johannisbeer-Marmelade. Wir saßen da und glotzten. Wir glotzten und glotzten und glotzten.

Sie ließ Asche auf Brot und Butter fallen und schenkte sich Tee ein. Sie starrte ein Loch in die Luft. »Ich kannte sie alle. Jeden Einzelnen von ihnen«, sagte sie. »Henry James …«

Helen sagte: »Wo um alles in der Welt kommt denn so ein Tea her?«

»Ich schätze, für Geld bekommt man so was«, sagte Florence.

»Was?«, sagte ich.

»Natürlich geht das. Du glaubst doch wohl nicht, dass

Churchill und der König und so Rumkugeln und Dreck essen, oder?«

Ich sagte, natürlich täten sie das.

»Maaann«, sagte Cissie, »noch nie vom Schwarzmarkt gehört?«

»Da braucht man keinen Schwarzmarkt«, sagte Florence. »Als Restaurant oder Café bekommt man eine Sonderzuteilung. An vornehmen Orten bekommt man vornehme Sachen. Moorhuhn und so. Es gibt jede Menge Moorhuhn und alles Mögliche, wenn man es bezahlen kann. Jedenfalls isst der ganze Adel wohl kaum Rumkugeln.«

»Das glaube ich nicht«, sagte ich. »Vom König glaube ich das nicht. Der hat auch nur seine Rationen. Habe ich gelesen. Und er lässt Buckingham Palace umpflügen, um Gemüse anzubauen.« (Ich war noch recht jung.)

»Um die Köche damit zu füttern, vermutlich«, sagte Florence.

»Ich bin mir total sicher«, sagte ich, »beim König.«

»Du kennst ihn wohl«, sagte Helen.

»Ich kenne sie alle«, sagte die Frau am anderen Tisch und stierte durch den Bogendurchgang auf die stille, vernieselte Straße. Sie drückte ihre Zigarette in dem Eclair aus und schob den Teller von sich. »Ihr Mädchen wisst sicher nicht mal, wer Henry James war?«

»The Old Pretender«, sagte ich. Den Versuch war es wert.

»So ist sie immer«, sagte Florence. Cissie brach zusammen. Ich auch, ehrlich gesagt, aber Mrs Hopkins schien das nicht zu bemerken.

»Ein großer Mann. Er war mehr als ein großer Mann, er war ein großer Geist. Ein großer und kultivierter Geist. Er hat England geliebt. Er hat England verstanden. Er hat sogar in England gelebt.«

»Wir leben doch alle in England«, sagte ich.

»Klappe«, sagte Florence. »Er war bestimmt Amerikaner.«

»Der Old Pretender war Schotte.«

»Der Old Pretender war aber nicht Henry James«, sagte Florence.

»Warum das denn nicht?«, fragte ich, langsam wütend.

»Für den Rest der Welt war er Henry James«, sagte Mrs Hopkins. »Für mich war er Harry.«

»Oh, Henry Fifth«, sagte ich. »Gott mit Harry.« Das sagte mein Vater immer.

»Was hast du gerade gesagt?« Zum ersten Mal schien Mrs Hopkins uns zu bemerken. »Du, Kleine, was hast du gerade gesagt?«

»Ich sagte ›Gott mit Harry‹«, sagte ich befangen und fügte dann hinzu: »England und St. George.« Das hätte ich nicht tun sollen.

»Mein liebes Kind!«, rief sie. »Mein liebes Kind! Dachte ich mir doch, dass du das gesagt hast. Mein *liebes* Kind!« Und damit kam sie durch den Raum zu mir geflattert und küsste mich! Sie roch entsetzlich alt, wie eine alte Kommode, und ich schauderte und rutschte auf dem Stuhl zurück und hätte das Fleißige Lieschen beinahe noch einmal runtergeworfen. »Ist das denn zu glauben?«, sagte sie. »›Gott mit Harry, England und St. George!‹ Meine lieben Kinder, darf ich euch einfach die Hand geben? Das muss ich aufschreiben. Jedes Wort. Das schicke ich an die Presse. Ich schicke es Winston. Darf ich fragen, wie alt ihr seid?«

»Ungefähr zwölf«, sagte Florence wachsam.

»Und dreizehn«, sagte Helen.

»Meine Lieben! Ach, meine Lieben, wie reizend. Auf der Schwelle. Vier kleine Julias. Noch jüngre wurden oft vermählte Mütter. Meine Lieben, ich möchte euch etwas zurückgeben. Dafür, dass ihr einfach so seid, wie ihr seid. Kleine englische Julias. Die das gute alte England lieben. Das muss ich unbedingt alles Winston erzählen.« Dann entdeckte sie Helens Noten unter dem Tisch. »Was ist das denn, ihr musiziert auch noch – was ist das? Chopin? Nein! Was für ein wundervoller Nachmittag. Ach, ich wünschte, ich könnte euch *reizenden* Kindern dafür irgendwie danken.«

Sie schüttelte allen die Hände und verschwand. Wir hörten sie zur Servierin sagen: »Chopin, Grace! Chopin! Für den Rest der Welt mag er Chopin gewesen sein, für mich …«

»Schnell«, sagte Florence. »Ihr Tea.«

Wir teilten Sandwiches, Eclair, Brot, Butter, Marmelade, Würfelzucker. In weniger als zwei Minuten war nichts mehr davon da.

»Kommt«, sagte Helen. »Lasst uns zahlen und gehen. Klappe zu, Affe tot. Himmel!«

Aber die dicke Frau, Alice, war schon da. »Nun?«, fragte sie.

»Wir würden gern zahlen«, sagte ich.

»Ihr würdet gern zahlen«, sagte sie und starrte intensiv auf Mrs Hopkins' leeres Tablett. »Ihr würdet gern zahlen. Mrs 'Opkins hat heute gut gegessen, Grace!«

»Hat gezahlt wie immer«, rief Grace zurück. Alice sah uns misstrauisch an. »Vier Shilling«, sagte sie.

Florence, Helen und Cissie legten jeweils ihren Shilling auf den Tisch, und ich wühlte in meinem Ranzen.

»*Vier* Shilling«, sagte sie. »Das ist ein Shilling für *jede*.«

»Ich kann ihn nicht …«, sagte ich, »einen Moment …« Florence sagte: »Guck mal in deiner Gasmaske.« Ich sah in meiner Gasmaske nach und fand meinen Personalausweis, Süßigkeitenmarken, Steine, ein Stück Schnur, eine Zeichnung, ein Erste-Hilfe-Buch, einen Verband, einen Zweig, ein Foto, Taschentücher und so weiter, und sie stand einfach da.

»Ich weiß genau, dass ich ihn dabeihatte. Lose. Nicht in einem Portemonnaie oder so. Ich hatte ihn noch, als ich reinkam.« Sie stemmte die Arme in die Seiten und zog die Mundwinkel nach unten wie eine Schildkröte. »Jetzt haben wir ein Problem«, sagte Florence.

»Den Shilling krieg ich jedenfalls von euch.«

»Oh, Jesses«, sagte ich.

»Denen fehlt 'n Shilling, Grace.«

»Oh, macht nichts!«, rief Grace überraschenderweise.

»Was?«

»Macht nichts! Ist schon bezahlt. Sie hat bezahlt. *Sie* hat bezahlt. Die Verrückte Mrs 'Opkins. Hat ihr Pfund bezahlt und fünf Shilling drüber. Für die Mädchen mit, hat sie gesagt.«

Wir glotzten. »Was für ein Glück«, sagte Florence. »Das war ganz schön nett von ihr, wenn man es recht bedenkt.«

»Sie war reich«, sagte Helen.

»Es war trotzdem nett.«

»Übergeschnappt«, sagte Cissie. Es war seit Ewigkeiten das Erste, was sie sagte.

»Gott sei Dank! Sonst hätten wir wirklich ein Problem bekommen. Wir hätten zur Polizei gemusst. Die hätten uns festgenommen.«

»Hätten sie nicht«, sagte ich. »Ich hab ihn gefunden. Er war in meinem Socken.« Inzwischen waren wir draußen. »Was hat sie denn mit ›vier kleine Julias‹ gemeint und mit ›vermählte Mütter‹? Hat sie uns wirklich für vermählte Mütter gehalten? Julia war doch gar nicht verheiratet, oder?« (Ich wusste es wirklich nicht.)

Florence sagte, vielleicht sei sie eine unverheiratete Mutter gewesen, und Helen zog eine Augenbraue hoch. »Mit dem Old Pretender verheiratet«, sagte ich, und Cissie lachte tatsächlich. Plötzlich hatten wir alle sehr gute Laune, und wir rannten durch die Unterführung und kreischten ein bisschen. Cissie fiel hin.

»Das war es wert«, sagte ich. »Ich habe euch doch gesagt, das würde es wert sein. Es war den Shilling wert.«

»Was euch wohl noch gar nicht aufgefallen ist«, sagte Florence, »was ihr noch nicht begriffen habt« (sie hatte ihr Mathematikergesicht aufgesetzt), »ist, dass wir den Shilling noch *haben*. Wir haben immer noch jede einen Shilling. Wir können alle noch Pommes essen.«

3

Ich habe den Ausflug zu Elsie Meeney's so gründlich und detailliert beschrieben, weil er einen ziemlichen Einfluss auf das hatte, was danach passierte, auch wenn es auf den ersten Blick nicht so aussieht. Das hätte ich selbst niemals gedacht, aber er war mit einem sehr wichtigen und schrecklichen Tag zu Beginn des nächsten Schuljahrs verknüpft.

Es war im September. Wir hatten schöne Sommerferien gehabt, trotz der Luftangriffe und Dünkirchen und allem, und ich kam irgendwie besser mit den Leuten zurecht. Also kehrte ich wirklich gut gelaunt in die Schule zurück und alberte herum. Niemand war so überrascht wie ich – und tatsächlich bin ich immer noch überrascht – zu hören, dass Die Schreckliche Cissie Comberbach zufällig gehört hatte, wie unsere Klassenlehrerin Miss Dobbs im Lehrerzimmer zu Miss Sonstwer gesagt hat, Jessica Vye habe Flausen im Kopf und könne mal einen Dämpfer vertragen. Cissie hatte vor dem Lehrerzimmer auf Miss Dobbs' Tasche gewartet – sie hört sehr viel, weil sie so still ist –, und sie hat Helen Bell bei den Schuhbeuteln davon erzählt, und Helen hat es mir erzählt.

In dem Moment dachte ich nur, oder jedenfalls dachte ich, dass ich nur das dachte: »Macht nichts, bis heute Nachmittag wird sie meinen Aufsatz gelesen haben.« Später wurde mir klar, dass es mich tatsächlich sehr verletzt hatte. »Sie wird meinen Aufsatz bald gelesen haben«, dachte ich und wandte mich ab, als wäre es mir vollkommen egal.

In Religion war es offensichtlich, dass Miss Dobbs mich auf

dem Kieker hatte, und ich dachte es noch einmal. Sie stellte mir immer wieder überraschende Fragen und drehte sich vorne an der Tafel urplötzlich um und versuchte, mich bei irgendetwas zu erwischen. Als sie sah, dass ich nur mit Schreiben beschäftigt war, wandte sie sich mit enttäuschtem Blick wieder zur Tafel. Florence flitschte ein Kügelchen zu mir. »Was ist denn?«, fragte sie. Ich fuhr einfach fort, schrieb die Daten des alten Salmanassar von der Tafel ab und tat sehr konzentriert.

»Hast du geredet, Jessica?«
»Nein, Miss Dobbs.«
»Bist du sicher?«
»Ja, Miss Dobbs.«
»Aber ich nicht.«
»Ich war das, Miss Dobbs.«
»Man fängt einen Satz nicht mit ›Ich‹ an«, sagte Miss Dobbs. (Sie ist eine sonderbare Frau.) »Dann hör damit auf.«

Und so dachte ich zum dritten Mal: »Heute Nachmittag wird sie meinen Aufsatz lesen.« Miss Dobbs hatte noch nie einen Aufsatz von mir gelesen. Letztes Jahr in der Dritten hatten wir gar keine Aufsätze geschrieben.

In der Pause strömten wir alle hinaus, über die Straße auf die Promenade. Wir gingen in zwei Reihen, rechts und links, geradeaus, und dann rannten wir in alle Richtungen über den grünen Rasen. Alle riefen durcheinander und spielten, und die neuen kleinen Mädchen sprangen seil auf den asphaltierten Stellen und platschten in den großen, flachen, schimmernden Pfützen herum. Sie sangen aus voller Kehle »Teddybär, Teddybär, dreh dich um!« Ein Mädchen stand an jedem Ende des Seils, und sechs oder acht weitere dazwischen, alle rannten und sprangen und sangen in der Sonne, vier oder fünf Seile insgesamt.

Eine Gruppe sang:

Wenn der Krieg VORBEI ist, ist der Hitler TOT,
Er glaubt, er kriegt 'nen Heilgenschein rund um seinen KOPF
Doch Gott sagt NEIN
Du kommst nicht REIN
Fahr zur Hölle, hier soll CHURCHILL SEIN!
Jippie, jippie, JA!

»Heute Nachmittag«, dachte ich und sah über den Stacheldraht hinweg zur Nordsee, die in Abertausenden von der Sonne rosa schimmernden Wellen heranströmte. Ein paar Schiffe – das Ende eines Konvois – verschwanden in der Ferne am Horizont, und in der Nähe, aber weit unten am Fuß der Klippen, steckten eine Art große, schwarze Eisenschwerter im Sand. Excaliburs. Die leeren Strände waren über viele Meilen vermint, und ein kalter Wind blies übers rosa Meer. »Ich muss nur warten«, dachte ich, »bis sie es gelesen hat. Wahrscheinlich liest sie es jetzt gerade, oder in der Mittagspause.«

Nach der Pause hatten wir eine Doppelstunde Mathe, und das war einfach, weil es um das kleinste gemeinsame Vielfache ging, das kann ich. Florence machte ihre Aufgaben im Kopf und war nach ungefähr vier Minuten fertig. Sie schnipste ein Kügelchen zu mir.

»Warst du das, Jessica?«, fragte Miss Pemberton (nett). Anscheinend hatten sie sie auch auf mich angesetzt.

»Nein, Miss Pemberton.«

»Bist du sicher?«

»Ja, Miss Pemberton.«

»Aber ich nicht.« (Die Lehrer sind insgesamt nicht besonders originell.)

»Entschuldigung, Miss Pemberton, ich war das.«

»Man fängt einen Satz nicht mit ›Ich‹ an. Wolltest du etwas?«

»Ja«, sagte Florence, »ich bin fertig.«

»Da ist noch eine Seite.«

Florence nahm sie sich vor und schrieb alle Lösungen auf. Dann gingen wir mittagessen.

Die Junior School liegt eine halbe Meile von der Senior School entfernt. Es ist ein großes, hässliches altes Gebäude am Meer, und bis auf den Gottesdienst am Anfang und am Ende des Schuljahrs bleiben die Schülerinnen die ganze Zeit drinnen. Auf der Junior gibt es nur vier Klassen: drei mit neuen Mädchen und eine für die Mädchen, die vom Jahr vorher übrig geblieben und eine Art Senior-Junioren sind. Diese Klasse gibt es erstens, damit die Neuen ein Vorbild haben, zweitens für die Mädchen, die noch eher zwölf als dreizehn sind, und drittens für die Mädchen, die keinen besonders schlauen Eindruck machen. Helen Bell war zum Beispiel dort wegen erstens, Florence Bone wegen zweitens und ich wegen drittens. Niemand wusste so genau, warum Cissie Comberbach da war. Oder überhaupt irgendwo war.

In der Junior School gibt es jeden Mittag Essen für Fourpence. Normalerweise ist das ein Teller mit bräunlichem Matsch und Kartoffeln, gefolgt von einem Teller mit weißlichem Matsch und einem Klecks Marmelade in der Mitte. Wenn man es seinen Eltern wert war, konnte man auch für einen Shilling im Haus der Schulleiterin ein besseres Essen bekommen, gegenüber der Senior School. Florence und ich und ein oder zwei andere Mädchen taten das. Insgesamt waren meist schon etwa zwanzig Mädchen da, wenn wir dort ankamen – große Mädchen, wie Frauen. Sehr stattlich.

»Wusstest du«, frage ich Florence an diesem Tag auf dem Weg dorthin, »dass Miss Dobbs mir eine Lektion erteilen will?«

Florence sagte, das habe sie nicht gewusst.

»Ist aber so. Helen hat gehört, wie sie das gesagt hat. Sie will mir einen Tadel erteilen.«

Florence ist wirklich ein interessantes Mädchen. Sie schnappt nicht gleich mitleidig nach Luft oder stimmt einem dauernd vorgeblich zu, wie viele andere Leute. Sie lässt sich nicht leicht aus der Ruhe bringen und wägt Dinge erst mal ab. Manchmal kommt sie zu dem Schluss, dass etwas gar nicht wichtig ist, auch wenn andere Leute darunter ächzen. Das ist oft sehr tröstlich, und so war es auch jetzt. Sie ging eine Weile neben mir her, ohne etwas zu sagen, und dann sagte sie: »Aha, so ist das also. Dann singen wir ihr doch ein Lied.« Und sie fing mit tiefer Stimme an zu singen. Der Ton kam aus ihrem großen, breiten Gesicht, tief und saftig. Man kann kaum beschreiben, wie unglaublich lustig sie war. Wir brachen alle zusammen, und die Leute, die vorbeikamen, machten einen Bogen um uns, weil wir den ganzen Gehweg einnahmen. Es ging mir gleich besser.

Zum Nachtisch gab es Brombeeren, mit oder ohne Vanillesoße. Aber dann fand Florence einen kleinen Wurm. Er hatte so viele Brombeeren gegessen, dass er komplett lila geworden war. Er war ziemlich tot, und sie legte ihn auf ihren Tellerrand. Dann sah sie genauer hin und fand noch einen und noch einen und arrangierte sie an ihrem Tellerrand entlang, und alle hörten auf zu essen. Mir wurde kalt. »Ich muss sterben«, sagte ich und wandte mich ab.

»Hallo«, sagte Miss Birdwood, die Freundin der Direktorin, die für das Shilling-Essen zuständig war. »Was ist denn hier los?«

Ich sagte mit geschlossenen Augen: »Würmer.«

»Unsinn«, sagte sie. »Wie kannst du es wagen, Jessica. Das sind herrliche Brombeeren. Die Direktorin und ich haben sie selbst gepflückt, in den Sträuchern. Wo sind denn da Würmer? Hast du tatsächlich Würmer *gesehen*? Sieh auf deinen Teller.«

Ich sah hin und sah nur noch Würmer.

»Iss deinen Nachtisch.«

»Ich kann nicht.«

»Unsinn.«

»Lieber tot sein.«

»Nun gut.« Sie legte leise den Servierlöffel beiseite. »Dann muss ich Miss LeBouche informieren.«

Wir Juniors bekamen Miss LeBouche, die Schulleiterin, praktisch nie zu Gesicht. Sie war jemand auf einer Bühne, dreimal im Jahr oder so, sie blieb nebulös und wirkte nicht sehr zugewandt. Ein bisschen wie Gott für Salmanassar. Nicht freundlich. Sie aß immer von einem Tablett in ihrem Wohnzimmer zu Mittag. Jedenfalls nahmen wir das an. Wir hörten sie nie.

Miss Birdwood ging hinaus und kam nach einer Minute mit zusammengekniffenen Lippen zurück, sah niemanden an, nur die lila Brombeeren auf der Anrichte. »Jessica Vye«, sagte sie, »Miss LeBouche sagt, du bekommst einen Tadel.«

»Miss Birdwood, ich war das«, sagte Florence.

»Man fängt einen Satz nicht mit ›Ich‹ an. Red keinen Unsinn, Florence, natürlich warst du das nicht.«

»Doch. Ich habe Tausende. Wahrscheinlich war bei mir das Nest oder so.«

»STOP! Es reicht jetzt. Also. Möchte noch jemand Nachschlag?«

Niemand wollte Nachschlag. »Also dann. Herr, wir danken Dir ...« Stühle wurden zurückgeschoben. »... für alles, was wir aus Deiner Hand empfangen haben. Amen.«

»Pieps, Zwitscher, Birdwood«, sagte Florence. »Soll doch abzwitschern.« Alle brachen lachend zusammen, selbst die großen Mädchen, sogar Iris Ingledew, die im folgenden Jahr nach Cambridge gehen würde, wenn sie das Stipendium bekam, und das würde sie bekommen. Miss Birdwood sah völlig verwirrt aus – eigentlich ist Miss Birdwood schon in Ordnung – und sah mich sehr streng und besorgt an, als wir hinausgingen.

Wir gingen in seltsam aufgekratzter Stimmung zur Junior School zurück. Cissie Comberbach, die normalerweise die Farbe von Kartoffelbrei hat, war ganz rosig geworden. Sie ist sehr, sehr klein und spricht, wie gesagt, kaum. Wenn man sie mit einem Wort beschreiben sollte, würde man »wachsam« sagen. Sie ist komisch. Sie wurde wegen der Luftangriffe aus London oder so evakuiert auf den Bauernhof einer Tante in der Nähe von Kirkhinton Beck und hatte eine entsetzlich lange Anreise zur Schule mit ungefähr siebzehn verschiedenen Bussen. Sie sah meistens schrecklich müde aus. Ihre Familie musste furchtbar dumm sein, sie ausgerechnet nach Teesside zu schicken, um den Luftangriffen zu entkommen. Wir hatten fast jede Nacht Luftangriffe.

Jedenfalls war sie beängstigend aufgeregt über meinen Tadel. »Du bist die Allererste von uns, die einen Tadel bekommt«, sagte sie.

»Wenn man drei hat, bekommt man einen Verweis«, sagte jemand anderes, »und bei zwei Verweisen fliegt man von der Schule.«

Florence fing an zu singen.

>»Gescheckt war der Himmel,
Osymandias!«

Sie macht Lieder aus Titeln und ersten Zeilen aus »Palgraves Golden Treasury«, wir schrieben auf diese Weise eine Oper.

Cissie ging neben mir her. »Was sagen denn deine Eltern, wenn du von der Schule fliegst?«, fragte sie.

»Jetzt mach mal halblang«, sagte Florence, »sie hat gerade mal *einen* Tadel.«

Ich balancierte auf einem Gartenmäuerchen, guckte vollkommen unbeteiligt und hüpfte auf einem Bein. »Teddybär, Teddybär, dreh dich um!«, sagte ich. »Wenn der Krieg vorbei ist, ist der Hitler tot. Lasst uns Mutproben machen!«

»Was denn, in Häuser gehen?«

»Ja.«

»Wie bitte?«, rief Cissie. Sie hatte im vergangenen Jahr nicht zu unserer Clique gehört, sondern sich erst am Ende des Sommertrimesters an Helen Bell rangeschmissen. Nur deswegen hatte ich sie zu der Party bei Elsie Meeney's eingeladen. »Was heißt denn in Häuser gehen?«

»Also, man sucht sich ein Haus aus, klopft an und fragt, ob Mrs Irgendwas-Lustiges da ist. Irgendein Name, der komisch klingt, aber nicht so komisch, dass sie es gleich merken. Und dann sagen sie nein, und du sagst, aber sie hat *gesagt*, dass das hier ihre Adresse ist, und dann wundern sie sich und zermartern sich das Hirn.«

»Und wofür soll das gut sein?«, fragte Cissie.

»Ehrlich gesagt, das frage ich mich auch«, sagte jemand. »Letztes Jahr fanden wir das irre lustig. Aber eigentlich ist es nicht gerade anständig.«

»Ach was«, sagte ich. »Die Leute mögen das. Da haben sie was zum Nachdenken. Sie halten sowieso nur gerade Mittagsruhe, da ist ihnen doch fürchterlich langweilig. Die Männer sind alle im Krieg und die Kinder in der Schule. Kommt, wir gehen The Cut runter.«

»Das dürfen wir nicht.«

»Ach, Schnickschnack.«

»Ehrlich. Wir müssen immer denselben Weg nehmen, Norma Crescent, Bahnhofszufahrt, Unterführung und Ginger Street.«

»Habe ich noch nie eingesehen«, sagte ich. »Ich mag The Cut. Es gibt überhaupt keinen Grund. Es ist nur ein kleiner ...« Während sie sich stritten, dachte ich: »Wir sind ja immer noch pünktlich zurück. Sie wird meinen Aufsatz inzwischen gelesen haben. Bestimmt zeigt sie ihn im Lehrerzimmer herum.« Ich sah sie so klar vor meinem geistigen Auge, dass ich sie beinahe hätte berühren können, wie sie plötzlich kerzengerade dasaß, nachdem sie mein Heft aufgeschlagen hatte. »Große Güte, Amy, sieh dir das mal an!« Und dann wandte sie sich noch einmal dem Heft zu, um den Namen darauf zu lesen: »Du lieber Himmel! Das ist von Jessica Vye! Es ist großartig.« »Kommt mit, The Cut runter«, sagte ich.

Wir gingen The Cut runter, das ist eine geschwungene Straße den Hügel hinunter. Die Häuser bestehen aus einem komischen weißen Backstein, lauter Türmchen und Erker. Die Bewohner am oberen Ende der Straße können sogar vom Wohnzimmer aus zwischen den Schrebergärten hindurch das Meer glitzern sehen, die am unteren Ende nur vom Dachboden aus. Vor den Häusern ist jeweils ein langer, schmaler Garten.

»Das hier sieht doch gut aus«, sagte ich. »Wer ist dran?«

»Cissie sicher nie.«

»Gut. Also du, Cissie.«

»Was muss ich tun?«

»Du gehst einfach hin und sagst: ›Entschuldigung, wohnt Mrs Soundso hier?‹«

»Gut.« Cissie war schon wieder rot angelaufen. »Ich mach's.

Ich frage einfach, ob Mrs Comberbach hier wohnt. So heißt wirklich niemand.«

Also marschierten wir durch den Vorgarten, klopften und warteten, dass die nette, gelangweilte, schmächtige Hausfrau aufmachte. Wir waren bereit, ein Schwätzchen mit ihr zu halten und ihr den Nachmittag zu versüßen. Wir schoben Cissie nach vorn, als wir ziemlich feste Schritte drinnen hörten. Bevor die Tür aufgeht, leidet man immer kurz Höllenqualen.

»Ist Mrs Com…«, fing sie an.

»…berbach da?«, brachte sie dann schwach heraus, denn die Frau war überhaupt kein bisschen schmächtig. Sie war gigantisch, mit riesigen Wangenknochen, und sie trug einen Hut, als wäre sie gerade erst hereingekommen, hatte sich aber bereits eine Schürze umgebunden und hielt eine Dose Metallpolitur in der Hand. Es roch, als würde sie gerade Scheuerlappen auskochen.

»Und wenn«, sagte sie.

»Ähm, also. Wir haben gehört, sie wohnt hier«, sagte Cissie.

»Dann kommt mal rein«, sagte sie. »Wenn ihr zu Mrs Comberbach wollt.«

»Heilige Scheiße«, sagte Florence.

Ich kenne diese Sorte Frau. Die gibt es in dieser Gegend oft – sie haben lange Arme und Beine und sind schweigsam, und sie wissen genau, wo es langgeht. Nichts Dänisches dran. Mein Vater sagt, das sind die Altnordischen Brigaden, was auch immer das heißt, und sie müssen großartig sein, falls man aus einem brennenden Gebäude gerettet werden muss oder so. Aber sie sind nicht gerade gesprächig oder gar charmant.

»Rein mit euch«, sagte sie und trat zurück, und man konnte sich ihr unmöglich widersetzen. »Schuhe aus.« Wir zogen die Schuhe aus. Es war einer dieser grässlichen Flure, wo das Linoleum so lange poliert wird, bis es nass aussieht. Auf Zehenspitzen gingen wir in ein beängstigend sauberes Wohnzimmer, in dem die Briketts akkurat arrangiert waren wie in einem Puzzle und die Sessel, auf denen offenbar nie jemand saß, aus braunem Leder waren. Eine verängstigte Pflanze stand mitten im Fenster und wünschte sich, sie wäre tot. Wir setzten uns auf die Stühle, die an der Wand aufgereiht waren, und Mrs Comberbach stand in der Tür und betrachtete uns. Sie hatte die Politur beiseitegelegt und die Arme verschränkt. In Zeitlupe kratzte sie sich am Ellbogen. Wir saßen da, und die Zeiger der elektrischen Uhr schritten stumm und schnell und schmerzhaft voran.

»Na, dann lasst mal hören«, sagte sie schließlich, und Florence fing an zu erzählen, dass wir gerade vom Mittagessen kamen oder so, aber sie kam nur drei Wörter weit.

»Worum geht es denn nun?«, fragte sie noch einmal. »Ihr bleibt hier, bis ich das weiß. Ich bin ja nicht von gestern.«

Also hatten wir eine grauenvolle Viertelstunde, denn sie schien überhaupt kein Verständnis zu haben, sondern stellte nur lauter blöde Fragen und starrte uns an. »In Häuser gehen«, sagte sie. »Nicht zu fassen, dass ihr dieses dämliche Spiel immer noch spielt. Ich bin ja nicht von gestern.« Damit verschwand sie in der Küche zwischen ihren Scheuertüchern und hatte uns so weit, dass wir einfach sitzen blieben und uns nicht vom Fleck rührten. Es dauerte ewig, bis wir darüber nachdachten, ob wir zu unseren Schuhen gelangen und die Flucht wagen konnten. Florence und ich waren gerade aufgestanden, um es zu versuchen, da kam sie mit einem großen Tablett wieder hereinmarschiert.

»Brombeeren mit Zucker«, sagte sie. »Ganz was Besonderes.« Sie beobachtete uns, ohne zu blinzeln. »Passt auf die Tapete auf. Und auf eure Kleider«, fügte sie hinzu. »Und esst auf. Ich möchte vier leere Teller.«

»Grässliche Kuh«, sagte Cissie draußen in The Cut ungefähr eine Million Jahre später. Und das war falsch, wie meistens, denn die Frau hatte gar nichts Schlimmes oder Unfreundliches getan – tatsächlich war sie auf ihre Weise ziemlich nett gewesen.

(*ANMERKUNG:*

Sie halten mich jetzt sicher für einigermaßen dumm, aber mir ist erst neulich aufgegangen, dass sie vermutlich überhaupt nicht Comberbach hieß. Das habe ich den anderen natürlich nicht gesagt, vor allem nicht, dass ich überhaupt erst geglaubt hatte, dass sie wirklich so heißt. Nur Florence. Sie sagte: »Du lieber Gott, wenn du das geglaubt hast, glaubst du ja alles.« Aber Florence interessiert sich auch nicht für Zufälle, sie ist gut in Mathe. Wobei mein Vater sagt, sie wird sich schon noch für Zufälle interessieren, wenn wir mit den kleinsten gemeinsamen Vielfachen durch sind.

Als ich meinen Vater fragte, ob sie Mrs Comberbach geheißen haben *könnte*, sagte er, das könnte sie. Wenn du endgültig beweisen kannst, dass es anders ist, IST DAS SPIEL AUS.)

»Ich habe gar keine Wahl«, sagte Miss Dobbs, als wir in einer Reihe vor der Klasse standen, »da ihr FÜNFUNDZWANZIG Minuten zu spät seid und die Stunde beinahe um ist, muss ich euch einen Tadel erteilen. Euch allen. Ja nun – es tut mir leid, aber tatsächlich bin ich extrem nachsichtig – nachsichtiger, als ich sein sollte. Das liegt nur daran, dass die meisten von euch sehr brave Mädchen sind – die meisten von euch – und ich das Gefühl habe, ihr müsst irgendwie zu dieser Geschichte angestiftet worden sein.« Sie hielt inne, um uns lange streng anzuschauen, aber wir sahen nach unten. »Florence Bone, ausgerechnet! Helen Bell! Euch zu einem Besuch bei

Cissies Verwandter überreden zu lassen. The Cut runter! Ihr wisst doch, dass The Cut außerhalb eures erlaubten Bewegungsradius liegt. Ihr wisst doch, dass ihr euch an die festgelegte Route zu halten habt. Wie sollen wir denn bei einem Luftangriff sonst wissen, wo wir euch suchen sollen, wenn ihr durch die ganze Stadt streift? Das ist eine *sehr ernste Angelegenheit*. Setzt euch. Alle. Ich muss mir noch überlegen, ob ich das melde.«

Sie holte ein- oder zweimal tief Luft. Miss Dobbs ist eine gutaussehende Frau mit einer eleganten Figur und massenweise goldenem Haar. Ein bisschen davon am Kinn. Auf dem Hockeyfeld schreit sie »VORWÄÄÄÄRTS!« und sieht dabei aus wie ein Wikinger.

»Und jetzt«, sagte sie, »fürchte ich, müssen wir *Die weltlichen und geistlichen Abenteuer des jungen Herrn Gerard* beiseitelegen, damit ich euch eure Aufsätze zurückgeben kann. Ich sage euch gleich, dass es einen Aufsatz gab, der besser war als alle anderen, und es war eine noch schönere Überraschung zu sehen, wer ihn geschrieben hat, denn das hatte ich nicht erwartet – jemand, von dem ich gar nicht gedacht hatte, dass sie Dinge so gut beschreiben kann. Ein wundervoller Aufsatz, und den hätte ich gern noch einmal zurück, denn ich möchte ihn der Schulleiterin zeigen. Vielleicht möchte sie ja einen Auszug in die Schulzeitung setzen. Bitte sehr, Dorothy Hobson. Wirklich großartig. Zehn von zehn Punkten.«

»Also dann.« Sie gab ein Heft nach dem anderen zurück und pikste hier und da mit dem Bleistift drauf, wenn sie auf etwas hinwies. Der Stapel wurde kleiner, bis nur noch ein Heft übrig war.

»Jetzt zu dir, Jessica. Kommst du bitte mal her? Was hat das zu bedeuten, Jessica? Ich habe mir deinen Aufsatz bis zum Schluss aufgehoben. Was soll er bedeuten?«

Ich hob einen Fuß ein wenig vom Boden ab und fragte mich, warum Leute bei solchen Gelegenheiten auf einem Bein stehen. Pferde heben einen Huf, wenn sie ausschlagen wollen, und Hunde, wenn sie flüchten. Ich hatte beides nicht vor. Alle sahen mich an. Ich betrachtete die kleinen Rädchen unter dem Lehrerpult sehr genau, und dann lächelte ich, weil ich nicht wusste, was ich sagen sollte, und meine Augen brannten.

»Der Titel dieses Aufsatzes, Jessica, war ›Mein schönster Ferientag‹, nicht wahr?«

»Ja, Miss Dobbs.«

»Und wie kommst du darauf, siebenundvierzig Seiten schreiben zu müssen?«

»Ich hatte einfach Lust dazu.«

»Aber siehst du, es geht am Thema vorbei. Das fängt schon damit an, dass es um etwas geht, was vor den Ferien passiert ist. Genauer gesagt am letzten Schultag, da waren ja noch gar keine Ferien. Und dann war er so belanglos, so töricht. Über eine Frau in einem Tea Shop, irgendeine Frau, die du dir ganz offensichtlich *ausgedacht* hast, eine Art Hexe. Ich habe ja gar nichts dagegen, dass ihr eure Fantasie benutzt und Figuren erfindet, das ist ja alles wunderbar, aber ihr könnt keine Leute für echt ausgeben, die nie existiert haben, wenn die Aufgabenstellung nach *Tatsachen* fragt. *Tatsachen*, Jessica. Du erzählst ja nicht mal eine Geschichte – du hast versucht, eine Geschichte aus etwas zu machen, was gar keine Geschichte war. Ich hatte euch um einen *Aufsatz* gebeten. Ich fürchte, was du mir gegeben hast, sieht schwer nach einer *Lüge* aus.«

Ich sagte kein Wort.

»Und«, sie rutschte auf ihrem Stuhl herum, »es war auch so *formlos*, Jessica. Betrachten wir es doch für einen Moment als Geschichte. Eine Geschichte braucht einen Anfang, einen Mittelteil und ein Ende. Wie ein Aufsatz natürlich auch. Also. Sieh mal hier. Das kann raus. Und das auch, und das.« Der rote Stift strich Absatz um Absatz durch. »Weißt du, Jessica, das ist alles so – nun ja, so selbstverliebt. So überheblich. Wenn man mit etwas fertig ist, dann sollte man es noch einmal durchlesen und – jetzt hört mal alle gut zu. Ich verrate euch jetzt eine sehr gute Regel, die mir in meiner Schulzeit an die Hand gegeben wurde und für die ich immer sehr dankbar war. Wenn du etwas geschrieben hast, was du selbst großartig findest, dann vernichte es. Vernichte es.«

»Meine Liebe«, fügte sie hinzu, »wirf es weg. Wenn du das nicht tust, wirst du dich später fürchterlich dafür schämen. Verstehst du, Liebes?«

Ich spürte, dass sie jetzt intensiver auf meinen Kopf starrte und dass eine Art Freundlichkeit in der Luft lag. »Du musst ja schrecklich lange daran gearbeitet haben. Ich erwarte gar nicht, dass ihr einen so großen Teil des Wochenendes damit verbringt – ihr habt sowieso so wenig Zeit, wenn es auf die Prüfungen zugeht. Das muss dir ja den ganzen Samstag verdorben haben.«

»Der Samstag war *großartig*!« Ich hob das Gesicht. »Er war *großartig*, Sie blöde Schnepfe!«

Ich nahm *Die weltlichen und geistlichen Abenteuer des jungen Herrn Gerard* von ihrem Tisch. »Wenn meins schon lang ist, was ist denn das hier? Das ist ein grässliches, langes Buch, es ist todlangweilig, und *er* ist wirklich doll selbstverliebt. Taugt überhaupt nichts, der alte Schwätzer. Wenn ich so ein schlechtes Buch geschrieben hätte, dann hätte ich es allerdings vernichtet. Ich hätte es verbrannt. Den ganzen romantischen Quark über Mönche. Über so einen ausgedachten Käse braucht man wirklich nicht zu schreiben …«

»Bist du wohl still!«

»… es passiert die ganze Zeit alles Mögliche. Und außerdem

ist sie komplett wahr, meine Geschichte. Mein Aufsatz. Sie verstehen überhaupt nichts.«

»Das gibt einen Tadel«, kreischte sie. »Hinaus mit dir. Geh zu den Schuhbeuteln. Raus mit dir. Raus!«

»Es ist ein lausiges, schlampig geschriebenes, unzusammenhängendes, langweiliges Buch. Warum können wir keine guten Bücher lesen? Warum lesen wir keine Theaterstücke? Warum lesen wir keine Gedichte? Ich bin ohne jeden Zweifel eine echte Schrift…«

Aber da hatte sie mich schon an der Schuluniform gepackt und trug mich hinaus. Und ich fiel in die Schuhbeutel und brach in Tränen aus.

4

Weiß der Himmel, wie lange ich geweint habe, aber nach einer gefühlten Ewigkeit merkte ich, dass ich ziemlich laut war. Ich hörte mir selbst zu. Wenn man dieses Stadium erreicht, ist der erste Teil des Elends überstanden. Aber dann kommt es zurück, man erinnert sich an mehr Einzelheiten, und dann geht es noch einmal los, und zwar viel schlimmer. Ich schluchzte und schluchzte. Ansonsten herrschte Stille in den Schuhbeuteln, die ganzen Mäntel und Hüte und Taschen hingen nutzlos in Klumpen um mich herum.

Dann ging die Hintertür der Schule auf, und Schritte kamen vorbei, ziemlich dicht an mir, flip-flap, flip-flap, flip-flap, flip. Die Schritte verklangen, und ich hörte die große Eingangstür zum Meer hinaus aufgehen und hinter jemandem ins Schloss fallen. Dann ging sie wieder auf, und die Schritte kehrten zurück, flip-flap, flip-flap, flip-flap, flip. Ich schaute zwischen den Schuhbeuteln hindurch und sah eine grauhaarige, sehr kleine Frau, deren Unterrock etwas hervorguckte. In ihrem Gesicht ein sehr breites Lächeln, und ihr Kopf wackelte auf und ab. Sie trug einen marineblauen Filzhut mit einer sonderbar welligen Krempe und hatte einen riesigen, verbeulten Koffer dabei, der, als sie dastand, aufplatzte. Jede Menge Schulbücher fielen heraus.

»Da haben wir den Salat!«, sagte sie. »Gott sei Dank bin ich zurückgekommen, sonst lägen die jetzt auf der ganzen Esplanade verstreut und unten am Strand zwischen den Minen. Ob die Leute in den Geschützständen mir wohl erlaubt hätten, über den Stacheldraht zu klettern, um sie zurückzuholen? Ist etwas, Liebes? Geht es dir nicht gut?«

»Ich hab einen Tadel bekommen.«

»Ach je, das tut mir leid. Aber solange es nur einer war …«

»Es waren drei.«

»Drei!«

»Ja. Drei an einem Tag.«

»Du lieber Himmel!«

»Und ich konnte gar nichts dafür!«

»Das ist ja schrecklich!«

»Absolut überhaupt nichts dafür!«, und schluchz, heul, jaul, ging es wieder los, jetzt auch irgendwie wütend.

»Du plärrst!«, sagte die Frau und setzte sich auf ein Schließfach. (Ich kannte sie. Das war die alte Miss Philemon, Englischlehrerin an der Senior. Alle kannten sie – sie war berühmt und hatte Bücher geschrieben. Sie hatte in Oxford studiert, als nur die Mädchen in Oxford waren, die ihre Mutter oder Tante mitnehmen konnten, damit sie sich um sie kümmerten, so altmodisch waren sie. Ich hatte sie schon ein- oder zweimal gesehen, wenn sie von ihrer Wohnung ein Stück weiter die Küste hoch auf dem Weg zur Senior School die Abkürzung durch die Junior nahm.) »Hör auf zu plärren, Liebes«, sagte sie. »Ich würde dir gern ein Taschentuch geben, aber ich habe keins … oh, danke, Liebes, das ist nett. Alle wieder rein. Ich gerate in Verzug mit meinen Korrekturen. Plärren ist ein zauberhaftes Wort, oder? Im Nordwesten wird das immer noch für den Laut von schlechtgelaunten oder verwirrten Kühen benutzt. Sicher ein altsächsisches Wort. Die Angelsachsen haben wundervolle Wörter für die Dinge, mit denen sie sich gut auskannten, wie Gott und das Meer und Rinder. Es gibt auch wundervolle Wikingerwörter, aber in Sachen Lyrik kommen die Wikinger nicht an die Sachsen heran. Das waren unglaublich beschäftigte, gesunde Männer, die Wikinger, immer draußen und am Brüllen. Wahrscheinlich sollte man das nicht so sagen, denn sie sind auf unserer Seite, aber die Wikinger erinnern mich ein bisschen an die *Amerikaner*. Während die Sachsen – das ist einfach eine Tatsache – Deutsche sind. Und jetzt erzähl mal von deinen Tadeln.«

Ich sagte, dass alle meinten, ich hätte Flausen im Kopf und könne einen Dämpfer brauchen, und dass jemand das im Lehrerzimmer gehört hatte.

»Och je! Wie alt bist du?«

»Zwölf.«

»Ach, du armes Ding! Wirklich? Ich habe zwölf gehasst – und dreizehn auch. Und dann hat mir jemand erklärt, dass das etwas mit dem Wachsen zu tun hat. Es hatte alles mit meinem Inneren zu tun. Mit meinem *Magen* gewissermaßen, glaube ich. Ich war so erleichtert! Ich hatte schon gedacht, ich würde unerträglich, und hatte angefangen, alle zu hassen, und so jemand wollte ich gar nicht sein. Es hat sich dann alles beruhigt. Aber ich weiß noch, dass ich viel geweint habe. Die Kindheit ist sowieso eine schreckliche Zeit. Ist dir das mal aufgefallen – auf der Straße oder im Bus oder irgendwo, wenn man einfach mal hinhört, kann man fast immer irgendwo ein Kind weinen hören. Das ist doch wirklich furchtbar, wenn man mal darüber nachdenkt. Wenn wir jetzt ganz still wären …« (»Schluck, schluck«) »… nun ja, hier bist du. Genau! In diesem Moment bist du es, du armes Mädchen. Es ist im *Magen*, Liebes.«

»Das hat damit überhaupt nichts zu tun!« Ich war wütend und starrte sie an. »Es ist nicht mein Magen. Es ist mein Aufsatz! Das ist ein guter Aufsatz. Ich weiß, dass es ein guter Aufsatz ist. Sie hat gesagt, er ist schlimm, und ich bin selbstverliebt. Sie sagt, er ist eine Lüge. Und ich habe gesagt, sie begreift gar nichts.«

»Das war nicht richtig, das zu sagen.«

»Ja, das tut mir auch leid. Nein, tut es nicht. Sie begreift wirklich gar nichts.«

»Wir begreifen alle wenig.« Sie nickte und lächelte.

»Sie hat gesagt, ich hätte ihn verbrennen sollen. Weil ich ihn mochte. Es hat sich angehört, als wäre das eine Sünde oder so. Sie sagte, es muss mir das Wochenende verdorben haben …« Miss Philemons Gesicht verschwamm, und ich hatte meine Mundwinkel nicht mehr unter Kontrolle.

»Wie schade«, sagte Miss Philemon lächelnd. »Aber die Hauptsache ist doch, dass er gut war. Vielleicht hat sie sich vertan. Menschen machen nun mal Fehler. Denk nur an die armen Kritiker, die sich über Keats und Wordsworth und Coleridge lustig gemacht haben. Heute stehen sie da wie Idioten.«

Ich sagte, so gut sei der Aufsatz nun auch wieder nicht gewesen. Das hätte ich nie behauptet. Ich hätte nur gesagt …

»Es schadet Schriftstellern gar nicht, ein bisschen zu leiden«, sagte sie. »Meistens richtet Lob viel mehr Schaden an. Wobei der arme John Clare – da will man gar nicht dran denken. Aber selbst er hat es gut kompensiert. Sehr gut kompensiert. Er hat sich auf die Herrlichkeit Gottes konzentriert.« Sie sagte das ganz normal. »Und dann war da Chatterton – aber weißt du, das mit dem gebrochenen Herzen habe ich nie ganz geglaubt. Normalerweise bricht das Herz eines guten Dichters nicht. Kannst du dir vorstellen, dass Emily Brontë an einem gebrochenen Herzen zugrunde gegangen wäre? Nein, natürlich nicht. Sie hätte sich stattdessen an die Arbeit gemacht. Wie Keats, der gesagt hat, wenn er wirklich verzweifelt ist, dann zieht er ein frisches Hemd an. Wobei er auch wirklich Glück hatte, er war ein Mann und musste es sicher nicht selbst waschen und bügeln …«

Sie redete und redete ununterbrochen über Leute, von denen ich noch nie gehört hatte. Schließlich fragte sie noch einmal: »Erzähl mal von deinen Tadeln.«

»Also, der erste war, weil ich keine Würmer essen wollte. Da waren Würmer! Auf dem ganzen Teller.« Ich sah sie unverwandt an, damit sie mir ansehen konnte, dass ich gar nicht anders kann, als die Wahrheit zu sagen. »Da waren lila Würmer in den Brombeeren, voller Saft. Ich konnte das nicht essen.«

»Nein, wirklich.« Sie schloss kurz die Augen.

»Und dann kam die Sache mit Cissie Comberbach.«

»Cissie Comberbach! Gibt es wirklich eine Cissie Comberbach?«

»Sogar zwei.« Ich erzählte ihr die Geschichte.

»Nein!«, sagte Miss Philemon.

»Doch«, sagte ich. »Wirklich. Glaube ich jedenfalls. Es war ein bisschen komisch.« Ich erzählte ihr von den Brombeeren.

Sie fing an zu lachen. Es war ein schräges, hohes, brüchiges Lachen, als würde in der Ferne jemand etwas über eine Wiese hinweg rufen. Es schraubte sich immer höher, ihre Augen begannen zu tränen, ihre Frisur löste sich auf, und ihr fiel der Hut vom Kopf. »Hoo, hoo, hoo«, heulte sie, und ich konnte nicht anders, als einzustimmen. Wir lachten und lachten und lachten und lachten, und mittendrin stürzte Miss Dobbs aus dem Klassenraum.

»Jessica Vye!«, brüllte sie. »Was ist denn jetzt schon wieder? Was machst du? Wen hast du da bei dir in den Schuhbeuteln?«

»Ich bin's«, sagte Miss Philemon, »oder sollte ich sagen: ›Das bin ich‹? So spricht allerdings niemand. Da wird man die Lehrbücher mal ändern müssen. Marjorie, Liebes, es tut mir leid. Habe ich deinen Unterricht gestört? Dieses Kind – sie möchte sich übrigens bei dir entschuldigen. Nur zu …«

»Es tut mir leid«, sagte ich.

»Gut gemacht. Dieses Mädchen hat mir eine der seltsamsten Geschichten erzählt, die ich je gehört habe. Das ist wirklich ein Ding, und so ein lächerliches. Lass dir das von ihr erzählen, es wird dir Spaß machen.«

Sie setzte sich den Hut auf, nahm ihren Koffer und flipflappte zur Tür. Miss Dobbs sagte kein einziges Wort.

»Auf Wiedersehen, ihr Lieben«, sagte Miss Philemon und öffnete die Vordertür. Draußen leuchtete der Himmel orange über dem Stahlwerk auf der anderen Seite der Flussmündung. Sie sah hinauf wie ein Hirte. »Würde mich nicht wundern, wenn es heute Nacht Luftangriffe gäbe«, sagte sie. Dann machte sie sich mit ihrem großen Koffer auf den Weg und sagte: »Tadel!«

»Tadel!«, sagte sie. »Was für ein Unsinn!«

5

Danach verstrich die Zeit eine Woche lang ganz sanft. Man ignorierte mich weitgehend. Miss Dobbs ignorierte mich komplett, und niemand sagte auch nur ein Wort über die Szene, die ich gemacht hatte, oder fragte, was für ein Lärm das in den Schuhbeuteln gewesen war. Miss Birdwood schien etwas befangen, als ihr Blick eines Tages beim Essen meinem begegnete, und es gab keine Brombeeren mehr, aber insgesamt, muss ich sagen, lief es besser. Ich war natürlich nicht plötzlich beliebt, aber irgendwie kam ich besser damit zurecht. In Hygiene bohrte ich mit der Zirkelspitze tiefe Löcher in den Deckel meines Tischs und füllte sie mit Tinte, und dann stellte ich fest, dass ich *John Clare* geschrieben hatte. Darunter schrieb ich noch tiefer *Die Herrlichkeit Gottes*. Das wird sicher noch für Generationen zu lesen sein. Als Helen das sah, wandte sie sich ab und sah aus, als wäre ihr schlecht.

Dann druckste Cissie eines Tages herum und sagte: »Du musst zur Schulleiterin.« Es war beim Mittagessen, sie war dran mit Servieren am Tisch der großen Mädchen und hatte sie reden hören. »Was?«, sagte ich. Ich dachte, ich hätte mich verhört, denn sie spricht mit so einem entsetzlich vornehmen Cockney-Akzent, den man schlecht versteht, und außerdem machte sie noch mehr Lärm als sonst mit ihrem Besteck, denn wenn man mit Servieren dran ist, muss man schnell essen, um rechtzeitig zum Abräumen fertig zu sein. »Mir doch egal«, sagte ich.

»Wohl kaum.«

Florence sagte: »Ach, sei doch still, das denkst du dir doch aus.«

»Nee, tu ich nicht. Da war eine Große, ein *Prefect*, die gefragt hat, wer Jessica Vye ist, denn die stecke in Schwierigkeiten und würde zur Direktorin zitiert werden. Sie hat gesagt, sie war vor der Lehrerzimmertür. Die Direktorin hat gesagt, es sei nur eine kleine Sache, aber ziemlich erschreckend, und Jessica Vye sei offenbar eine Bandenchefin.«

Das überraschte mich sehr. Ich starrte nur aus dem Fenster. Ich wüsste nicht, was mich mehr hätte überraschen können als das. »Bandenchefin«? Was für eine Bande? Jedenfalls konnte es nicht das mit dem Aufsatz sein. Das konnte niemand eine Bande nennen. Niemand hatte sich hinter mich gestellt. Sie hatten alle nur dagesessen.

»Was hat sie sonst noch gehört?«, fragte Florence.

»Irgendwas über Kinder in Konzentrationslagern.«

»Was?«

»Sie hat gesagt, eine Lehrerin hat gesagt: ›Ach, Frau Direktorin, die haben doch so wenig Spaß. Da kann man sie doch noch mal davonkommen lassen.‹ Und Miss LeBouche hat gesagt: ›Ach, kommen Sie, Miss Macmillan, jetzt werden Sie aber ein bisschen sentimental. Denken Sie an die Kinder in Polen.‹«

»Jesses, Jessica, was hast du denn jetzt schon wieder gemacht?«

Wir gingen zur Schule zurück.

Ich wartete darauf, dass etwas geschah, aber es geschah nichts. Auch nicht am nächsten oder übernächsten Tag. Ich glaubte schon, es wäre nur Cissie gewesen. Aber dann sagte die Dobbs am Anfang der ersten Nachmittagsstunde, ohne mich auch nur anzusehen, sondern einfach während sie sich zur Tafel drehte: »Ach, Jessica, gehst du bitte hoch zu Miss Macmillan«, und ich bekam dieses schreckliche Angstgefühl im Magen. Beziehungsweise ein Stück weiter unten. Es war eigentlich ganz schön.

Oben klopfte ich, und Miss Macmillan, die Direktorin der Junior School, steckte den Kopf heraus und sagte: »Ach ja, Jessica. Die Schulleiterin möchte dich sehen. Gehst du bitte hoch zur großen Schule?« Also ging ich wieder hinunter, holte meine Gasmaske und machte mich auf den Weg. Als ich die Hintertür des Schulhofs schloss, blickte ich hinauf zu Miss Macmillans Fenster und sah, wie sie mir freundlich hinterherschaute. Sie ließ sofort die Gardine fallen und zog sich vom Fenster zurück, aber weil ich diese Gabe habe, wusste ich, was sie dachte: »Die arme Jessica, sie hat ja keine Ahnung!« Den Blick kenne ich.

Und so ging ich die Ginger Street wieder hinauf. Ich war sie erst eine Viertelstunde zuvor heruntergekommen, auf dem Rückweg vom Mittagessen, und es kam mir albern vor, dass sie es mir nicht gesagt hatten, als ich sowieso da war, denn das Haus der Schulleiterin lag, wie gesagt, genau gegenüber der Senior School. Ich fand, man hätte mich ebenso gut zu ihr ins Wohnzimmer schicken können, als sie zu Mittag aß. Das hätte uns allen eine Menge Zeit gespart und wäre freundlicher gewesen.

Jedenfalls verpasste ich nur Englisch, und es war mal etwas anderes. Tatsächlich fand ich es ganz interessant, Miss LeBouche zu treffen. Sie blieb immer so blass und abseits. Sie war unwirklich, wie sie immer am Ende des Trimesters auf dem Podium stand und sagte: »Gott sei in meinem Geiste«, so weit weg. Ich suchte nach dem richtigen Wort für sie und kam nur auf »papiern«. »Papierblass«, sagte ich. Aber das war es nicht ganz. Langsam wurde ich aufgeregt.

Als ich an der Schule ankam, ging mir auf, dass ich gar nicht wusste, wie man hineingelangte. Zwar hatte ich das große Haupttor mit der direkt dahinterliegenden Treppe täglich passiert, aber nie jemanden dort hineingehen sehen. Zu Beginn des Schuljahrs gingen wir immer in Zweierreihen irgendwo hintenherum hinein. Die große Tür am oberen Ende der Treppe hatte etwas Bühnenartiges, sie war makellos gestrichen und hatte ein glänzendes Messingschild. Sie war geschlossen. Ich ging um das Gebäude herum und verlief mich zwischen den Mülltonnen. Dann versuchte ich es anders und landete im Luftschutzbunker. Beim nächsten Versuch stand ich auf einem quadratischen Platz zwischen ein paar stillen Klassenzimmern. In den Fenstern sah man hier und da die obere Hälfte einer Lehrerin, die mit der Luft redete und Kreide schwenkte. Die Mädchen sah man nicht, weil sie alle saßen. Es sah lustig aus, und ich stand allein da im Sonnenschein und grinste, als wäre ich verrückt.

Nach einer Weile kam ein großes Mädchen auf dem Weg zur Toilette durch den Kreuzgang und sah mich neugierig an. »Was ist denn mit dir los?«, fragte sie.

»Ich soll zu Miss LeBouche.«

Sie setzte einen mitleidigen Blick auf. »Da gehst du hier durch, rechtsrum, dann links, und dann bist du in der Halle. Auf der anderen Seite der Halle ist eine Tür mit dem Schild ›Ruhe bitte‹ und einem Stuhl davor. Da setzt du dich einfach hin.«

Das tat ich.

Ich sah mich in der Halle um, die auch als Turnhalle diente. Die ganzen komischen Möbel, um die man sich da immer wickeln musste, waren ordentlich beiseitegeräumt. Die langen Seile waren zurückgebunden wie Vorhänge, und durch die hochliegenden Fenster fiel die Oktobersonne auf einen unglaublich riesigen, goldenen, leeren Boden. Es machte mich froh, ihn anzusehen. Nächstes Jahr würde ich hier sein, hier spielen, hier an den Seilen hochklettern. Ich konnte am Seil hochklettern. Das hatte ich mit sieben in unserem alten Garten gelernt. Wir hatten ein Seil in einer alten Platane gehabt. »Da werden sie staunen«, dachte ich und schlief ein.

Ich wachte von einem lauten Akkord auf dem Klavier auf, von einem donnernden »EINS, ZWEI«, einer lauten Stimme, und bumm, bumm. Ein paar sehr große Mädchen flogen über ein kopfloses, großes Ledertier mit Griffen auf dem Rücken. Es stand direkt vor meiner Nase. »Trojanisch«, dachte ich. »Nein – Luftangriff.« In der Nacht zuvor hatte es einen Luftangriff gegeben. Wir waren bis sechs Uhr im Bunker gewesen, und meine Mutter war auf dem Hof fast von einem Granatsplitter getroffen worden. Beziehungsweise sie war wirklich getroffen worden, hatte aber den Stahlhelm aufgehabt. »Guckt euch das mal an!«, hatte sie angewidert gesagt, als sie wieder in den Bunker kam, und hielt den Splitter hoch. »Genau auf meinen Helm!« »Du sagst das, als wäre es Vogelkacke«, sagte mein Vater. Komisch, dass man die Luftangriffe tagsüber einfach vergisst. Ich dachte daran, wie sie gelacht und den Granatsplitter angeguckt hatten, an Mas angewidertes Gesicht, und ich lächelte ebenfalls und blickte in das Gesicht einer sehr ernsten, sehr kühlen Person mit Goldrandbrille. »Hallo«, sagte ich. Dann fiel es mir wieder ein.

Ich sprang auf die Füße.

»Komm rein«, sagte Miss LeBouche. »Wie lange sitzt du denn schon hier?«

»Ich weiß nicht, Miss LeBouche«, sagte ich.

»Hast du angeklopft?«

»Nein.« (Warum war ich denn nicht darauf gekommen, anzuklopfen? Florence hätte das getan. Hätte wahrscheinlich jeder. Ich war verwirrt über mich selbst und noch nicht richtig wach.)

»Wirklich nicht? Das ist aber seltsam.«

Ich wusste nicht, was ich sagen sollte. Aber plötzlich merkte ich, dass ich zwar verwirrt war, es mir aber auch ganz gutging, nach meinem Nickerchen in der Sonne. Also lächelte ich sie an. Ich sah sie denken: »Sie hat ein nettes Gesicht. Zu große Zähne, aber das ist in dem Alter ja oft so. Gute Wangenknochen. Kaum ein Akzent. Seltsam. Sie wirkt so arglos.«

»Ich glaube«, sagte sie, »du hast zu Beginn des Schuljahrs an einem einzigen Tag drei Tadel bekommen, Jessica.«

Dann war es doch das. Nun gut. »Ja, Miss LeBouche.«

»Kannst du mir das erklären?«

»O ja«, sagte ich. Ich fand es gut, dass ich damit anfangen konnte. »Ja, das kann ich. Das würde ich sogar sehr gerne. Ich habe schon mit Miss Philemon darüber geredet und geredet. Das war ein ganz schrecklicher Tag – schrecklich vom Anfang bis zum Ende. Da konnte man glatt an Hexerei glauben – wie wenn die Milch sauer wird und so weiter und wenn man Dinge nicht bei Vollmond tut. Wie Puck oder so. Kann ich Ihnen das bitte erzählen, es war nämlich grauenhaft, und ich weiß auch nicht, warum, aber obwohl es so schrecklich war, bin ich auch froh, dass es passiert ist, weil es am Ende auch wahnsinnig lustig war. Ich habe es Miss Philemon erzählt, und sie hat in den Schuhbeuteln einen richtigen Lachanfall bekommen. Sie hat sich tatsächlich Schuhbeutel ans Gesicht gepresst. Sie sagte, das sei das Sonderbarste, was sie je gehört habe. Und dann hat sie mir noch alles Mögliche erzählt, zum Beispiel von den zwei Damen, die die Straße langgingen und einen Mann sahen, der mit einem Stift in der Hand in einem Erkerfenster an der Promenade saß und sich kaputtlachte, sogar Tränen lachte, über das, was er gerade geschrieben hatte. Sie hat gesagt, es sei besser, so zu sein wie er, als wie die meisten anderen Leute. Sie hat gesagt, es ist überhaupt nichts Schlechtes, wenn man versucht, lustig zu sein. Sie sagte, John Clare war am Ende der Gewinner, trotz allem, was sie ihm angetan haben, und dass er die Herrlichkeit Gottes geschaut hat ...«

»AUGENBLICK MAL!«

»Der Mann, der so gelacht hat«, sagte ich (denn es passierte eine Ewigkeit lang nichts), »war Dickens.«

»STOP!«

»Doch, Miss LeBouche.«

»Kannst du mir sagen, ob es stimmt, dass du und ein paar Freundinnen Ende des letzten Schuljahrs im Fünf-Uhr-Zug große Tüten Pommes frites gegessen habt?«

»Ja, Miss LeBouche.«

»Du siehst so verblüfft aus. Ist dir gar nicht in den Sinn gekommen, dass das irgendwie ungehörig gewesen sein könnte?«

»Nein.« Ich sah sie an.

»Verstehe.« (Sie dachte: »Das Kind ist wohl etwas schlicht.«) »Gut, dann tut es mir leid, dir sagen zu müssen, dass es mir durchaus so vorkommt. Das fanden der Stationsvorsteher und die Damen am Fahrkartenschalter ebenfalls. Sie sagten, ihr hättet Grimassen gezogen und mit Pommes geworfen.«

»Das haben wir nicht«, sagte ich sehr entschieden. »Wir hätten doch keine weggeworfen! Die waren so wunderbar. Vielleicht haben wir ein bisschen damit gewinkt oder so herumgewackelt ...«

»STOP!«, rief sie wieder.

»Miss LeBouche, wir haben keine Grimassen geschnitten und nicht mit Pommes geworfen. Der Stationsvorsteher ist ein ekliger alter Mann, seine Hose ist immer offen, und er hasst ...«

»STOP, STOP!«

Ich schwieg, und sie atmete ein paarmal langsam ein und aus. »Jessica«, sagte sie dann. »Du bist sehr eloquent, und ich frage mich, ob eine Strafe dir überhaupt etwas ausmachen würde.«

»Aber ich habe nichts getan. Ich meine, *Strafe* ...«

»Bist du jetzt still! Kann ich dich etwas fragen? An der Art, wie du sprichst, deinem Satzbau, höre ich, dass du eine Dame bist. Kannst du mir versprechen, dass du in Zukunft daran denkst? Dass du dich bemühst, dich geziemend zu verhalten? Du bist jetzt – warte mal – fast dreizehn Jahre alt. Da wird es langsam Zeit, über Dinge wie Zurückhaltung nachzudenken. Ein bisschen weniger Emotion. Versprichst du mir, dass du versuchen wirst, dich wie eine echte Lady zu verhalten?«

Ich schwieg, dann sagte ich: »Es tut mir sehr leid, aber ich fürchte, das kann ich nicht.«

»Und warum nicht?«

»Weil ich keine bin. Ich bin keine echte Lady.«

»Aha?«

»Ich werde versuchen, ein guter Mensch zu sein, wirklich. Das tue ich, ehrlich gesagt, sowieso. Wahrscheinlich bin ich auch deswegen so unbeliebt, aber das muss man bei uns zu Hause, das gehört zum Job meines Vaters. Aber ich kann keine echte Lady sein, weil mein Vater nicht an so was glaubt. Er ist in der Labour Party.«

Sie sagte: »Verstehe«, und betrachtete ihre Fingernägel. »Macht nichts. Sollen wir es dabei belassen, dass du dich bemühst, dich gut zu benehmen? Das meinte ich. Am Ende läuft alles darauf hinaus, gut zu sein, wie man auch sieht, wenn man über Unseren Herrn Jesus liest. Hast du noch etwas zu sagen?«

Ich dachte ewig lange nach und sagte dann, dass ich gern wüsste, was geziemend heißt, denn das Wort kannte ich nicht, und erst da explodierte sie fast. »Würde!«, polterte sie. »Würde, mein Kind, Würde!« Ich glaube, das kam lauter raus, als sie es eigentlich beabsichtigt hatte.

»Und, Entschuldigung …« (Ich hatte offensichtlich nicht das Richtige gesagt.)

»Ja? Ich habe viel zu tun.« (Weil ich diese Gabe habe, wusste ich, was sie dachte: »Das Kind ist gar nicht schlicht, es weiß ganz genau Bescheid. Sie ist ein durchtriebenes Kind, sie weiß Bescheid und ist durchtrieben.«)

»Bitte, Miss LeBouche, ich bin gar nicht so sicher, dass Unser Herr Jesus so gut war, in dem Sinne. Mein Vater meint, er muss rebellisch und schwierig gewesen sein … Und ganz ehrlich, ich verstehe wirklich nicht, warum wir keine Pommes essen sollen, wenn das Schuljahr vorbei ist.«

Sie gab mir einen Verweis. Obwohl ich es schon zur Tür geschafft hatte und mit dem kleinen Abdeckding über dem Schlüsselloch herumspielte. Tatsächlich war ich schon fast draußen gewesen. Gott sei Dank schien sie nicht zu merken, dass man für drei Tadel schon einen Verweis bekam und es daher eigentlich mein zweiter Verweis war und ich von der Schule hätte fliegen müssen. Jedenfalls hatte Cissie das gesagt, aber weiß der Himmel, woher sie das hatte. Niemand kannte irgendjemanden, der tatsächlich drei Tadel an einem Tag bekommen hatte und dann noch einen Verweis, von daher war das sowieso alles geraten.

Auf jeden Fall müssten sie dafür erst eine Konferenz abhalten, würde man denken. Und dann würden sie doch sicher einen Brief an die Eltern schreiben? Konnte natürlich sein, dass Miss LeBouche das tun würde. Vielleicht schrieb sie genau in diesem Moment an meine Eltern. Oder sie hatte noch nicht gemerkt, dass sie mich hinauswerfen konnte. Vielleicht sollte ich wirklich noch einmal hingehen und es ihr sagen. Immerhin hatte ich versprochen, brav zu sein. Ich musste mich benehmen, wie Unser Herr Jesus sich benommen hätte, und ich dachte gründlich darüber nach. Aber dann entschied ich ganz aufrichtig, dass Er nicht zurückgegangen wäre. Das war eine Erleichterung.

»Ich kann doch nichts dafür, wie ich rede«, dachte ich. »Kann ich wirklich nicht. Immerhin ist mein Vater genauso. Das habe ich geerbt. Aber bei ihm ist das in Ordnung, er darf das. Lehrer und Geistliche und Schauspieler und Diktatoren und Premierminister … Wenn ich nicht ohne jeden Zweifel eine echte Schriftstellerin wäre, wäre Schauspielerin vielleicht etwas für mich …« Plötzlich sah ich mich von Kopf bis Fuß in Schwarz gekleidet auf einer Bühne stehen, so scharf und klar, dass es fast eine Vision war. Ich hielt einen Dolch in der Hand, und von draußen erleuchtete ein helles Licht die Buntglasfenster wie bei Elsie Meeney's. Ein Turmzimmer in einem einsamen Wald. Allerdings würde man durch ein Buntglasfenster die Bäume nicht sehen. Ich dachte darüber nach, wie man das machen konnte. Ich war noch nie im Theater gewesen, aber ich hatte *Rebecca* im Kino gesehen und *Marie Walewska* und *Das scharlachrote Siegel* mit Leslie Howard. In der Schule hatten wir den *Sommernachtstraum* gelesen, kein besonders gutes Stück, aber aus irgendeinem Grund muss man immer wieder dran denken, egal, wie schlecht es gelesen wird, selbst mit Cissie Comberbach als Bohnenblüte, und die Stellen mit den Handwerkern im Wald können wahnsinnig lustig sein, vor allem, wenn man Zettel an den Pyramus-Stellen eine sehr hohe Stimme gibt, dann sterben alle vor Lachen, sogar die Dobbs lächelt. Und der Wald konnte auf einer Bühne sicher spektakulär aussehen, wenn man ein bisschen Grün hatte … Großer Gott!

Ich lief durch einen Wald. Ich blieb stehen und sah mich um. Es war ein dichter Wald, der an einem Abhang wuchs, Bäume über mir, Bäume unter mir. Ich war auf einem schmalen, gewundenen Pfad. Überall unter den Bäumen, auf und ab in alle Richtungen, wuchs eine Pflanze mit schweren, nach außen gebogenen Blättern und filigranen, weißen Blüten. Es roch stark nach Zwiebeln. »Bärlauch«, dachte ich, »ich muss im Sea Wood sein. Wie um alles in der Welt bin ich denn hierhergekommen?«

Ein- oder zweimal im Jahr machen die Juniors einen Ausflug in den Sea Wood, damit wir ein bisschen Natur sehen. Unten fließt ein Fluss, der ins Meer donnert, außer wenn Flut ist und das Wasser in den Fluss zurückgedrückt wird. Der Fluss kommt wegen des eisenhaltigen Gesteins rot aus dem Moor, schäumt aber grünlich und salzig, wenn er zurückgedrängt wird. Am Fuße des Waldes, im Flussbett, wird der Waldboden eben, ziemlich weit, dort wächst grünes Gras. Vor langer Zeit hat die Stadtverwaltung hier Gärten angelegt, als Cleveland Spa ein beliebtes Ziel war, vornehmer als Scarborough. Damen mit Sonnenschirmen kamen, und Großfamilien mit Kindern und Kindermädchen und Matrosenanzügen und Reifen. Es gibt da unten einen kleinen Musikpavillon und hübsche Blumenbeete, die »The Valley Gardens« heißen. Nachdem ich Miss LaBouche verlassen hatte, musste ich in Richtung Sea Wood gelaufen sein, auf der Straße, die hinter der Schule herumführt, statt auf der Hauptstraße Richtung Ginger Street. Wie um alles in der Welt war das denn passiert?

»Ich muss noch halb schlafen«, dachte ich. »Weil ich letzte Nacht auf war oder so. Jesses! Die bringen mich um, wenn sie mich hier finden. Sie sind ja schon ausgeflippt, als ich nur The Cut runtergegangen bin. O Himmel, ich wollte gar nicht hierherkommen, wirklich nicht. Ehrlich!« Ich fing an zu rennen.

Ich rannte, bis ich den Pavillon sehen konnte, dann musste ich erst mal nach Luft schnappen. Die Sonne schien auf den kleinen, weißen Musikpavillon. Er sah aus wie aus Tortenspitze, wie er da im grünen Tal stand, umgeben von rautenförmigen Dahlienbeeten, großen Klecksen von Scharlachrot und Gelb und Blutrot und Orange. Seit Ausbruch des Krieges war kein Gärtner mehr für die Valley Gardens abgestellt worden, aber der Ort lag geschützt, und ich nahm an, es hatte noch keinen Frost gegeben. Die Dahlien blühten und strahlten, aufrecht wie Soldaten, obwohl sie den Winter über sicher niemand angerührt hatte. Der goldene Sonnenschein fiel in schrägen, flachen Strahlen – o Himmel!, der Nachmittagsunterricht musste ungefähr jetzt zu Ende sein – auf den Musikpavillon, und darin lag, mit dem Rücken über drei Metallstühle ausgestreckt, ein Mann in einem blauen Kampfanzug, sehr still.

Ich vergaß alles, was an diesem Nachmittag geschehen war. Ich vergaß mich selbst, meine Gedanken, meine Gefühle, meine Angst. Plötzlich war ich überwältigt von Freude und Liebe. Das weiße, spitzenartige kleine Gebäude, der blaue Mann, die leuchtend roten Blumen, das schwere, goldene Licht, die dicken, dunklen Blätter unter den herbstlichen Bäumen, das Rauschen des Wassers und die salzige Luft; ich setzte mich einfach in den Bärlauch und guckte.

Urplötzlich stand der Mann auf, ging zu einem der Pfeiler des Pavillons und umarmte ihn. Und dann fing er, in der Umarmung, an, danach zu treten. Und dann, das kam noch überraschender, und ich setzte mich gerade auf, ging er zum nächsten Blumenbeet und riss an den Dahlien. Er zerrte und zupfte und rupfte daran. Er warf damit um sich und zermahlte sie unter seinen Füßen. Dann zog er ein Messer aus der Tasche und hackte wie ein Irrer auf den Blumen herum, schrie sie an und brüllte.

»AUFHÖREN!« Ich rannte zu ihm. »Aufhören, sofort! Hören Sie mich?« Er hielt inne. »Geben Sie mir das Messer.« Überrascht sah er das Messer in seiner Hand an und steckte es in die Tasche. »Wie können Sie nur!«, schrie ich. Ich hatte Tränen in den Augen und zitterte plötzlich vor Wut. »Wie können Sie nur! Wie können Sie nur! Wie können Sie nur! Die sind doch wunderschön, Sie Schwein! Sie Schwein! Sie sind wunderschön.«

Der Mann setzte sich ins Gras und fing an zu weinen. »Heulen Sie nur«, sagte ich. »Heulen Sie nur. Wie konnten Sie!« Ich zeigte auf die zerstörten Blumen, das niedergetrampelte Beet. »Was sind Sie für ein schrecklicher, schrecklicher Mensch!« Sein schwarzer Lockenkopf wandte sich auf seinen Unterarmen mal nach rechts, mal nach links, und Schluchzer schüttelten ihn auf dem grünen Gras. »Ach, hören Sie doch auf«, sagte ich, aber er weinte weiter.

»Jetzt ist es aber mal gut«, sagte ich nach einer Weile. »Hören Sie auf. Nicht weinen.« Sein Haar wuchs von einem Punkt in der Mitte aus und ging dann in Lockenwirbeln um seinen Kopf herum, und ich streckte die Hand aus und berührte es. Dann tätschelte ich ihm den Kopf.

Er hörte auf zu weinen, hob das Gesicht, und es war ganz nass. Ich sah, wie er mein schreckliches, dunkelblaues Schuluniformkleid ansah, das graue Hemd mit dem quadratischen Ausschnitt, und mein Gesicht, das ziemlich wütend gewesen sein musste, und dann trat etwas in seine Augen, das ich noch nie gesehen hatte oder jedenfalls nicht, wenn jemand mich ansah. Der Blick sagte, dass er mich mochte, aber es war ein komisches Mögen. Irgendwie aufgeregt, als hätte er etwas gefunden.

Mir war plötzlich sehr kalt, und im selben Moment verschwand die Sonne aus den Valley Gardens, und wir waren im Schatten. »Ich muss los«, sagte ich, und damit marschierte ich sehr würdevoll und geziemend von dannen. Gerade und aufrecht ging ich, hoch durch die Gärten, hoch durch den Bärlauch, hoch auf den kleinen, gewundenen Pfad zwischen den Bäumen. Ich sah mich nicht um. Mein ganzer Rücken vom Scheitel bis zur Sohle war kalt und kribbelte.

»Hey!«, kam es von unten. »Hey, komm zurück! Du sehr hüübsch!«, und ich rannte los. Ich rannte und rannte. Die Bäume verschwanden hinter mir, und ich rannte weiter und weiter. Ich hörte knackende Geräusche hinter mir und dumpf aufschlagende Schritte, schwer und hart, und ich rief: »O Gott! O Gott, Hilfe! O Gott!«, und ich brach durch den Eingang zum Sea Wood mit den beiden Steinsäulen und der protzigen Treppe auf die breite, leere Promenade, kaum hundert Meter von der Junior School entfernt, wo ich in Sicherheit war. Ich platzte durchs Tor auf den hinteren Schulhof, mitten in all die Mädchen, die sich gerade für den Weg zum Zug aufstellten.

»Jessica!«, sagte Miss Macmillan. »Du hast aber ganz schön lange gebraucht. Stell dich auf, du kommst gerade noch rechtzeitig zum Zug.«

»Was hat sie gesagt?«, fragte Dottie Hobson.

»Wer? Was?«

»Miss LeB?«

»Ach, die – keine Ahnung. Irgendwas. Ich hab einen Verweis bekommen.«

»Gott, wie schrecklich!«

»Warum keuchst du denn so?«, fragte Florence.

»Bin gerannt.«

»Warum bist du nicht gleich zum Bahnhof gegangen?«

»Weiß auch nicht.«

»Die hat dich ja ewig dabehalten. Du Arme. Wir werden heute von zwei Lehrern zum Bahnhof begleitet. So ein armer gefangener Itaker ist abgehauen.«

»Was ist denn ein Itaker?«

»O Jessica! Ein *Italiener* – einer von den Kriegsgefangenen, die auf den Bauernhöfen arbeiten. Er ist heute Morgen abgehauen, und sie haben ihn noch nicht gefunden.«

»Kommt, stellt euch auf«, sagte Miss Macmillan.

»Angeblich ist er *bewaffnet*«, flüsterte Helen. »Er ist *wahnsinnig* gefährlich. Ein Verrückter!«

»Unsinn«, sagte Miss Macmillan, die es gehört hatte. »Er ist vermutlich ein Häufchen Elend und hat Heimweh. Aber es ist trotzdem besser, wenn ihr ihm aus dem Weg geht.«

»Allerdings«, dachte ich. »Herrgott! Du lieber Himmel!«

Auf dem ganzen Heimweg, die ganze Zeit beim Tea, bei den Hausaufgaben versuchte ich, Angst zu haben, aber ich konnte nicht. Furchtlos und durchtrieben, wie man es offenbar von mir erwartete. Selbst im Bett dachte ich noch darüber nach. Immer wieder, über seine Haare und sein nasses Gesicht und den Blick in seinen Augen. »Du sehr hüübsch«, hatte er gesagt. O Himmel, wie schrecklich! Aber Himmel, wie wundervoll auch!

6

Am nächsten Morgen nahm ich den Zug um Viertel vor acht zur Schule, ich sagte, ich hätte Aufsicht oder so was – was auch stimmte –, und ging dann links unter der Bahn durch zu Miss Philemons Wohnung. Ich musste mich gegen Wind und Regen über die Promenade vorankämpfen, und ich hatte meinen Regenmantel vergessen. Es war ein abscheulicher, dunkler Morgen. Am Nachmittag vorher war es noch so sonnig gewesen, dass ich gar nicht damit gerechnet hatte. Ich stieg die vier Stockwerke zu ihrer Wohnung hinauf und klingelte. Sie kam mit einem Butterkeks in der Hand an die Tür.

»Komm rein«, sagte sie. »Liebe Güte, du bist ja klatschnass.« Sie trat einen Schritt zurück, blinzelte und lächelte. Vom Fenster kam ein lautes Schniefen, und Miss Crake, die Kunstlehrerin, löste sich aus den Vorhängen, schlurfte durch das Zimmer und hinter mir zur Tür hinaus. Ich erschrak zu Tode. Sie war eine sehr große, finstere Frau, der alle egal waren außer Iris Ingledew, dem einzigen Mädchen an der Schule, das malen konnte. Sie schleifte einen großen Wachstuchbeutel mit sich herum, aus dem lauter Pinsel herausguckten. Was mich so erschreckte, war, dass sie mich beobachtet haben musste, als ich an der Küstenlinie entlangging. Was sie wohl gesagt hatte?

»Setz dich da an den Heizstrahler«, sagte Miss Philemon, »und nimm dir einen Keks. Ich esse immer Kekse zum Frühstück – also, wenn ich welche bekomme. Ich würde so gern meine Kleidermarken für Lebensmittel ausgeben, du nicht? Ich hätte wirklich viel lieber etwas zu essen als Kleidung.«

Ich sagte »Ja«, setzte mich und starrte auf den Heizstrahler, ein schreckliches, altes, verbeultes Ding, und die Uhr tickte sehr laut.

»Miss Crake kam vorbei, um mir zu sagen, dass sie den armen Gefangenen erwischt haben. Möchtest du Tee, Liebes? Ist frisch gemacht.« Ich sagte »Nein, danke«, und die Uhr tickte weiter. Nach einer Weile nahm Miss Philemon die Morgenzeitung in die Hand und fing an zu lesen. Ich wurde stiller und stiller und stellte plötzlich fest, dass ich gar nicht mehr dort saß. Jedenfalls nicht wirklich. Mein Körper saß da, aber ich betrachtete ihn von irgendwo unter der Decke aus. Ich sah meinen Hinterkopf sehr klar, mein Haar in der Mitte trocken, wo ich den Schulhut aufgehabt hatte, und feucht drum herum. Die Füße hatte ich zum Feuer gestreckt. »Was für ein jämmerliches Ding«, dachte ich. »Wie großartig, frei zu sein.«

Dann raschelte sie mit der Zeitung, und ich kehrte mit einem Schreck und einem Seufzer in meinen Körper zurück. »Ich gehe dann wohl mal besser«, sagte ich.

»Das stimmt. Du willst ja nicht zu spät zur Morgenandacht kommen, und ich auch nicht.« Ich zog meinen schrecklichen, nassen Mantel wieder an, setzte den Hut auf und ging die Treppe hinunter und nach draußen. Als ich auf der Promenade ankam, dachte ich: »Ich hätte ihr wirklich sagen sollen, warum ich gekommen bin. Sie muss mich ja für sonderbar halten. Jeder andere außer ihr hätte nachgebohrt. Das war wirklich sehr nobel von ihr.«

Ich ging wieder hoch und klingelte noch einmal an der Wohnungstür, und Miss Philemon öffnete. Sie trug jetzt ebenfalls einen Hut und hatte ihren riesigen Koffer dabei.

»Ich dachte, vielleicht sage ich Ihnen besser, warum ich überhaupt gekommen bin«, sagte ich. »Als Sie gesagt haben, dass Miss Crake erzählt hat, dass sie ihn geschnappt haben, dachte ich, es sei schon in Ordnung. Aber ich glaube, ich sollte Ihnen trotzdem sagen, warum ich gekommen bin.«

»Bist du sicher?«, fragte sie. »Manches behält man besser für sich. Glaub nicht, man müsste den Leuten alles sagen. Das ist ein großer Fehler. Oft verliert man Dinge, wenn man sie herumreicht. Wenn du etwas falsch gemacht hast, wirst du es nicht los, indem du es bei mir ablädst.«

»Nein«, sagte ich, »ich habe nichts falsch gemacht. Aber ich sollte es Ihnen erzählen. Es ist wegen dem Kriegsgefangenen. Ich habe ihn getroffen.«

»Du hast was, Liebes?«

»Ihn getroffen. Gestern Nachmittag im Sea Wood. Er hat immer wieder mit dem Kopf gegen den Musikpavillon gehauen.«

Statt zu fragen: »Was um alles in der Welt hast du denn im Sea Wood gemacht?«, fragte sie: »Hat er dich gesehen?«

»Ersma nicht.«

»›Zunächst nicht‹.«

»Zunächst nicht. Aber dann hat er sich auf die Dahlien gestürzt.«

»Gestürzt?«

»Er hat sie niedergemetzelt. Dran gezerrt und sie mit einem Messer geköpft und sie beschimpft. Also bin ich auf ihn los.«

Miss Philemon setzte sich plötzlich auf den nächstbesten Stuhl und schloss die Augen. »Ja?«, sagte sie.

»Ich bin auf ihn los und habe ihm gesagt, er kann sie doch nicht so kaputt machen, und er hat ganz schrecklich herumgebrüllt, und dann hat er geweint und sich ins Gras gesetzt.«

Sie sagte: »Und dann?«

»Und dann tat er mir leid und … na ja, ich bin dann weggegangen und habe ihn da zurückgelassen.«

Sie setzte den Koffer ab, den sie immer noch in der Hand hatte, stand auf, trat ans Fenster und sah durch den Regen auf die Klippen hinaus. Ihre Stimme klang anders, und mir wurde wieder so kalt wie gestern.

»Hat der Mann dich angefasst?«

»Nein.«

»Kannst du das schwören?«

»Ja.«

»Ist dir klar, dass du in großer Gefahr warst?«

»Ja, Miss Philemon.«

»Versprichst du mir, dass du nie, nie, niemals wieder allein an so einsame Orte gehst? Und dass du, falls du jemals wieder mit jemandem allein bist, der sich seltsam verhält, sofort, absolut unverzüglich weggehst? Dass du es der Polizei meldest?«

Ich sagte nichts.

»Versprichst du das, Jessica? Sonst muss ich es Miss Le-Bouche melden. Wäre der Mann nicht gefunden worden, dann hätte ich es ihr jetzt sofort erzählen müssen. Schwörst du, dass er dich nicht angefasst hat?«

»Ja, Miss Philemon. In Wahrheit habe ich ihn angefasst.«

»Was?«

»Ich habe ihn getröstet. Er hat geweint. Er war wirklich ein Häufchen Elend. Ich glaube nicht, dass er mir was getan hätte.«

»Du hast ihn *getröstet*?«

»Ja. Ich habe ihm den Kopf getätschelt.«

»Und dann?«

»Und dann bin ich gegangen.«

»Und wenn es noch einmal passieren würde?«

Ich dachte nach.

»Dann würde ich das nicht mehr tun«, sagte ich. »Wirklich nicht. Wissen Sie, es war so … die Sonne schien, und da war der Musikpavillon und die Dahlien. Und er hat gewütet und getobt und schlimme Wörter gesagt, wie ein Tier, ein Schwein, ein Schwein ...« Ich weinte, und sie sagte: »Schhh, ich muss nachdenken. Nimm dir einen Keks.« Damit wurde es wieder still im Raum, bis auf den tickenden Wecker. Nach einer scheinbaren Ewigkeit wandte sie sich vom Fenster ab und schüttelte sich. »Gut«, sagte sie. »Gut. Das reicht. Wir sagen nichts weiter. Du nicht und ich nicht. Behalt es für dich und mach dir keine Sorgen. Versprich mir nur, vorsichtig zu sein. Versprich mir, dass du etwas gelernt hast.«

Ich sagte: »Ja, das verspreche ich.« (Aber weiß der Himmel, was, dachte ich. Warum kann sie nicht noch etwas dazu sagen? Langsam war ich gereizt. Sie benahm sich genauso wie andere Leute, deutete nur irgendetwas an, aber sagte nichts.)

»Solange«, fügte sie hinzu, »du mir wirklich alles erzählt hast.« Ich dachte: »Warum habe ich das nicht? Warum habe ich ihr nicht erzählt, was er gesagt hat? ›Du sehr hüübsch.‹ Ich wette, zu ihr hat das noch nie jemand gesagt.«

»Dann ab mit dir. Ab mit dir, mein Kind, verpass die Morgenandacht nicht. Du siehst müde aus. Mach dir keine Sorgen mehr.«

Als ich aufstand, sah ich über dem Kaminsims ein Bild von ein paar Frauen, die nebeneinanderstanden und Körbe voller Früchte trugen. Eine hatte den Kopf zur Seite geneigt und sprach leise mit der anderen. Oberhalb ihrer Röcke hatten sie nichts an, und sie waren Afrikanerinnen oder so. Sie standen ganz gerade und still da, vor dunkelgrünen Bäumen. Man sah sofort, dass es ein Mann gewesen war, der sie gemalt hatte, und ihnen war dabei nicht wohl gewesen. Ich konnte nicht mehr als einen Seitenblick darauf werfen, ich stolperte über meine eigenen Füße und raste aus der Wohnung und die Treppe hinunter und im strömenden Regen an der Küste entlang, und der Wind schob mich von hinten voran. Ich stürzte durch die Schuhbeutel und kam gerade noch rechtzeitig zum Aufstellen für die Morgenandacht.

»Sehr schön.
Ich sagte: ›Sehr schön‹, Liebes. Ein sehr schöner kleiner Aufsatz.«
Ich ging ihn mir abholen, und untendrauf stand »Sehr gut. Wunderbare Arbeit« in Dobbs' ordentlicher, großer Handschrift. Ich knallte das Heft auf meinen Tisch und wand meine Beine wieder um die Stuhlbeine. Draußen vor dem Fenster rollten bedächtig die Wellen herein, dann und wann verwischt von Regenböen, die gegen das Fenster schlugen. Angeblich liegt kein Land zwischen Cleveland Spa und dem Nordpol. Mein Tisch mit John Clare drauf und der Fensterrahmen und die Straße und der Stacheldraht sind die letzten festen Gegenstände vor dem Eis. Irgendwo ganz weit da draußen gucken ein paar klägliche Pinguine Richtung Cleveland Spa, und ein paar alte Bären laufen herum und wackeln mit dem Kopf. Sonst atmet nichts über dem Wasser. Der Wind donnerte und brüllte.

»… der erste von vielen«, sagte sie. »… klar, … flüssig geschrieben … denn du kannst ja was, Jessica. Und deine Rechtschreibung und Zeichensetzung sind wirklich hervorragend, auch wenn deine Handschrift ganz schön wild ist. Sehr interessanter Gebrauch des Semikolons. Hörst du mir überhaupt zu?«
»Tut mir leid, Miss Dobbs.«
»Ich sagte, ich hoffe, das ist nur der erste von vielen.«
»O ja. So was kann ich immer machen.«
»Ach, kannst du das?« Sie schob ihre Bücher herum und ruckelte sich auf dem Stuhl zurecht, und weil ich diese Gabe habe, wusste ich genau, dass sie dachte: »Warum kann ich die-

ses Kind bloß nicht leiden?« »Jessie-Carr«, sagte sie, »jetzt hör doch mal auf, die ganze Zeit aus dem Fenster zu starren. Du kannst heute als Erste lesen. Komm, *Die weltlichen und geistlichen Abenteuer des jungen Herrn Gerard*, wir waren bei Kapitel neunzig, oder?«

In der Pause konnten wir nicht raus und mussten uns in der Aula versammeln, dem großen Saal auf der Vorderseite des Gebäudes, wo auch die Morgenandacht ist. Darin stand ein Klavier, und der Boden war splittrig. Die kleinen Mädchen aus der ersten Klasse klimperten auf dem Klavier herum und schubsten einander vom Klavierhocker. Es gab ein mickriges Kaminfeuer, und drum herum drängten sich die großen Mädchen. Ich hatte keinen Nerv, mich dazwischenzudrängen, obwohl mir eiskalt war, sondern ging ans Fenster und starrte wieder aufs Meer. Nach einer Weile strich ich mir mit der Schnur vom Verdunklungsrollo übers Gesicht.

»Warum warst du nicht im Zug, Jessie-Carr?«

»Ach, Klappe.«

»Meine Güte.« Helen stolzierte davon. »Prähistorisch«, sagte sie.

»Was?«

»Ach, nichts.«

»Was ist prähistorisch und hat zwei Beine?«

»Du.«

»Gut, bin ich gerne.«

»Sie weiß nicht, was es heißt«, sagte Florence. »Mach dir nichts draus, wahrscheinlich hat sie es sich ausgedacht.«

»Jessica schreibt so *flüssig*. Jessie-Carr schreibt so flüssig«, sagte Dottie.

Ich zog das Rollo hoch und drückte das Gesicht an die Scheibe, und Florence fragte mich etwas, was sie fast nie tut, weil sie sich nicht aufdrängen will. »Was hast du denn? Woran denkst du?«

Ich sagte: »Schokoladenkekse. Schokoladenkekse, Schinken, Banana Split, Sirupkuchen. Die Frau bei Elsie Meeney's. Eclairs. Ich habe so einen Hunger.«

»Was hast du denn gefrühstückt?«

»Weiß ich nicht mehr. Es war so früh. Ich musste den früheren Zug nehmen.«

Die kleinen Mädchen quietschten *Wenn der Krieg vorbei ist*, so schrill sie konnten. Ein paar von ihnen hatten ein Seil und sprangen auf den nackten Dielen. Ich sagte: »Oh, Hilfe, ich hab mörderische Kopfschmerzen.«

»Warum musstest du den frühen Zug nehmen?«

»Ach, ich hatte was dabei.«

»Was dabei?«

»Ich habe Miss Philemon was vorbeigebracht.« Florence sagte nichts, und die kleinen Mädchen kreischten: *Jippie, jippie, ja!*

»Ich war sogar bei ihr drin.«

»Wirklich? Wie …«

»Ach, es ist halt so eine Wohnung«, sagte ich. »Eine ganz normale Wohnung. Aber mal ehrlich: Was für ein Chaos! Wirklich, so was hast du noch nicht gesehen. Alles total durcheinander. Bücher auf dem Boden, unter dem Sofa, auf dem Kaminsims. Ihre Butterration lag auf der Uhr. Überall liegen Klamotten herum, und sie hat Butterkekse gegessen. Die Crake war auch da, und sie hat auch Butterkekse gegessen. Und wie die ganzen Pinsel immer aus ihrer Tüte gucken. Miss P. hatte diesen Hut mit der schlappen Krempe auf – ich glaube, den hat sie selbst so zurechtgemacht. Sie sagt, Klamotten sind ihr egal, und ich habe gesagt: ›Sagen Sie bloß!‹ Na gut, habe ich nicht, aber hätte ich fast.«

»Ich dachte, du magst Miss Philemon.«

»Ich mag sie? Wie kommst du denn da drauf? Die ist gestört. Du müsstest mal das Chaos sehen. Da liegen alte Dosen herum – Sardinenbüchsen und so was, und altes, grünes Brot – und dann ihre Bilder! Sie hat schmutzige Bilder.«

»Was für Bilder?«

»Also, eins wenigstens. An der Wand. Überm Kamin.«

»Was ist drauf?«

»Also, ich will nichts sagen, aber es sind Frauen, grüne Frauen, und sie sind *nackt*.«

»Was, splitternackt?«

»Nur obenrum.«

»Jesses, wie groß?«

»Riesig.«

»Was tun sie?«

»Stehen nur herum. Mit Obstkörben. Und Brüsten!«

»Jesses. Hast du das Dottie erzählt?«

Die Stunde fing wieder an, wir hatten Erdkunde. Miss Pemberton sagte fast sofort: »Es reicht. Solange ihr nur Karten durchpaust, ist es mir egal, wenn ihr dabei ein bisschen redet, aber jetzt wird es mir da hinten in der Ecke zu wild. Was ist denn los, Helen?«

Es wurde geschluckt und gekichert und gegackert, vor allem von Dottie, die fragte, ob sie einen Schluck Wasser trinken dürfe, und im Vorbeigehen eine Nachricht auf Betty Dawleys Tisch fallen ließ. Darin stand: »Miss Philemon hat ein Bild von grünen Brüsten. Weitersagen.« Betty Dawley las sie aufmerksam, rümpfte die Nase und reichte sie weiter an Joan Pearson, die sie angewidert las. Sie sahen sich an, zogen die Augenbrauen und Schultern hoch, und Betty gähnte. »Manche Leute haben wirklich einen eigenartigen Humor«, sagte Joan.

»Prähistorisch«, sagte Betty.

»Himmel noch mal!«, sagte Miss Pemberton. »Was ist denn da hinten los? Ihr seid ja wie die Marx Brothers. Klapper, klapper, schluck und peng. Alberner Haufen. Betty, was hast du gerade gesagt?«

»Prähistorisch«, sagte Betty und lief rot an, sah aber aus, als könnten es ruhig alle wissen.

»Was ist prähistorisch? Ich, nehme ich an. Kommt mir heute auch so vor, ich stimme euch da also zu. Macht weiter mit dem Grabenbruch. Der ist noch prähistorischer.« (»Ich hab euch doch gesagt, prähistorisch heißt nichts Versautes«, sagte Florence.)

»Meine Granny sagt Oberweite«, sagte Cissie, und ich musste vor Lachen grunzen wie ein Schwein. »Neun grüne Oberweiten«, sang Florence in einem lautstarken Flüstern, »hingen an der Wand. Neun grüne Oberweiten,

>   hingen an der Wand,
>   eine ist hinabgekracht …«

»Gut. Es reicht«, sagte Miss Pemberton. »Bring mir den Zettel, Betty, dann sehen wir doch mal, worum es hier geht.«

Betty stand mit einer triumphierenden Kopfbewegung auf und wirkte, als würde sie über allem stehen. »Ich weiß auch nicht, was das soll«, sagte sie. »Das wurde mir gerade auf den Tisch gelegt.« Sie hob es mit spitzen Fingern auf und ging quer durch den Raum, stolperte unterwegs aber über Florence' ausgestreckten Fuß. Im Kampf darum, den Zettel wieder aufzuheben, erwischte sie nur die Hälfte, sodass dort nur noch »… ein Bild von grünen Brüsten« stand. Florence schluckte den Teil mit »Miss Philemon hat …« schnell hinunter.

»›… ein Bild von grünen …‹ Großer Gott, das sieht aus wie ›Brüsten‹.« Miss P. starrte uns alle an. Einundzwanzig Augenpaare starrten zurück – manche ausdruckslos, manche verängstigt, manche (die schreckliche Cissie Comberbach) mit einer irgendwie verdächtigen Aufgeregtheit. Als Miss Pemberton zu meinem Gesicht kam, blieb ihr Blick hängen, und weil ich diese Gabe habe, wusste ich, dass sie dachte, wie gewöhnlich wir alle waren und ich besonders. »Vielleicht liegt es auch nur an den schrecklichen Uniformen«, dachte sie, »oder den kurzen Nächten oder dem Essen. Grüne Brüste? Was haben sie sich denn jetzt schon wieder ausgedacht?«

»Wisst ihr was«, sagte sie plötzlich. »Wir essen erst mal ein bisschen Schokolade. Ich habe heute Morgen ein Paket aus Kanada bekommen. Schlagt die Seite mit Kanada noch mal auf, dann erzähle ich euch alles darüber. Jessica, Liebes, du reichst die Schachtel herum. Jeder fünf, und hört auf zu quieken. Wahrscheinlich ist die Schokolade auch prähistorisch, sie war drei Monate unterwegs.«

Ich hasse die Mädchen, die irgendwelche Lehrerinnen anhimmeln. Die machen mich ganz krank. Aber Miss Pemberton mag ich wirklich gern. Sie hat von allen Leuten, die mir je begegnet sind, am meisten Verstand.

7

Ich werde jetzt in Briefen fortfahren. Erst mal.

Liebe Jessica,
es tut mir leid, dass Du krank bist. Jedenfalls nehme ich an, dass Du krank bist, denn Du warst seit drei Tagen nicht in der Schule, aber als ich gestern bei Euch geklingelt habe, hat Rowley gesagt. »Sie ist besund«, und hat nach mir getreten, als ich an ihm vorbeiwollte. Er hat gesagt, dass Euer Vater was scheibt und Eure Mutter beim Evensong ist und Du befund bist. Ich habe ihn gefragt, ob er meint, Du hast einen *Befund* bekommen oder Du bist *gesund*, und er hat gesagt *besund* und die Tür zugeknallt. Anscheinend hat er sich schon angesteckt. Ich stecke das hier in die Ritze im Torpfosten, wie immer.

In der Schule gibt es nichts Neues. Das Wetter ist immer noch schrecklich, und wir müssen drinbleiben. Ich wette, Du bist krank geworden, als Du am Montag zur Philemon gegangen bist. Sie ist verrückt. Ich habe sie und die Crake heute im strömenden Regen auf der Promenade stehen sehen, sie haben da ewig lang ein Schwätzchen gehalten. Sie mussten sich anschreien, und ihre Kleider flatterten um sie herum, und ihre Köpfe waren unter den Hüten verschwunden. Ich habe gehört, wie die Dobbs zu Miss Pemberton gesagt hat: »Warum verweilet ihr auf dieser dürren Heide?«, und dann haben sie gelacht, aber ich habe nichts gesehen, was wie eine Heide ausgesehen hätte.

Wir stricken jetzt Schals für Flieger, während sie uns *Die weltlichen und geistlichen Abenteuer des jungen Herrn Gerard* vorliest. Sie sagt, wir können uns auch einen Flieger aussuchen, den wir kennen, dann geht es schneller – einen Onkel oder Cousin. Zwei Zentimeter stricken, und dann mit einer Sicherheitsnadel einen Zettel mit seinem Namen dranstecken, und Cissie Comberbach steckte den Namen HENRY DROWN an ihren Schal, und Miss Dobbs sagte, jetzt reicht es, Cissie, *du brauchst hier nicht den Clown zu spielen*, und Cissie hat geweint, weil sie wirklich einen Cousin hat, der Henry Drown heißt. Anscheinend haben sie in der Familie alle komische Namen. Miss Dobbs musste sich entschuldigen. Ich habe »Alexander Alabaster« an meinen Schal geheftet und warte darauf, dass sie es sieht, denn mein Vater kannte wirklich mal jemanden, der so hieß, er war sein Trauzeuge.

Ich hoffe, das erheitert Dich auf Deinem Schmerzenslager.

Deine Florence Alabaster Bone

PS: Ich habe diese sonderbare Frau aus dem Elsie Meeney's gesehen, wie sie mit ein paar Soldaten gesprochen hat. Ich glaube, sie ist Spionin.
PPS: Helen hat einen FREUND!!!!! Er hat jede Menge Pickel. Und er ist viel kleiner als sie!!!!!!!!!!!! usw.

Liebe Jessica,

tut mir leid mit Deiner Mandelentzündung, aber so schlimm ist es auch wieder nicht, das Wetter ist immer noch grässlich, wir werden beim Aufstellen für den Zug und wenn wir zum Mittagessen gehen immer klatschnass, ich habe eine fiese Erkältung und alle anderen auch. Die Dobbs trötet immer lange Melodien in ihr Taschentuch. Blas, mein

Horn, blas, schick ein Echo in den Wald, blas, mein Horn, und hör, wie es verhallt, verhallt, und das tue ich auch, ich verhalle, ich sterbe, es ist so kalt. Das Gedicht ist übrigens von Lord Tennyson. Ich glaube, der war kein echter Lord, sondern seine Mutter hat ihn einfach Lord genannt, so wie ich Florence heiße und Du Jessie-Carr und Cissies Cousin Henry Drown. Und dann haben die Leute geglaubt, er wäre ein richtiger Lord (wie bei Prince Littler, aber ich glaube, der ist ein echter Prinz). Wenn ich mal einen Sohn habe, nenne ich ihn Feldmarschall, und dann wird Montgomery ihn eines Tages treffen und sagen: »Hallo, alter Kumpel, waren wir nicht zusammen in der Wüste?« Haha.

Ich hoffe, ich bringe Dich mit diesem Brief zum Lachen, was aber bestimmt schwierig ist, wenn man Mandeln hat. Deine Mutter hat meiner Mutter in der Fischschlange gesagt, dass es die Mandeln sind, und ich habe es in der Schule erzählt, und irgendwer hat gesagt: »Oh, lecker, Mandeln!« Haha und noch mal ha. Miss Dobbs sagt, bei Mandeln kann man nichts machen, außer warm halten und warten, bis es vorbei ist. Und dann rausnehmen lassen! Sie sagt, Du wirst den Anschluss verlieren, und ich soll Dir die Bücher schicken, und ich habe mit meinem unschuldigsten Engelsgesicht gefragt, ob ich Dir *Die weltlichen und geistlichen Abenteuer des jungen Herrn Gerard* schicken soll, und da hat sich ihr Blick verfinstert, und sie hat so gezuckt und gesagt: »Das wäre großartig.« Ich habe es dann leider vergessen, bringe es dir morgen mit.

Deine F. Feldmarschall Bone

Liebe Jessie-Carr,

hier kommt schon wieder ein Brief. Bin ich nicht nett? Du könntest mal zurückschreiben. An den Händen hast Du ja wohl keine Mandeln.

Ich bin noch mal in die Schule zurückgegangen, um Deine *Weltlichen und geistlichen Abenteuer des jungen Herrn Gerard* zu holen, weil ich es schon wieder vergessen hatte, und da bin ich Miss Philemon über den Weg gelaufen, die die Abkürzung durch die Schuhbeutel genommen hat. Und jetzt stell Dir vor: Ich war in ihrer Wohnung. Du bist also nicht die Einzige.

Sie sagte: »Hallo, du hast es aber eilig, meine Liebe.« (Ehrlich gesagt, ich hatte sie über den Haufen gerannt. Ist Dir aufgefallen, dass sie wirklich winzig ist?) Ihre Tasche ist aufgegangen, und ich habe ihr geholfen, alles wieder aufzusammeln. Die ganzen Bücher haben kaum wieder reingepasst, also habe ich gesagt, ich kann ihr helfen, sie zu ihr nach Hause zu tragen. Helen ist auch mitgekommen, sie kam vom Bahnhof zurück, weil sie ihre Süßigkeitenmarken vergessen hatte.

Unterwegs hat sie gefragt, warum ich immer noch in den Schuhbeuteln war, und ich habe gesagt, dass ich ein Buch für Dich vergessen hatte, und da sagte sie: »Das arme Kind! Ist sie krank? Welches Buch bringst du ihr denn mit?« Und dann sagte sie: »Mag sie das besonders gerne?«, und ich sagte: »Ehrlich gesagt, nein.« (Ha und ha!) Und da hat sie gesagt, dann suchen wir ihr doch noch etwas dazu aus. Also sind wir in ihre Wohnung gegangen, und ich weiß wirklich nicht, was Du hast, es ist doch gemütlich dort. Ich dachte, Du magst es ein bisschen durcheinander. Sie hatte ein großes Feuer an und alles, und überall waren Bücher. Und was Du wegen der grünen Brrsste hast, weiß ich auch nicht. Das ist irgendwie ein komisches Bild, aber überhaupt nicht so, wie Du gesagt hast, und es ist auf jeden Fall nicht abstoßend oder so, außer man hat selbst irgendein Problem. Ich habe sie sogar danach gefragt (Helen hat nur geglotzt), und sie sagte: »Meine Liebe, ich gehe davon aus, dass du es scheußlich findest. Das hätte ich in deinem Alter bestimmt auch. Aber weißt du, mich beruhigt das Bild – der Gedanke, dass Menschen einfach in der Sonne leben, Obst pflücken und vor sich hin träumen. Es kommt aus der Südsee. Da scheint die Sonne den ganzen Tag auf die Menschen, vom Moment ihrer Geburt an. Bring das hier doch bitte Jessica mit, und dies auch, und das.« Sie hat Dir diese Bücher ausgesucht, und ich finde, die sehen wirklich lustig aus, aber die Brrrssste tun das nicht. Ich habe den Zug verpasst, und ich hoffe, es gibt keinen Ärger wie damals nach der Sache bei Elsie Meeney's. Es ist Miss P.s Schuld, aber sie wird längst vergessen haben, dass sie uns gebeten hat mitzukommen. Du brauchst die Bücher nicht zurückzugeben. Sie wird sie schlicht vergessen. Oder es verschusseln. Aber sie ist NICHT schlampig, und das Bild ist toll.

    Eimerweise Liebe von Florence Grünbrust Bone
PS: Helen sagt, das ist nicht ihr Freund. Es ist ihr Cousin, der aus Coventry evakuiert wurde. Er sieht allerdings aus, als würde man ihn besser dahin schicken. Ha!

Lieber Feldmarschall Henry Brüste Drown,
    Du bist ein Trottel. Natürlich war Tennyson ein echter Lord. Sie haben ihn dazu gemacht. Und wie kannst Du es wagen, *Es fallt der Strahl auf Burg und Thal* mit der fiesen Dobbs in einem Atemzug zu nennen? Ich hoffe, ihre Erkältung ist so schlimm wie meine Mandeln, die mindestens Sechslinge sind oder so was. Tonsillen wie Fußbälle, sagt der

Arzt, aber so langsam schwillt es zum Glück ab. Sie werden eh nie dazu kommen, sie mir rauszunehmen, mit den ganzen Luftangriffen und so, da braucht die Dobbs sich keine Hoffnungen zu machen.

Jedenfalls geht es mir heute schon viel besser, eigentlich schon nach Deinem letzten Brief. Der muss mich aufgemuntert haben. Freut mich sehr, dass Du ihr Bild magst. Ich habe nie gesagt, dass es abstoßend wäre, ich habe es ja kaum gesehen. Ich war ein bisschen durcheinander. Wahrscheinlich fing es da schon an mit der Mandelentzündung. Ich würde es eigentlich gerne noch mal sehen. Es kam mir nur irgendwie lustig vor, dass sie so ein Bild hat, das war alles.

Hast Du Dir die Bücher angeguckt, die sie mir geschickt hat? Da ist eins über einen Mann, der sein ganzes Leben aufgegeben hat, um in der Südsee Bilder zu malen. Er hat seine langweilige alte Frau und seine Kinder und alles verlassen. Ihm war kalt und langweilig, und da ist er abgehauen in die Sonne und ist am Ende in einer Lehmhütte gestorben, wo er Eingeborene gemalt hat. Bestimmt ist das der Brüstemann. Da muss man wirklich super malen können, damit so ein Verhalten okay ist. Wo seine ganzen Bilder wohl sind? Ob man sie irgendwo sehen kann, oder Kopien davon? Könntest Du sie fragen, wenn Du sie siehst?

Hast Du gesehen, die anderen Bücher sind *Romeo und Julia* (!!) und Gedichte von einem umwerfend gutaussehenden Mann (es ist ein Foto drin) namens Rupert Brooke, aber er scheint nur über Fisch zu schreiben.

Bis bald! Nächste Woche bin ich wieder da, nehme ich an. Jetzt hat R. es, und das geschieht ihm recht.

                Deine Jessica

                Liebe Grüße auch von meinen Mandeln

PS Donnerstag: Kannst Du den beigelegten Brief bitte Miss P. geben?

PPS: R. Brooke war auch in der Südsee. Angeln vermutlich.

Dienstag, 10. Dezember

Liebe Miss Philemon,

vielen Dank für die Bücher, die Sie Florence Bone für mich mitgegeben haben! Es war wirklich sehr nett von Ihnen, an mich zu denken.

Romeo und Julia habe ich noch nicht gelesen, aber ich hatte viel Freude an *Silbermond und Kupfermünze*, der Held ist ein sehr interessanter Mann. Die Gedichte und Erinnerungen und Briefe von Rupert Brooke haben mir auch gut gefallen. Er ist ein wirklich interessanter Dichter und muss viel gereist sein. Außerdem sah er umwerfend aus.

Ich bringe Ihnen die Bücher zurück, wenn ich wieder zur Schule komme, was jetzt sehr bald sein sollte.

Vielen Dank noch einmal,
mit freundlichen Grüßen
Jessica M. Vye

Teil II
Der Junge

8

Mein Vater ist alt genug, um längst Pfarrer zu sein oder sogar Bischof, aber er hat eben erst spät angefangen und ist noch ganz unten. Wir wohnen in einem schrecklichen, schmalen Reihenhaus an der Hauptstraße. Vorne ist ein schäbiges Gärtchen und hinten ein fieser Hof mit hohen Mauern drum herum, damit man die Wäsche der Nachbarn nicht sieht, nur die eigene. Es ist kaum Platz, Bettwäsche aufzuhängen, und man muss sich zwischen den feuchten Laken durchwurschteln, um zum Kohlenkasten oder zum Luftschutzbunker zu kommen.

Der Pfarrer, ein uralter Junggeselle, wohnt in einer Art Herrenhaus neben der Kirche und bewohnt, soweit das geht, nur ein einziges Zimmer. Er trägt Bettsocken und ist immer in Decken gewickelt, weil es dort so zieht. Im kompletten oberen Stockwerk lagert er seine Äpfel, eine Reihe neben der anderen, wie eine Armee, und im Treppenflur hängen auf großen Rahmen Tabakblätter zum Trocknen wie Fledermäuse. Es gibt auch jede Menge Kellerräume und ein repräsentatives Esszimmer, das so kalt ist wie ein Wartehäuschen am Bahnhof. Der Gemeinderat trifft sich dort so selten wie möglich.

In unserem Haus gibt es überhaupt kein Esszimmer, weil mein Vater es zum Arbeitszimmer umfunktioniert hat. Wir essen in der Küche. Wir haben auch kein Wohnzimmer, denn das benutzt meine Mutter als Lager für die ganzen Sachen für den nächsten Bazar, Kostüme für Kirchenaufführungen, Chorhemden mit Rissen drin, die sie eines Tages flicken wird, bündelweise alte Gemeindebriefe, ein altes Lektionarium, ein paar schauderhafte, mannshohe Kerzenständer mit elektrischen Birnen statt Kerzen drin und ein riesiges Altartuch aus Samt mit goldenen Litzen, groß genug, um als Teppich im Flur zu liegen, dann wäre es jedenfalls im ganzen Haus deutlich wärmer. Wenn man meine Mutter fragt, warum sie das ganze Zeug nicht einfach im Pfarrhaus lässt, sagt sie: »Ich habe die Dinge gern da, wo ich sie sehen kann, dann muss ich nicht dauernd durch die Gegend flattern.« Das ist eine etwas sonderbare Erklärung, denn keine Frau auf der ganzen Welt flattert so viel durch die Gegend wie meine Mutter.

Wenn man die zur Hälfte verglaste innere Haustür aufmacht, riecht es normalerweise schon im Vestibül (VESTIBÜL. Hübsch.) angebrannt, und dann rast man in die Küche im hinteren Teil des Hauses, schnappt sich die Pfanne und schafft sie hinten auf den Hof oder stellt den Backofen aus und reißt alle Fenster auf. Dann sucht man die Nachricht, die jedes Mal woanders liegt, aber es steht jedes Mal ungefähr das Gleiche drauf, nämlich: »Ganz vergessen, dass ja heute Treffen der Missionsgemeinschaft ist, Gebet für das gefallene Frankreich, Küsschen, Mama«, oder: »Muss fix los, Feier in der Müttervereinigung (keine Party, Gottesdienst). Bitte für 25 Minuten auf 2 runterdrehen, dann für die letzten 10 Min. auf 9. Muss die Gewänder für hl. Simon und Thaddäus fertig machen.«

Auch meine Mutter ist ganz neu in dem Job, und sie findet es viel schwieriger als mein Vater. Sie war eine großartige Housemaster-Gattin, hat zum Gründungsfest einen Hut getragen, beim Ehemaligen-Dinner ausgeholfen und mit den anderen Ehefrauen Kaffee getrunken, in hübschen, einfachen, geschmackvollen Wohnzimmern, und abends kleine Dinnerpartys gegeben. Ich habe mich immer auf die Reste gestürzt, wenn sie fertig waren und man sie auf der anderen Seite des Flurs lachen hörte. Es gab herrliche kleine Schweinepastetchen mit Kresse drum herum auf Silbertellern, die sie sich von der Schule ausgeliehen hat. Damals hatten wir ein Hausmädchen, kein besonders gutes – sie war nicht gerade sauber. Nachts lungerte sie in der Küche herum und lackierte sich die Nägel, aber meine Mutter hatte viel Freizeit und ging zum Friseur. Damals sah sie gar nicht schlecht aus.

Jetzt ist sie ein bisschen rot im Gesicht und etwas verwildert, sie knallt mit den Türen und poltert herum, und ihre Kleider sind scheußlich. Es bringt aber nichts, ihr das zu sagen, und wenn ich ganz ehrlich bin, versuche ich, gar nicht darüber nachzudenken, wie sie aussieht, mit dem krisselig gewordenen Haar und den roten Händen. Wenn sie wütend ist, sieht sie aus, als hätte sie lauter Knoten im Gesicht. Ich erzähle ihr nie irgendetwas aus der Schule, zum Beispiel wann das Schulfest ist, und in der Schule sage ich einfach, sie hat zu viel zu tun, um zu kommen. Sie fragt auch nie. Soweit sie weiß, gibt es womöglich gar kein Schulfest. Wenn ich in der Schule bin, könnte ich genauso gut tot sein, so sehr interessiert sie sich für mich, und ich hoffe, dass sie dieses Buch findet und das hier liest.

Mein Vater kommt auch nicht zum Schulfest, aber das tut fast kein Vater. Eigentlich bin ich ganz froh, dass er nicht daran denkt, weil er immer auffällt und in der Kirche zu laut singt. Er würde die Teile der Gebete, wo man der Direktorin antwortet, brüllen, und selbst wenn er sein Hundehalsband nicht trägt, was er oft nicht tut, merkt man sofort, dass er Geistlicher ist. Lustig eigentlich, wie schnell er sich da reingefunden hat. Und wie er redet!

Er ist ein großer Mann, mein Vater, mit sehr dickem, grauem Haar und glühenden Augen, und sein Gesicht ist tief zerfurcht. Er sitzt den Großteil des Tages in seinem entsetzlich dunklen Arbeitszimmer, das mal das Esszimmer war, das Gesicht in den Händen, und rauft sich die Haare, bis er aussieht wie Moses auf dem Berg. Und dann rückt er ganz plötzlich seine Schreibmaschine zurecht und klappert darauf herum wie in einem Konzert – Predigten oder Zeitungsartikel (er ist ziemlich berühmt). Seine Predigten sind wirklich großartig, und die Kirche ist bei ihm immer viel voller als beim Pfarrer. Die Gemeinde hält meine Mutter für einen schlechten Witz – sie sehen sie herumflattern und Knoten im Gesicht kriegen, und man hört sie Dinge sagen wie: »Ich glaube, die hat das ganze Jahr noch nicht das Bettzeug gelüftet«, oder: »Du solltest mal ihre Küche sehen«, aber zu meinem Vater kommen sie in Scharen.

Bei meinem Vater ist es so, dass er absolut alles, was er sagt, beweisen kann. Er schlägt alles nach und schreibt sich auf, woher er es hat. Er schlägt die Bedeutung von Wörtern bis zu ihrem Ursprung nach. Fast bis zu den Höhlenmenschen. »Hey, hör mal, Jess«, sagt er, und dann geht es auf Altisländisch oder Protogermanisch oder so was weiter. Wahrscheinlich weiß er mehr als Miss Philemon. »Immer alles verifizieren«, sagt er, »und zwar sofort, nicht morgen-Nachmittag-falls-ich-da-Zeit-habe.«

Er redet meistens überhaupt sehr viel, und er singt viel. »The Lord of Hosts is with us«, singt er der Katze auf der Treppe vor, »The God of Jacob is our refuge.« Wenn er die High Street runtergeht, und der arme alte Metzger steht auf der Stufe vor seinem leeren Schaufenster, singt er voller Mitleid »Forty days and forty nights«. »Machen Sie sich nichts draus, Mr Slatford. In Russland ist es noch viel schlimmer.« Er wirbelt die alten Damen herum, die aus der Morgenandacht kommen, und donnert dazu den Hochzeitsmarsch, bis sie errötend abzwitschern. Er trägt irgendwelche alten Klamotten – manchmal einen Umhang! –, und wenn er Dienst als Luftschutzwart hat, trinkt er Unmengen Bier. Ziemlich viele Leute halten ihn für nichts Besonderes, aber viele andere beten ihn an. Tatsächlich sind erstaunlich viele richtig in ihn verliebt.

»Wenn er doch mal zu mir kommen und mit mir reden würde«, dachte ich eines Nachmittags, als ich das mit den Mandeln schon seit einer Woche hatte. Ich war allein zu Hause, es war warm genug, es ging mir gar nicht so schlecht, ich hatte zwei Wärmflaschen und eine Flasche Limo und kaum noch Fieber. Mrs P.s Bücher hatte ich schon ausgelesen, bis auf *Romeo und Julia*, wo ich irgendwie nicht reinkam. *Silbermond und Kupfermünze* hatte ich schon zweimal gelesen und Rupert Brooke tausendmal. (Rupert Brooke lag neben mir auf dem Tisch, an der Stelle mit dem Foto aufgeschlagen, die Limo stand drauf, damit es nicht zuklappte.)

Inzwischen war ich bei Rowleys Comics und *The Girls Own Paper* angekommen, und mir war langweilig. Mutter hatte gesagt: »Du könntest diese Albe für mich flicken. Keine Ahnung, was der Pfarrer immer mit seinen Alben macht!« Ich sagte: »Was ist denn eine Albe? Und ich kann überhaupt nicht nähen, das weißt du doch.« »Du könntest es ja versuchen«, sagte sie. »Du dummes Mädchen. Du könntest so hübsche Sachen für dich selbst machen, wenn du nähen könntest, statt die schrecklichen Sachen von Katie Binge-Benson und Auntie Nellie aufzutragen.«

»Warum machst du das denn nicht?«, fragte ich. »Andere Mütter machen Sachen für ihre Kinder. Du nähst immer nur alte Alben und so Zeug.«

»Ich kann genauso wenig Kleider nähen wie du. Weißt du doch. Ich war auch ein dummes Mädchen. Außerdem finde ich selbstgemachte Kleider grauenhaft.«

»Jetzt widersprichst du dir aber selbst.«

»Es reicht.«

»Tust du doch! Warum denkst du nie nach!« Ich drehte mich zur Wand. »Du machst einfach den Mund auf und wedelst mit der Zunge!«

»Wie kannst du es wagen, Jess! Wenn ich so mit meiner Mutter geredet hätte ...«

Ich rief noch: »Gehst du zur Bücherei?«, aber ihre Schritte waren so laut auf der Treppe, dass sie mich nicht mehr hörte. Die Haustür schlug zu.

»Dann warten wir mal auf die Explosion«, dachte ich. »Was es wohl diesmal ist? Hoffentlich keine hartgekochten Eier wie damals, als die alle geplatzt sind, wie Pistolenschüsse, und eins in der Tülle vom Wasserkessel stecken geblieben ist. Mann, hat das gerochen. Eine ganze Woche lang.« Dann dachte ich, wie gern ich jetzt trotzdem ein hartgekochtes Ei hätte. Oder zwei. Allein die Vorstellung von zwei Stück! Ich weiß noch, wie wir das ganz normal fanden – zwei hartgekochte Eier. Die Decken waren warm, und ich nickte weg. »Jetzt träume ich was«, beschloss ich.

In letzter Zeit hatte ich von Rupert Brooke geträumt – ich hatte festgestellt, dass ich sein Foto viele Stunden lang anschauen konnte. Wie sein sehr dickes Haar sich hinten im Nacken wellte; aber jetzt wollte ich von etwas anderem träumen, ich begab mich in ein wundervolles Land.

Auf grünen Feldern stand ein großes, weißes Haus. Es war weit entfernt, aber trotzdem riesig. Eine Straße, eine glatte, weiße Straße, führte rechts hinauf und dann in rechten Winkeln bis zur großen Eingangstür, über der ein halbkreisförmiges Fenster war und draußen eine halbkreisförmige Treppe. Die schwebte ich hinauf, durch die Tür in eine Marmorhalle mit schwarz-weiß kariertem Boden und einer großen, geschwungenen, breiten Treppe. Durch das lange Treppenhausfenster und eine Glaskuppel im Dach fiel so viel Sonnenlicht herein, dass man blinzeln musste. Ich glitt die Stufen hinauf und sah in den Garten, der sich bis in die Ferne erstreckte, wo man über die hohen, blauen Bäume und die lavendelfarbenen Hügel hinwegblicken konnte. Im Garten wuchsen Rosen, fahl und schwer und süß, und da standen alte, grünliche Statuen. Es war ein stiller, heißer, glitzernder Sommermorgen. Jetzt war ich im Garten und sah zur Rückseite des Hauses hinauf, das alt und sauber war, mit Rosenranken um die Fenster, in denen Bienen summten. Ein herrlicher, weißer Hund mit seidigem Fell erschien auf dem Rasen und legte sich hin. Durch die Fenster erkannte man drinnen blassgelbe Satin-Sofas und -Sessel und …

Ping!

und …

Piiiiiing!

Ich stemmte mich hoch, stieg aus dem Bett, wickelte mich in das alte Federbett und watschelte durchs Zimmer. Dann wachte ich auf. Was tat ich denn da? Ich war krank. Ich brauchte nicht an die Tür zu gehen. Ich watschelte zurück und ging wieder ins Bett.

Piiiiiiiiiiing!

»Ich gehe nicht hin. Das wird irgendeine alte Mrs Soundso sein. Ich mache nicht auf.«

Es ging zwei Minuten lang so weiter.

»Dann mache ich wohl besser auf.« Also stand ich auf, zog mir die Decke zurecht, fand meine Hausschuhe und ging. Als ich am Spiegel vorbeikam, sah ich mich selbst und fand, so schlecht sah ich gar nicht aus, also versuchte ich einen leidenderen Gesichtsausdruck und verwuschelte mein Haar. (Das ist so ein Ding bei den Leuten hier: Sie lieben Krankheiten. Man bekommt jede Menge Mitleid, und sie schicken einem Suppe und Vanillepudding und alles Mögliche.) Ich nahm einen herumliegenden Schal und wickelte ihn mir um den Kopf, mit einem Knoten obendrauf. Jetzt sah ich ziemlich schlimm aus und ging zur Treppe.

Als ich auf der obersten Stufe stand, fiel ein Brief durch den Briefkastenschlitz auf den Boden, und durch die Glastür sah ich einen Schatten verschwinden – Ma hatte die äußere Tür natürlich offen gelassen – und davonstapfen. Ich eilte hinunter und betrachtete den Brief, der dick war und wichtig aussah und makellos. »Ich gucke wohl besser, wer das war«, dachte ich und öffnete die Tür. Draußen war es eisig, und ich sah die Straße hinunter. Ich erkannte gerade noch jemanden, einen Mann oder einen großen Jungen, um die Ecke verschwinden, und irgendetwas an seinem Hinterkopf kam mir vertraut vor. Aber dann war er schon verschwunden.

Ich schloss die Tür, ließ das Federbett fallen und ging in die Küche. Ich guckte in den Ofen, wo ein Stew leise vor sich hin blubberte. Auf dem Herd kochte Kohl, und in einem anderen Topf ging den Kartoffeln bald das Wasser aus. Ich füllte Wasser nach und öffnete ein paar Fenster. Ich schürte das Feuer und wärmte mir die Füße, indem ich mich auf den verbeulten Kaminschutz setzte. Ich betrachtete die Spiegelung der Flammen im angelaufenen Metall. »Mutter spinnt«, dachte ich. »Einen Kaminschutz zu haben, den man putzen muss. Macht nur noch mehr Arbeit.« Es war ruhig und schön in der Küche. Seltsam, wieder unten zu sein.

Ich warf einen Blick auf den Brief in meiner Hand. »MISS JESSICA VYE« stand darauf.

9

»Huch? Miss Jessica Vye! Von wem kann das sein?«

Ich drehte den Brief in alle Richtungen. »Keine Briefmarke. Niemand hat so ein Papier. So dick wie Pappe. Wer kann das sein?«

Ich roch daran. Der Brief roch nach nichts, aber sehr sauber. »Die Handschrift ist ein bisschen mickrig. Vielleicht vom Pfarrer? Aber warum sollte der Pfarrer mir schreiben? Wahrscheinlich soll ich wieder die bescheuerten Anzeigetafeln für die Lieder machen.« Ich öffnete den Umschlag und zog eine dicke, schimmernde, weiße Karte heraus.

>Mrs Archibald Fanshawe-Smithe
>bittet
>Miss Jessica Vye
>zu einem Kinder-Hausfest
>im Pfarrhaus High Thwaite
>von Freitag, dem 20. Dezember
>bis Samstag, den 21. Dezember.
>u. A. w. g.

Darunter stand:

>Bus ab Cleveland Sands: Freitag, 13:20 Uhr,
>Rückfahrt von Thwaite Lane End: Samstag, 14:30 Uhr.
>Bitte Ersatzkleidung für Schneeballschlacht mitbringen.

»Schneeballschlacht«, sagte ich laut. »Woher will sie denn wissen, ob es schneit? Klingt wie aus einem Kinderbuch. Wer ist das überhaupt? Sie hat's ja offenbar raus, wenn sie weiß, dass es dann schneit. Und was meint sie eigentlich mit Hausfest?« Ich stieg auf den Kaminschutz und stellte die Karte auf das Kaminsims hinter die drei Messingaffen und eine kaputte Uhr, die dazu benutzt wurde, Rowley das Uhrlesen beizubringen, und ein paar zerfledderte alte Palmkreuze. Mein Blick fiel auf mich selbst im Spiegel, mit dem Schal um den Kopf und dem Knoten obendrauf, und ich betrachtete mich. »Meine Augen sind eingesunken«, dachte ich. Ich zog die Mundwinkel hinunter und rollte die Unterlippe nach außen, sodass man das Glänzende sehen konnte, und blies gleichzeitig die Wangen auf. Das habe ich mir angewöhnt, wenn ich allein bin. »Hamse mal 'n Taler für 'ne arme alte Frau«, sagte ich. »Ich geh ins Herrenhaus, Schneeballschlacht mit den Blaublütern.« Dann fiel ich vom Kaminschutz, und die Katze flitzte unter den Schrank. »Iiihhh, ich hab Fieber!« Ich wankte aus der Küche und tastete mich an den Wänden entlang. So was kann ich ja nie machen, wenn wir für die Dobbs vor der ganzen Klasse stehen und den *Sommernachtstraum* aufsagen müssen.

»Tatsächlich«, hörte ich mich selbst in meiner normalen Stimme sagen, »ist mir ein bisschen komisch.« Ich hob das Federbett auf, verkrümelte mich wieder nach oben und schlief bis zum Abendessen.

Eine Woche später – was für eine Woche! – saß ich in einer aufgeräumten Ecke des sogenannten Wohnzimmers und schrieb an Florence Bone, als ein entsetzlicher Schrei aus der Küche kam. Ich nahm die linke Hand aus dem Haar und dachte: »Was ist denn jetzt los?«

»Du lieber Himmel!«, kam die Stimme meines Vaters aus dem Arbeitszimmer. Wir gingen beide in den Flur und sahen meine Mutter mit knallrotem Gesicht, voller Knoten, mit der Pappkarte in der Hand.

»Wann ist das denn gekommen? Was um alles in der Welt ist das? Warum hast du mir das nicht gesagt?«

»Keine Ahnung«, sagte mein Vater. »Zeig mal.«

»Ach, das«, sagte ich und wollte zu meinem Brief zurückkehren.

»Mrs Archibald Fanshawe-Smithe – das ist die Frau vom alten Fan, oben in Thwaite. Donnerlittchen, was hat sie denn vor? Der arme Fan!« Dann lachte er sich kaputt. »Hausfest, du lieber Gott! Was denn noch?«

»Na, dass es von Mrs Fanshawe-Smithe ist, sehe ich auch, aber ...«

Mein Vater hielt sich den Bauch vor Lachen. »Der helle Wahnsinn! Gott vollbringt sein Werk in uns Jahr um Jahr.«

»Aber ich verstehe nicht ...«

»Natürlich nicht. Du kanntest die Fanshawe-Fiddles in Cambridge nicht, und dafür, mein Lämmchen und meine Liebe, kannst du wahrhaft dankbar sein.« Damit ging er wieder in sein Zimmer und schloss die Tür. Dann sang er »Jesus bids us shine with pure, clear light«, und nach einer Weile brüllte er noch einmal vor Lachen.

Mutter kam mit sehr entschlossenem Schritt ins Wohnzimmer. »Also« (sie setzte sich), »jetzt erklär mir bitte mal, wann diese Einladung kam, warum ich nichts davon weiß und warum du sie hinter der Uhr versteckt hast.«

»Habe ich gar nicht. Mir hat sie da gefallen.«

»Sie war zwischen dem ganzen Zeug überhaupt nicht zu sehen. Wenn ich nicht beschlossen hätte, die Küche mal gründlich aufzuräumen ...«

»Ich wünschte, das hättest du nicht.«

»Wie bitte?«

»Nichts.«

»Du hast gesagt: ›Ich wünschte, das hättest du nicht‹, oder? Ich nehme an, das heißt, du willst nicht hingehen?«

»Ich weiß nicht. Habe ich noch nicht drüber nachgedacht.«

»Doch, das heißt es. Ich kenne dich doch, Jessica. Wir werden die ganze Woche ein Riesentheater darum machen, inklusive Schmollen und Türenknallen und Murren, nur weil jemand so freundlich war ... Ach, du weißt ja selbst, wie das ist, das brauche ich dir nicht zu erzählen ... ein paar nette Leute kennenlernen«, schloss sie.

»Ich habe doch gar nicht gesagt, dass ich nicht hinwill.«

»Und welche Ausrede soll ich da vorbringen? Ich kann ja nicht gut sagen, wir wären nicht da. Als Geistlicher kann man nicht einfach behaupten, man wäre über Weihnachten weg.«

»Vielleicht weiß sie das nicht.«

»Weiß sie was nicht?«

»Dass Geistliche über Weihnachten nicht ...«

»Nun ja, sie ist selbst eine.«

»Sie ist eine Geistliche! Jesses!«

»Nein, nein, nein. Hör mir doch zu. Ich meinte, ihr Mann ist Geistlicher.« (Typisches Gespräch für meine Mutter. Genau so was hört man in diesem Haus wirklich jeden einzelnen Tag.) »... wenn du einfach mal zuhören würdest. O Himmel ...«

»Ich weiß nicht mal, was ein Kinder-Hausfest ist«, sagte ich nach einer Minute. Wir starrten uns an.

»Ich auch nicht.«

Sie fing an zu lachen, und erstaunlicherweise lachte ich mit, und Vater brüllte »Herr im Himmel!« durch die Wand und rief dann ein bisschen höflicher: »Meine Güte, muss das so laut sein?«

»Dann lass uns mal nachdenken, Jessica«, sagte sie etwas ruhiger. »Ich finde wirklich, du solltest da hingehen, Liebes. Die sind ein bisschen anders als die anderen Leute hier, und sie haben ein wundervolles Haus. Er ist hier der Dekan – viel älter als sie, glaube ich, und, oh, viel netter. Sie haben jede Menge Kinder, aber die sind alle im Internat, deswegen kennst du sie nicht. Die sind ganz anders als die auf der Highschool. Ich möchte gern, dass du da hingehst, Jess.«

»Was ist denn verkehrt an der Highschool?«

»Nichts! Es ist nur so, dass es nett wäre, wenn du auch *unterschiedliche* Typen kennenlerntest.«

(So ist das immer. Wenn man gerade anfängt, sich wirklich zu unterhalten, sagt sie so etwas Schreckliches. Macht mich wahnsinnig.)

»Was zum Teufel«, sagte ich, »redest du denn da? So ein Quatsch. Es gibt tausend unterschiedliche Typen auf der Highschool, und zwar deutlich bessere Typen als …«

»Ja, aber … Nein, Liebes. Es ist nicht richtig, das zu sagen, aber es gibt einen Unterschied. Internatskinder haben so ein gewisses Etwas.«

»Was haben sie?«

»Schwer zu sagen. Aber ich glaube, du wirst es merken. Eine Art *Haltung*.«

»Du solltest mal Iris Ingledew sehen. Oder Helen Bell, wenn sie am Klavier sitzt. Sie hat so viel Haltung, dass sie fast hintenüberkippt.«

»Nein, Jessica. Diese Leute haben das gewisse *Etwas*.«

»Klingt nach Geld. Wenn sie tausend Kinder auf Internaten haben.«

»Nein, nein, sie sind gar nicht reich, du wärst überrascht. Sie tragen schreckliche Kleider und haben kaum was zu essen. Wenn man sie beim Spazierengehen trifft, würde man meinen, sie sind einfach irgendwer. Aber wenn man genauer hinsieht, merkt man, dass da etwas ist. Sie müssen wirklich Opfer bringen, um ihre Kinder auf gute Schulen zu schicken.«

»Da bin ich aber froh, dass ihr das nicht tut.«

»Könnten wir auch gar nicht. Wir haben ja nichts, was wir opfern könnten. Und dein Vater will sowieso nichts davon hören – es würde gegen seine Prinzipien verstoßen. Er würde schon einen Anfall kriegen, wenn er von den Shilling-Essen wüsste. Bei uns ist das etwas anderes.« Sie stand auf und ging schnell in die Küche und machte gleich wieder kehrt und kam zurück. Ihr Haar hatte sich gekräuselt, und sie war wieder ganz knotig. »Na gut, die Wahrheit ist, sie haben Geld. Du wirst sehen, Jess – du wirst schon sehen. Sie werden die ganze Zeit darüber reden, dass sie kein Geld haben. Über Geld spricht man nicht, steht in jedem Benimmbuch, aber sie sprechen nie über irgendetwas anderes. ›Kirchenmäuse‹, sagen sie, und ›reich mir mal bitte das Salz‹, und dann ist das Salzfässchen aus Silber und georgianisch. Du wirst sehen, dass ich recht habe. Das wirst du sehen, wenn du da bist.«

Sie weinte, oder so was Ähnliches. »Jesses«, sagte ich, »was hast du denn jetzt?«

»Nichts.« Sie schniefte und verschwand in der Küche.

»Mach dir keine Sorgen«, rief ich ihr hinterher, »ich gehe nicht hin!«

»Doch, du gehst!«, rief sie zurück.

»Nein!«

»UM HIMMELS WILLEN!«, kam es aus dem Arbeitszimmer.

»Ma«, sagte ich, in der Küchentür stehend. »Ich gehe da nicht hin. Sie klingen ja furchterregend. Du bist wohl verrückt, mich da hinschicken zu wollen.«

»Wenn ich meiner Mutter gesagt hätte, sie ist verrückt …«

»Ja, und ich wette, die Fanshawe-Fiddleshaws sagen ihrer Mutter auch nie, dass sie verrückt ist. Sie sind immer zuckersüß und reizend und verlogen und schleimig. Solche Leute ertrage ich nicht. Ich gehe da nicht hin.«

»Und ich ertrage keine unverschämten und unhöflichen Mädchen, die nicht mal dreizehn sind.«

»Dein Pech. Ich bleibe doch nicht bei Leuten, die du nicht leiden kannst.«

»Ich hab dich lieb, ich hab dich lieb«, sagte sie mit einem Hüpfer (sie ist verrückt). »Du gehst zu den Fanshawe-Fiddleshaws, und fertig. Ich will alles über sie hören!«

Am nächsten Montag war ich wieder in der Schule, und alles war anders. Ich hatte darüber nachgedacht, inwiefern ich mich verändert hatte und dass sie es merken würden – ich trug die Haare anders. Ich kämmte sie rundum glatt nach unten, ohne Scheitel, auch vors Gesicht, und dann band ich ein Band oder irgendetwas, egal eigentlich, rund um den Kopf, und dann schlug ich das Haar um dieses Band herum ein, ganz rundrum, wie bei einem Lampenschirm. Außerdem war ich im Bett auch gewachsen, und es kam mir vor, als wäre mein Gesicht alt geworden. Ich fühlte mich wie meine sehr viel ältere Schwester. Wie jemand ganz anderes als die J. Vye, die zum Beispiel zur Direktorin zitiert worden war. Ich fühlte mich … irgendwie. Ich weiß auch nicht. Einfach älter.

Aber niemand bemerkte es. Erst nach der Hälfte des ersten Tages sagte jemand: »Oh, Jessica ist wieder da?« Nicht mal Florence schien etwas aufzufallen, sie war gedankenverloren und missmutig.

»Sie sind alle schlecht gelaunt«, dachte ich. »Was haben sie denn? Und sie streiten sich. Muss wohl am Wetter liegen. Und die Hälfte redet über Jungs.«

Ich sagte: »Florence, warum sind denn alle so anders?«
»Hmmm?«
»Alle sind so anders.«
»Anders?« (Wirklich blödes Gespräch.)
»Hast du getuschelt, Jessica?« (Miss Pemberton.) »Oh, Jessica! Da bist du ja wieder! Großer Gott. Geht es dir besser?«
»Ja, danke, Miss Pemberton.«
»Worüber hast du denn gerade geredet?«
»Ach, ich habe nur, ähm …«
»Nun, dann hör auf zu ähm. Sag mir, worum es ging.«
Früher hätte ich behauptet, ich hätte es schon vergessen. Jetzt sagte ich, ich hätte den Eindruck, alle seien anders. »Und nicht zum Guten«, sagte ich.

»Du brauchst eine Stärkung«, sagte sie. Dottie am Tisch vor mir drehte sich um, grabschte nach einem Radiergummi und knurrte: »Was redest du denn da?«, und drehte sich wieder zurück.

»Ich weiß genau, was du meinst«, sagte Miss P. »Es ist immer das Gleiche, in diesem Trimester in diesem Jahrgang. Nächstes Jahr im Frühling, wenn ihr Seniors seid, geht es euch schon besser.«

»Mir würde es schon bessergehen, wenn die Heizung an wäre«, sagte Florence. Miss P. ließ uns alle aufstehen und neben unseren Tischen Gymnastik machen, das war sicher ein hübscher Anblick, wir alle im Mantel und Cissie sogar mit Zipfelmütze.

»Was ist in der Zwischenzeit passiert?«, fragte ich, als wir zum Mittagessen die Ginger Street hinaufgingen.

»Ach, nichts. Wir haben *Die weltlichen und geistlichen Abenteuer des jungen Herrn Gerard* zu Ende gelesen.«

»Das ist doch mal was.«

»Und mit *Cranford* angefangen.«

»Wie ist das?«

»Grauenhaft. Wir haben erst zwei Kapitel gelesen, aber es geht nur um Leute, die unter schrecklichen Schmerzen sterben.«

»Klingt immerhin spannender als das andere.«

»Nee, ist es nicht. Es ist überhaupt nicht spannend.«

»Was ist mit Helens Freund?«

»Er spielt irgendein komisches Instrument. Ein riesiges Ding. Er schleppt es in einer Tasche mit zum Bahnhof, und dann geht er mit ihr nach Hause.«

»Was ist es denn?«

»Ein Cello oder so.«

»Cello spielen doch nur Frauen. Mit O-Beinen und finsterem Blick. Komischer Freund.« Letztes Trimester hätten wir jetzt gelacht und einander herumgeschubst, aber jetzt trotteten wir einfach nebeneinanderher durch den Schnee. Cissie seufzte tief – sie kam mir noch kleiner und wurmiger vor und wirkte noch müder. »In London fällt immer erst nach Weihnachten Schnee«, sagte sie. »Und dann ist er schön. Wir werfen damit um uns und albern herum. Nicht so wie dieses Zeug hier.«

»Dann geh doch zurück«, sagte ich. »Warum bist du denn hergekommen?«

»Ich musste. Meine Mutter hat mich geschickt.«

Joan sagte, ihre Mutter klinge aber bescheuert. Florence sagte: »Nicht bescheuert, schlau. Sie wollte sie loswerden.« Aber niemand grinste, und die arme Cissie stapfte einfach weiter.

Ich sagte, ich sei in den Ferien zu dieser Sache auf High Thwaite eingeladen, und Dottie sagte »Oh, Donnerknispel!«.

»Es nennt sich Hausfest«, sagte ich. »Es gibt eine Schneeballschlacht und so. Die sind so irre, sie haben Schnee organisiert.«

»Was ist denn ein Hausfest?«

»Keine Ahnung. Im Gegensatz zum Gartenfest, nehme ich an.«

»Sie machen doch keine Schneeballschlacht im Haus.«

»Ich habe keine Ahnung, worum es da geht. Er ist ein alter Pfarrer oder so. Was ist sonst noch passiert?«

»Es gibt einen Gedichtwettbewerb. Miss Philemon ist letzte Woche in Englisch reingekommen und hat uns alles darüber erzählt. Der erste Preis sind zwanzig Pfund.«

»Hilfe! Muss es lang sein?«

»Nicht besonders. Nicht wie *Das verlorene Paradies* oder so. Eher was für die Schulzeitung, über irgendetwas, was mit dem Krieg zu tun hat. Eine Zeitung hat das ausgeschrieben.«

»Eine Zeitung?«

»Ja, ein Kinder-Gedichtwettbewerb. Kinder sind alle, die noch zur Schule gehen, also bis achtzehn oder so. In der Jury sind Dichter. Ich glaube, die sind alle uralt, die sind nicht eingezogen worden, aber halt echte Dichter. Bestimmt ist Walter de la Mare dabei. Die *Times* veranstaltet das.«

»Die *Radio Times*?«

»O Jessica! *The Times*. Hast du noch nie von der *Times* gehört? Mensch, dein Vater ist doch Geistlicher. Himmel.«

»Wir haben den *Daily Herald*. Was ist die *Times*?«

»Also, die ist sehr gut. Sie ist dicker als die anderen, und alles darin ist wahnsinnig schlau. Sie kostet threepence.«

»Was, pro Tag? Kein Wunder, dass sie Zwanzig-Pfund-Preise vergeben können.«

»Miss Philemon will, dass wir alle etwas einreichen, und sie sucht das beste Gedicht raus und sendet es für die Schule ein.«

»Also, da mache ich nicht mit.«

»Warum das denn nicht?«

»Weiß nicht.«

Am nächsten Tag am Ende der Englischstunde sammelte Miss Dobbs ihre Bücher zusammen und sagte: »Gibt es schon erste Gedichte?« Schweigen. »Ein oder zwei doch bestimmt? Ich hätte wirklich gern von jedem eins, denn Miss LeBouche sagt, es gibt keine Schulzeitung mehr, wegen der Papierknappheit. Die ganze Schule macht mit, Juniors und Seniors, und Miss LeBouche und Miss Philemon und ich werden die besten aussuchen. Alle, die wir einschicken, gewinnen einen Büchergutschein, und das Gedicht, das wir für das beste halten, bekommt einen etwas größeren Büchergutschein, und wir hängen es in der großen Schule ans schwarze Brett. Das dürfte für einige Jahre der letzte Zeitungswettbewerb sein. Es hat doch sicher schon jemand etwas fertig.«

Ein oder zwei Mädchen holten Zettel aus ihren Tischen und brachten sie ihr.

»Sehr gut, Tessa. Oh, gut. Dorothy Hobson, braves Mädchen. Danke, Pat. Ach, hallo, Jessica, da bist du ja wieder. Ich will doch wohl hoffen, dass du auch teilnimmst.« Wie sie sich anstrengen musste, um das zu sagen. Sie muss eine halbe Million Predigten gehört haben, um das über die Lippen zu bringen. Ich starrte sie ziemlich lange an (ich habe so quadratische Augen, ziemlich groß). »Ich würde doch jetzt kein Gedicht schreiben«, dachte ich. »Niemals würde ich ein Gedicht schreiben, nachdem sie mich gefragt hat, nicht mal, wenn die Deutschen sagen würden, sie bringen mich um. Nicht mal, wenn sie sagen würden, dass sie mir Arme und Beine mit LKWs ausreißen, die in unterschiedliche Richtungen ziehen, wie die polnischen Flüchtlinge es Helen Bell erzählt haben.«

Aber es ist doch komisch, wie man seine Meinung ändern kann.

Am Ende des Nachmittags stellten wir uns wie immer auf dem Schulhof auf, um von einer Lehrerin zum Bahnhof begleitet zu werden. Wie üblich gingen wir die Straße entlang zur Unterführung; aber an der Hauptstraße, am Ende der Ginger Street, in der Nähe von Elsie Meeney's Café, wo eine kleine Ladenzeile ist, kam sehr langsam ein Konvoi von Armeefahrzeugen vorbei. Es waren Panzer und Lastwagen dabei und komische Dinger mit Maschinengewehren und Soldaten obendrauf, mit Netzen und Zweigen behängt, dann große Anhänger mit noch größeren Waffen und am Ende eine lange, lange Schlange marschierender Männer in Viererreihen, die »Roll me over in the clover« sangen, worüber Dottie vor Lachen fast erstickt wäre.

»Da müssen wir wohl warten!«, rief Miss Macmillan. »Hoffentlich verpassen wir den Zug nicht. Alles in Ordnung, Kinder, dauert nicht lange!«

Wir standen vor einem schäbigen kleinen Laden, jedenfalls der Anfang der Schlange, wo ich war. Eine Galerie, verlassen und verstaubt. Die Fenster waren kreuz und quer mit Klebeband beklebt, falls eine Druckwelle von den Klippen herüberkam. Das Hauptfenster war noch gründlicher beklebt als der Rest, mit klebrigem, schwarzem Regenmantelstoff zugeklatscht, bis auf ein freies Quadrat in der Mitte. Ich lehnte mich an die Scheibe und sah durch das Quadrat hinein.

Drinnen war ein Bild von Sand an einem leuchtenden Meer und ein paar Männern auf Pferden. Es waren braune Männer, nass und dünn, die zusammen am Strand entlangtrabten, und ein paar strahlende, gottähnliche Vogelmenschen auf grauen Pferden auf der linken Seite. Ein Engelsvogel, Gottmensch, was weiß ich, war ganz in Gelb gekleidet. Und der Sand hatte die Farbe von Rhabarber, wie der Sonnenuntergang. Ich wollte in den Laden.

»Das hätten wir«, rief Miss Macmillan. »Wir überqueren jetzt die Straße. Langsam – ihr habt noch drei Minuten. Nicht rennen. Und nicht schubsen, meine Güte! Jessica, was um alles in der Welt hast du denn vor?«

»Ich will da nur rein.« Ich hatte Schwierigkeiten mit der Tür. Die anderen Mädchen zogen an mir vorbei.

»In die Galerie? Jetzt? Sei nicht albern, du weißt genau, dass es euch nicht erlaubt ist, in Geschäfte zu gehen, und schon gar nicht auf dem Weg zur Bahn.«

»Aber es ist doch Freitag.«

»Was hat das denn damit zu tun? Das Wochenende hat noch nicht angefangen. Ab mit dir.« Und damit schob sie mich über die Straße.

In der Unterführung blieb ich stehen und drehte mich um, wild und entschlossen (bei ihr geht das). »Warum kann ich da nicht rein? Das sehe ich überhaupt nicht ein.«

»Weil es nicht geht. Pssst! Produzier dich vor der Oberstufe nicht so. Ich muss mich doch sehr wundern. Du benimmst dich wie eine Dreijährige.«

Die Dobbs hätte mich im Polizeigriff zum Bahnhof geschleppt und mich im Blick behalten, bis ich im Zug saß. Aber Miss M. drehte sich einfach um und ging nach Hause. Bevor ich mich umdrehte und zum Zug rannte, sah ich sie stehen bleiben und in das Fenster der Galerie schauen, und weil ich diese Gabe habe, wusste ich genau, was sie dachte. »Nichts Besonderes da. Ein verstaubtes, altes Bild. Ziemlich scheußlich. Ein paar Schachteln Buntstifte. Buntstifte kann sie doch auch zu Hause kaufen. Der Laden sieht außerdem geschlossen aus. Sonderbares Mädchen. Komisches Bild. Warum der Sand wohl so rosa ist?« Dann ging sie heim zu ihrem Tea, ohne sich zu vergewissern, dass ich ihr gehorcht hatte.

Ich mag Miss Macmillan wirklich sehr.

10

»Gott sei Dank bin ich nicht reingegangen«, dachte ich beim Tea, »ich hatte ja sowieso kein Geld dabei. Keinen Penny.«

»Jessica hat slechte Laude«, sagte Rowley.

»Überhaupt kein Geld«, dachte ich.

Wir waren ausnahmsweise mal alle vier zusammen, Vater hinter einem Buch, Mutter schrieb irgendwelche Listen auf die Rückseiten von Briefumschlägen, ich starrte ein Loch in die Luft und trug immer noch meinen Schulhut, und mein Ranzen und meine Gasmaske lagen vor mir auf dem Boden, wo ich sie fallen gelassen hatte, als ich hereinkam.

»Slechte Laude, slechte Laude. Jessica hat srecklis slechte Laude!«

»Und du hast Polypen.«

»Hab ich dar nich! Was sibd Polypen?«

»Ach, Klappe.«

»Slechte Laude, slechte Laude, du bist dubb!«, sang Rowley.

»Du solltest inzwischen auch schrecklich sagen können statt srecklis. Du bist fast fünf!«

»Slechte Laude, slechte Laude, ich hasse dis!« Er warf Brot nach mir.

»Ach, hört doch auf«, sagte Mutter. »Kann hier nicht mal für fünf Minuten Frieden sein? Heb das Brot auf.«

Rowley hob es auf, zerbröselte es in kleine Krümel und warf sie mir ins Gesicht. Vater ließ sein Buch sinken und fing an zu brüllen und mit der Faust auf den Tisch zu hauen.

»In Deutschland sterben Kinder, weil sie nicht mal eine Scheibe Brot haben«, sagte Mutter.

»Geschieht ihnen recht.«

»Jessica!«

»Die haben doch angefangen.«

»Großer Gott, Jessica.« Mein Vater war sehr kalt und streng. »Wie du redest. Du bist doch keine sechs mehr.«

»Immer geht es ums Alter«, sagte ich. »Sonst sagen immer alle, wie jung ich doch bin. Klar bin ich jung. Und es ist mir egal.«

»Rowley ist jünger.«

»Ich hab nie was anderes behauptet.«

»Du hast ihn geärgert. Ich habe das wohl gehört, Jessica. Du hast ihn damit aufgezogen, wie er spricht. So ein kleines Kind kann wohl kaum ...«

»Himmelherrgottsakrament«, sagte ich – so reden wir hier bei uns. Die Leute haben keine Ahnung, wie es in Pastorenhaushalten zugeht. Falls Sie was darüber lesen – o Mann!

»Himmelherrgottsakrament«, sagte ich. »Lasst uns alle ins Kloster gehen und beten.«

Vater legte sein Buch hin und faltete die Hände auf der Tischdecke (mit Astern bestickt – auch so ein Ding, das wir nicht bräuchten. Auch so ein Ding, das sie jeden verdammten Dienstag bügeln muss). Er beugte sich mit einem verständnisvollen Lächeln über seine Hände. »Sehr gern«, sagte er freundlich.

»Jetzt sei bloß nicht so ein Pastor«, sagte ich. »Sei doch nicht immer so ... entzückt, wenn ich schwierig bin, sodass du verständnisvoll sein kannst. Du denkst doch dabei nur an dich, nicht an mich.«

Sein großes, breites Gesicht wurde ausdruckslos, und er setzte sich zurück. »Ich weiß nicht, was sie meint«, sagte er zu Ma. »Ich überlasse sie dir. Tschüss, ich muss zum Evensong.«

»Ich will mit, ich will mit!«, heulte Rowley; aber Vater hob ihn hoch und trug ihn hinaus. »Geh hoch und spiel Verkleiden mit den Gewändern.« Er drückte ihn sehr fest und machte Monstergeräusche an seinem Hals, und Rowley quietschte vor Vergnügen und verschwand im vorderen Zimmer.

Nach einer Weile fragte ich meine Mutter, was sie da tue.

»Nur die Listen für den Weihnachtskuchen«, sagte sie. Ich starrte weiterhin geradeaus, wickelte meine Beine um die Stuhlbeine und kippelte nach hinten an die Wand. »Wenn ich denn sterbe«, rezitierte ich mir selbst, »denk nur dies von mir.« Nicht mal eins seiner besten. Eins der gefälligsten, aber nicht eins der besten.

> In Grantchester, in Grantchester,
> herrscht heil'ge Ruh und Frieden.

Eigentlich bin ich auch da nicht sicher, ob das so ein gutes Gedicht ist. Irgendwas daran verursacht bei mir eine leichte Übelkeit.

»Verschenken wir viele Weihnachtskuchen?«, fragte ich.

»Das wäre schön. Es wird leider schwierig genug werden, einen für uns selbst zu machen.«

»In Grantchester, in Grantchester …«

»Ich schreibe nur eine Liste der Dinge auf, die man dafür braucht – nur das Nötigste. Die Sachen, ohne die es wirklich nicht geht. Das muss man sich mal vorstellen, vor dem Krieg habe ich Weihnachtskuchen mit sieben Eiern drin gemacht! Stell dir das mal vor! Und Brandy. Mindestens drei Schnapsgläser. Und dazu gab es echte Sahne. Erstaunlich, dass wir nicht die reinsten Ballons waren.«

»Was kommt denn dieses Jahr rein? ›Mein Name ist Osymandias, aller Kön'ge König: Seht meine Werke, Mächt'ge, und erbebt!‹ Das ist ein besseres Gedicht. Härter. Fester. Besserer Dichter. ›Dehnt um die Trümmer endlos, kahl, eintönig / die Wüste sich, die den Koloss begräbt.‹«

»… Karotten- und Kartoffelbrei, aber sag's deinem Vater nicht. Ich hoffe, das funktioniert. Was hast du denn, Jessica?«

Ich hatte alles Mögliche und suchte mir etwas davon aus.

»Ach, na ja«, sagte ich. »Ich hätte nur gern etwas Geld.«

»Wofür?« Sie klang überrascht – fast erfreut, als wäre das etwas, worüber sie reden konnte.

»Alles Mögliche.«

»Du hast ja dein Geburtstagsgeld. Das müsste doch fast ein Pfund sein, oder?«

»Ich will mehr. Ich habe da ein Bild gesehen.«

»Ach, arme Jessica! Arme Jessica. Ich weiß nicht. Also, ich könnte dir natürlich welches leihen, aber ehrlich gesagt, habe ich an das Fest gedacht.«

»Das Fest? Ich muss doch wohl nicht *bezahlen*, um auf dieses bescheuerte Fest zu gehen?«

»Nein, du Dummerchen. Aber ich dachte, vielleicht hättest du gern ein Paar Strümpfe. Seidenstrümpfe.«

»Jesus!«

»Ich habe da von einem Paar gehört – ein kleines Paar, das könnte passen. Und sicher nett mit deinen Pumps …«

»Meinen was?«

»Deinen Pumps. Die schwarzen Tanzschuhe. Du trägst deine Pumps und das Flanellkleid.«

»WAS? Mutter, bist du völlig verrückt geworden? Das Flanellkleid? Das kann ich nicht tragen, die Taille sitzt mir irgendwo unter den Achseln. Es war schon im Sommer zu klein. Ich bin doch kein Baby mehr!«

»Aber Liebes, was hast du denn sonst?«

Ich war platt. Ich setzte mich einfach hin. Das Bild hatte ich komplett vergessen. Ich hatte – ob Sie es glauben oder nicht – überhaupt noch nicht darüber nachgedacht, was ich zu diesem Fest anziehen würde. Tatsächlich glaube ich, dass ich in meinem ganzen Leben noch nicht über Kleidung nachgedacht hatte, außer für Theaterstücke. Ich kann mir auch nicht vorstellen, dass Florence je darüber nachdenkt. Oder Helen. Dottie schon, und die alle. Joan nicht. Cissie nicht. Man darf nicht alles glauben, was man in Büchern über junge Mädchen liest.

Mutter sagte beruhigend: »Sie kommen alle im Flanellkleid. Mach dir keine Sorgen. Die Kleinen werden das von den Großen auftragen. Das ist das einzig Gute am Krieg – niemand hat bessere Kleider als die anderen. Du solltest dankbar sein.«

»Ich wette, die tragen kein Flanell.« Ich kann gar nicht sagen, wie überrascht ich selbst darüber war, dass mich das so rasend wütend machte.

Rowley kam aus dem vorderen Zimmer gehüpft, als ich vorbeiging. »Guck mal!«, strahlte er. »Ich bin ein König!« Er trug eine Papierkrone, die für einen der Heiligen Drei Könige nächste Woche parat gelegen hatte, und ein rotes Ding mit Schleppe.

»Hilfe«, sagte Mutter durch den Flur, »die muss ich auch noch waschen. Ob ich das noch vor dem Kuchen mache?«

Oben in meinem Zimmer befestigte ich die Verdunklung am Fenster, setzte mich hin und versuchte, ein Gedicht zu schreiben. Es war schrecklich kalt, und ich stand dauernd auf; erst, um mir noch ein Paar Socken zu holen, dann das Federbett und schließlich eine Pudelmütze, weil meine Ohren abfroren. Mein Atem bildete im Schein der Leselampe kleine Wölkchen. »VERZWEIFLUNG«, schrieb ich auf ein weißes Blatt Papier. Dann malte ich eine Wellenlinie darunter.

»Kann ich das Gas anmachen?«, rief ich ins Haus.

»Hier unten ist ein Kohlenfeuer!«, rief Mutter zurück.

Ich dekorierte die Wellenlinie und zeichnete Blätter und Beeren dran. Dann machte ich Gesichter in das R, das U und das G und schrieb darunter:

»Mein Herz ist wie ein Schiff in schwerem Sturm.«

Nach weiteren fünf Minuten legte ich den Kopf aufs Papier. »Flanell!«, dachte ich. »Himmel, ich kann doch nicht in diesem Flanellkleid gehen.« Ich setzte mich auf und schrieb.

»Wie rasch das Meer an meine Seele spült
wie rasch die Strömung von der Küste flieht
wie schwarz und schwer der Schmerz in meiner Brust …«

»Und Pumps!«, dachte ich. »Pumps! Nur Ma nennt solche Schuhe Pumps. Ich wette, ich soll sie in dieser fiesen Schuhschachtel von der alten Mrs Dingsbums mitnehmen, die direkt von Jane Austen abstammt oder so.«

»Als Seemann nach dem Schiffbruch ruf ich Gott«, schrieb ich (oder so was in der Art).

»Als Wassermann, der weint im Seetangwald,
Als trauernder Delfin an einem Silberstrand,
Streck ich die Hände aus und wein' um Lieb und Leben.«

Ich las es mir durch und war recht angetan. Ich schrieb noch ein paar Strophen, und dann ging ich in den Kleiderschrank gucken. Das Flanellkleid hing da wie ein toter Vogel. Es war mit kleinen, runden, blassblauen Blümchen übersät, hatte Perlmuttknöpfe und Puffärmel. Ich kehrte zu meinem Gedicht zurück und las es noch einmal. Es war furchtbar.

Ich zerriss es und begann von vorn. Diesmal ging es schon

besser, und als ich nach dem Abendessen dazu zurückkehrte, sah es schon gar nicht schlecht aus. Ich änderte noch ein paar Kleinigkeiten und betrachtete noch einmal das Flanellkleid.

Vater rief durch den Fußboden hindurch nach mir. Mein Zimmer ist genau über der Küche. Man hört alles. »Die Comedysendung läuft gleich, kommst du, Jess?« Eins muss man meinem Vater lassen: Wenn man sich mit ihm streitet, hat er es ungefähr zehn Sekunden später vergessen. Ich hörte, wie er das Radio andrehte.

Ich rief: »Gleich!«

»Ach, lass doch die Hausaufgaben!«, rief er. »Du hast doch noch das ganze Wochenende!«

> »... dem Schiffbruch ruft nach seinem Gott,
> mein Herz ist wie ein Boot, umhergeworfen
> im kalten, reißenden, vernichtenden ...«

Es hatte keinen Zweck. Und all die Gedichte, die ich in den Ferien geschrieben hatte! Es war so leicht gewesen. Es war nur so, ich hatte nicht das leiseste Verlangen danach, ein Gedicht zu schreiben. Ich hatte nichts zu sagen. Mein Kopf war wie Blei. Ich wollte nicht den Wettbewerb gewinnen oder so. Ich wollte nur wirklich gern einen Büchergutschein gewinnen – nicht mal den »etwas größeren Büchergutschein«. Dann könnte ich ihn verkaufen oder so und mir das Bild kaufen. Und ein Kleid.

Ich holte mir eine Schere, schnitt die Zeilen einzeln aus und schob sie herum, um zu gucken, ob sie anders besser passten. »Als ob R. Brooke das so gemacht hätte«, dachte ich. »Als ob W. Shakespeare das so gemacht hätte. Ich bin eher eine Puzzlemacherin. Oder eine Panzerknackerin, die verschiedene Zahlenkombinationen ausprobiert. Schade, dass es kein Verkleidungsfest ist. Oh!«

Ich legte Bleistift und Schere hin, wickelte mich aus dem Federbett, ging schnurstracks nach unten ins vordere Zimmer und schloss die Tür, um das Radio nicht zu hören. Als ich wieder rauskam, war ich unglaublich gut gelaunt. Ich steckte meinen Kopf durch die Küchentür, sagte gute Nacht und warf Küsse hinein. Vater hob die Hand und bat um Stille, weil die Nachrichten anfingen. Mutter sah auf, und ich sagte: »Kann ich das für dich waschen? Oder kann ich den Kuchen machen, während du wäschst?«

»Großer Gott, natürlich. Meinst du, du kannst das?«

»Nun ja, im Waschen bin ich nicht gut. Aber das mit dem Kuchen kann ich ja mal versuchen.«

»Aber Liebes, du brauchst wirklich nicht …«

»Still!«, rief Vater mit dem Kinn auf der Brust.

»Also dann, gute Nacht.«

Als ich ins Bett ging, hörte ich sie sagen, wie seltsam ich sei – mein Alter, blabla, nie zwei Minuten am Stück in derselben Stimmung und der ganze Kram. »Wie lang geht diese schreckliche Teenagerzeit?«, fragte mein Vater. »Ich bin sicher, dass ich nie so war«, sagte Ma. »Ich war eigentlich immer ganz zufrieden. Aber so sind sie heute. Das macht der Krieg.« Vater sagte: »Wenigstens haben sie keine Angst vor uns. Wir *kennen* unsere Kinder heute. Sie haben keine Geheimnisse vor uns. Das ist doch sicher gut.«

»Meine Eltern wollten mich gar nicht kennen«, sagte Ma. »Sie haben sich überhaupt nicht für mich interessiert.«

»Ich habe mich auch nicht für meine Eltern interessiert«, sagte Vater. »Ich wollte sie gar nicht kennen.«

»Ach, das wolltest du bestimmt. Sie waren so nett.«

»Ich nicht«, sagte Vater. »Ich war ein Mistkerl.«

Und so ging es weiter. Ich staune immer wieder über sie. Wie die Kinder.

11

Zwanzig nach eins ab Haltestelle Cleveland Sands bedeutete halb zwei bei uns vor der Tür auf der anderen Straßenseite. Und da kam der Bus auch schon, und ich stieg ein. Ich verstaute meinen Koffer unter den Stufen, wischte übers Fenster und winkte meiner Mutter und Rowley zu, die im vorderen Zimmer am Fenster standen, Mutter mit einem irgendwie ungewissen Blick. Ich kaufte ein Kinder-Rückfahrticket nach High Thwaite, setzte mich auf einen klapprigen Sitz und wischte ein größeres Loch in der beschlagenen Scheibe frei. Ich wickelte ein Karamellbonbon aus, das Rowley mir zum Abschied geschenkt hatte.

»Habe ich alles?«, fragte ich die Bäume, als der Bus landeinwärts fuhr. »Gasmaske, Personalausweis, Lebensmittelmarken. Mutter hat zwar gesagt, niemand nimmt Lebensmittelmarken mit, wenn er eingeladen ist, aber man muss sie auf alle Fälle anbieten – so wie man anbieten muss, selbst zu bezahlen, wenn man mit den Eltern von Freunden ins Kino geht. Wärmflasche, falls sie nicht genügend haben, Zahnbürste, Haarbürste, Waschlappen, Seife, Schlüpfer für morgen, Extrasocken, Extrastrickjacke, Gummistiefel für die Schneeballschlacht, ein Glas Marmelade für Mrs Dings und, hm, Zeug für das Fest.« Plötzlich wollte ich hochkonzentriert mein Buch lesen. »Ach, morgen. Morgen, morgen. Wenn der Bus in die andere Richtung fährt. Ob er überhaupt kommt? Wenn es doch nur schon morgen wäre und ich zurück!«

Ich las mein Buch, aber meine Gedanken schwirrten in der

nächsten halben Stunde umher. Der Bus füllte sich mit Arbeitern, und es war sehr still, bis auf schweren Atem und das Klappern einer Teekanne und das Knistern der Zigarettenpackungen und gelegentliches lautes Husten. Der neben mir hatte den *Daily Mirror* auf den Knien vor sich aufgeschlagen. In einer Überschrift ging es um den *Blitzkrieg*.

»London ist total zerstört«, sagte er an niemand Bestimmten gerichtet.

»Wir sind alle ziemlich zerstört«, sagte jemand auf der anderen Seite des Ganges, der ebenfalls geradeaus starrte. Ihre Gesichter waren scharf geschnitten, sie hatten harte Haut, und viele wirkten eigentlich zu alt, um noch zu arbeiten.

Beim Stahlwerk stiegen die ganzen Arbeiter aus und hinterließen einen beißenden Geruch. Etwas später stiegen zwei ländlich wirkende Frauen ein, die zu einem Schaufensterbummel in Shields East gewesen waren. Auch sie waren schweigsam. Die Schaffnerin kam vorbei und kontrollierte ihre Fahrkarten, dann klopfte sie an die Trennscheibe zum Fahrer, damit er weiterfuhr. Er drehte sich um und zwinkerte ihr zu. Sie hatte schwarzes Haar, das im Nacken eingeschlagen war und vorne zu einer blond gefärbten Wurst hochgerollt war.

»Schamlos«, sagte eine sehr dicke Frau am anderen Ende des Busses, die von Paketen umgeben war. »Das wird ein ziemlicher Schock für manche, wenn der Krieg vorbei ist«, teilte sie dem gesamten Bus mit.

»Falls Sie mich meinen«, sagte die Schaffnerin, »ich habe zwei Jungs in der Air Force, also sparen Sie sich das.«

»Bisschen Hitler könnte manchen echt nicht schaden«, sagte die Frau. »Und wir werden noch reichlich von ihm kriegen, steht in der Zeitung.«

»Macht immer Spaß, sie bei Laune zu halten«, sagte die Schaffnerin zu mir und stieg singend aufs Oberdeck.

Ich fragte mich, warum die dicke Frau dachte, dass es Hitler interessiert, ob die Schaffnerin sich die Haare färbt, als ich merkte, dass wir am Ende einer Straße angehalten hatten, an der rechts und links Lärchen standen. Dazwischen sah ich lauter Leute (o Gott! Hilfe!), manche saßen auf einer Art Zaun um den Park und trugen leuchtend rote Kappen mit Bommeln drauf. Ein Collie sprang herum, weiß und hellbraun, und neben ihm stand eine pummelige, kleine Frau mit Stechpalmenzweigen im Arm.

»Thwaite End!«, rief die Schaffnerin die Treppe herunter. »Das bist du, Liebes. Schaffst du es allein?«

»Ja, danke.«

Ich holte meinen Koffer, stieg aus und sah eine ziemliche Strecke zurück, denn wir waren zu weit gefahren. Unter den schwarzen Lärchen an der kahlen Straße sahen die Arme und Beine der Leute aus wie Insektenarme. Ich stellte meinen Koffer kurz ab. Dann nahm ich ihn wieder auf, hielt den Griff sehr fest und stolperte auf sie zu, unbeholfen, weil der Koffer groß war und auf dem gefrorenen Straßenrand schleifte. Ich dachte: »Die sind doch alle so arrangiert worden.« Sie waren in bunten und quirligen Grüppchen unter den Lärchen beieinander. »Wie in einem Bilderbuch.«

Eins der Mädchen hüpfte mit einem fröhlichen Lachen, das sich anhörte wie eine Melodie, vom Zaun und rief nach dem Hund, der daraufhin bellend um sie herumsprang, immer höher, wunderschön. »Die kleine dicke Frau wird die Köchin sein«, dachte ich. Jemand rief »Hurra!«, und etwas berührte mein Gesicht, und im selben Moment rief die kleine Frau mit einer amüsierten, hübschen Stimme, wie das Lachen vorher: »Seht ihr? Es schneit!«

»Und da ist sie ja auch«, fügte sie hinzu. »Geht mal zu ihr, ihr großen Jungs. Holt ihren Koffer, das arme Engelchen. Der ist ja fast so groß wie sie. Also, dann lass dich mal ansehen. Jessica Vye! Du siehst ja genau aus wie dein Vater!« Sie packte mich an den Schultern, trat einen Schritt zurück, hielt mich vor sich und lächelte irgendwie triumphierend. Sie war eher mollig als dick. Drall. Sie war *drall*, mit einem hübschen kleinen Mund und einer kleinen geraden Nase, großen braunen Augen und braun-grauem Haar, das sie in einem Knoten trug – kein Hut –, in dem sich der Schnee in großen Flocken hier und da niederließ. Aus ihrem Tweedmantel war bereits vor vielen Jahren jede Farbe gewichen, und ihre stämmigen, wollenen Beine endeten in dicken Galoschen. Ihre Wangen waren rosig, als säße sie an einem leuchtenden Feuer, und sie glänzten vor Kälte.

Ich dachte: »Sie sieht genau aus wie eine Köchin, aber …«

»Ich bin nicht die Köchin. Ich weiß, dass ich so aussehe. Aber ich bin die Gastgeberin. Liebe, liebe Jessica, ich kann den Blick gar nicht von dir wenden.«

»Ach komm, Mutter«, sagte das Mädchen, das so gelacht hatte. Ein bisschen älter als ich. (Rosige Lippen über leicht vorstehenden Zähnen und DICKES, langes, braunes Haar.) Sie wandte sich ab und kam die Straße herauf. Ein stattlicher, großer Junge sagte: »Ich nehme deinen Koffer.« Er trug eine Brille und hatte lauter Sommersprossen im Gesicht, das bleich war wie Porridge.

»Und wir gehen zusammen«, sagte Mrs Fanshawe-Smithe und hakte sich bei mir ein. Die anderen Kinder nahmen gar keine Notiz von mir, sie rannten einfach vor uns hin und her, die Straße hinauf und spielten mit dem schönen Hund. Zwischen den Bäumen in der Ferne, am Ende der Straße, erhob sich der braune Kirchturm zum Gruß.

Wenn es etwas gibt, was ich mehr hasse als alles andere auf der Welt, dann ist es, wenn sich jemand bei mir einhakt.

»Wir sind nicht mit dem Auto zur Straße gekommen, das hätte sich nicht gelohnt«, sagte sie. »Haben wir gestern gemacht, um ein paar von den Gästen aus Harrogate abzuholen – Schulfreunde der Kinder. Sie bleiben länger. Aber wir müssen ein bisschen aufs Benzin gucken. Es ist auch ein netter Spaziergang, solange Giles den Koffer schleppt. Erzähl mal – wie geht's deinem Vater?«

»Sehr gut, danke.«

»Er war so ein Energiebündel damals in Cambridge! Und ein großer Redner. Er hält bestimmt großartige Predigten, oder?«

»Tatsächlich, ja.«

»Natürlich. Als Lehrer war er wirklich eine Verschwendung. Mein Mann und ich waren hocherfreut – wirklich erfreut, als er bei uns eingetreten ist.«

»Eingetreten?«

»In den Kirchendienst. Deine Mutter sicher auch. Ich habe deine Mutter noch gar nicht kennengelernt.«

»Ich weiß es gar nicht. Ich glaube, sie hat gar keine Zeit, darüber nachzudenken.«

»Ach, das kann ich so gut nachvollziehen! So gut! Es ist das härteste Leben, das man sich vorstellen kann, mein Kind.« Sie senkte die Stimme, als würde sie mir ein Geheimnis verraten. »Das härteste Leben der Welt, einen Geistlichen zu heiraten. Also, dann wollen wir es uns vor dem Tea noch schön gemütlich machen.« Sie ließ meinen Arm los (dem Himmel sei Dank). Sie wippte beim Gehen auf und ab wie eine Verrückte. Ganz normal zu gehen hatte bedeutet, mich bei jedem Schritt hoch- und runterzerren zu lassen, aber genauso neben ihr herzuwippen wäre mir auch albern vorgekommen. Ich hatte mir alle Mühe gegeben, irgendwie im Takt zu bleiben, indem ich den Blick auf ihre Galoschen heftete und dann und wann einen Schritt einschob, wenn sie schneller wurde. Zwei kleinere Mädchen hinter uns hatten gekichert, aber als ich Luft hatte, mich zu ihnen umzudrehen, guckten sie ganz unschuldig.

»Da wären wir!«

Wir standen an einem riesigen Metallgatter, sicher zweieinhalb Meter breit, vor einer geschotterten Einfahrt. An deren Ende stand ein gigantisches weißes Haus, mit jeder Menge Fensterreihen, und über der Tür war eine Muschel aus Glas. Daneben stand eine große schwarze Zeder mit schwarzen Klecksen am Ende der komischen Zweige, wie Linolschnitte. Auf dem Rasen stand eine riesige Wippe, und in der Zeder hing die längste Schaukel, die ich je gesehen hatte. Im Hintergrund lag eine große Steinscheune und eine Koppel mit großen Bäumen drum herum, wie in einem Park, und mit einem Pony.

»Ja, nicht wahr?« Ich hatte gar nichts gesagt. »Die Kirche ist nichts Besonderes – Oxford-Bewegung, 1840er. Ziemlich scheußlich eigentlich. Wir haben es wegen des Pfarrhauses genommen. Natürlich – komm rein, Liebes. Giles, bring den Koffer nach oben. Genau, in der Bibliothek ist es warm – als der Pfarrer und ich es zum ersten Mal gesehen haben (wir wohnen hier ja erst seit einem Jahr), haben wir gesagt: ›Unmöglich! Kommt gar nicht in Frage.‹ Wir standen im Garten und haben gesagt: ›Guck doch bloß mal, all diese Fenster. Wie sollen wir die denn verdunkeln?‹ Aber weißt du was?« Sie nietete mich fest. Ich wartete einfach ab. »WEISST DU WAS? Als wir nach oben kamen – Fensterläden! Wunderschöne Fensterläden aus dem achtzehnten Jahrhundert, an allen Fenstern. Geht's jetzt? Ist dir wärmer? Gut. Dann ab mit dir, mit Magdalene, sie zeigt dir, wo du schläfst.«

»Tea gibt's in der Küche«, rief sie uns wieder so musikalisch vom Fuß der Treppe hinterher. »Das Esszimmer ist fest verschlossen bis heute Abend. Wir haben noch jede Menge zu tun vor dem großen Ereignis. Und, ach ja, Magdalene«, fügte sie hinzu, »bring doch bitte Jessicas Lebensmittelmarken mit, Schatz.«

Nach oben zum Waschen, dann runter zu süßen Brötchen und Tee an einem großen, geschrubbten Küchentisch, Dutzende Leute liefen herum, lachten und schlugen Türen zu, und dann wieder nach oben, fertig machen. Ich blinzelte und wirbelte herum. Ich versuchte sogar ein bisschen, mit den anderen mitzuschreien und mitzukreischen. Aber am liebsten wäre ich einfach weggegangen und hätte meine Ruhe gehabt. Diese komische Frau, die Gedanken lesen konnte wie ich. Und die mit mir sprach, als wären wir im gleichen Alter. Diese großen, rosigen Mädchen, die sich alle so toll fanden. Ich verschwand für eine Weile auf einer Toilette, aber das taugte auch nicht. Ich wusste, dass ich rauskommen musste. Ich schlief mit den beiden jüngeren Mädchen in einem Zimmer, die hinter mir gekichert hatten – Sophie (wenn ich bitten darf!) und Claire. Magdalene, die ungefähr in meinem Alter sein musste, hatte bereits eine Schulfreundin in ihrem Zimmer. Die beiden waren nach dem Tea darin verschwunden und hatten die Tür fest zugemacht. Man hörte sie darin die ganze Zeit lachen.

Über mich vermutlich. Ich warf Sophie einen finsteren Blick zu, die halb auf dem Kamingitter hockte, ihre Füße berührten nicht mal den Boden, und mich beobachtete.

»Ist das dein Zimmer?«

»Nein. In unserem Zimmer ist eine Freundin von Magdalene. Das hier ist das Spielzimmer. Wir haben Feldbetten aufgestellt.«

»Spielzimmer? Seid ihr nicht ein bisschen zu alt zum Spielen?« (Ich wollte nur Konversation machen.)

Und dann ging es los. »So heißt das halt«, sagte Claire. »Das Zimmer heißt so. Das wird immer so sein, es war auch schon das Spielzimmer, bevor wir hier eingezogen sind. Das sieht man an den Spielzeugregalen.«

Ich sah mich um. Es war ein riesiger Raum mit zwei großen Regalen bis unter die Decke, großen Fenstern mit Holzsprossen und Blick auf die Zeder, einem Kaminschutz mit Messingoberfläche, einem großen, alten Schaukelpferd, einem großen Puppenhaus, einem Regal voller gut gepflegter historischer Puppen und einem ordentlich aufgeräumten Bücherregal, die meisten Bücher darin waren von Arthur Ransome. Der Anstrich in dem Zimmer war so alt, dass kaum noch Farbe zu sehen war, aber wunderbar sauber gehalten. Türknauf und -blatt aus Messing und der Rahmen des Kamingitters schimmerten im Feuerschein wie Gold. Draußen wirbelte Schnee in großen, weißen Flocken vor der schwarzen Zeder umher. Vor dem Kamin lag ein großer Teppich, darauf stand ein Schaukelstuhl mit einem weichen Kissen, auf dem eine rote Katze schlief. Über dem Kamin hing eine Kuckucksuhr. Auf dem Sims stand ein kleiner nickender Chinese, ein Streichholzhalter aus Brandmalerei und ein Behälter mit bunten Fidibussen. Es war wunderschön. Es war warm. Es war so friedlich. Ich steckte die Hände in die Achselhöhlen, weil ich sonst danach gegriffen hätte. Fragen Sie mich nicht, warum ich mein ekligstes Gesicht machte und zu Sophie sagte: »Woher habt ihr denn die Kohlen?«

»Ach, wir haben für das Fest gespart. Normalerweise erfrieren wir hier. Aber jetzt ist es bonfortionös, oder? Wir sollten wohl die Fensterläden zumachen. Es wird dunkel draußen, wir müssen verdunkeln.«

»Bonfortionös?«, sagte ich.

»Ja, bonfortionös«, sagte Claire, die mich die ganze Zeit vom Bett aus beobachtet hatte. »Was dagegen?«

»Nein«, sagte ich. »Klingt, als hättet ihr Arthur Ransome gelesen oder so.«

»Haben wir auch. Na und? Du nicht? Der ist echt irre.«

»Er ist wirklich irre«, sagte Claire, die mich immer noch beobachtete.

»Er ist bonfortionös«, sagte Sophie. »Findest du nicht?«

»Ich fürchte nicht. Ich kann ihn nicht ausstehen.«

»Wirklich nicht?«

»Diese erbärmlichen Abenteuer.«

»Hast du ihn auch nicht gemocht, als du in unserem Alter warst? So zehn, elf?«

»Ich fürchte nicht.«

»O Mann.«

Ich stand auf und stellte mich ans Fenster. »Ich bin gemein«, dachte ich. »Ich hasse sie. *Spiel*zimmer.« Kohlenfeuer im Schlafzimmer. Und diese Dienerin beim Tea, und die ganzen vornehmen Tanten und so. Und diese schreckliche Mutter, die meine Lebensmittelmarken haben will. Mutter hätte niemals darum gebeten, nie im Leben. Himmel, nicht mal als Auntie Nellie eine ganze Woche da war, haben wir ihre Marken genommen. Und wie sie reden! Immer mit so spitzem Mund, und wie sie immer lachen, obwohl sie gar nichts lustig finden. Weil sie was Besseres sind. Man hört doch, wie unecht das alles ist. Quietschen vor Lachen und haben dabei ganz kalte Augen. Ob der König und die Königin auch so sind?

»Hast du nicht mal Mary Louisa Molesworth gelesen?«

»Nein.«

»Oder Edith Nesbit?«

»Ich fürchte, ich habe noch nicht mal von ihnen gehört. Ich hab's nicht so mit Kinderbüchern.«

»Nicht mal Beatrix Potter?«

Ich versuchte, die Lippen zu schürzen, aber diesmal konnte ich nicht leugnen und murmelte ein Ja.

»Große Güte, sie mag Beatrix Potter!«, rief Claire, klatschte in die Hände und kugelte sich auf ihrem Bett. »Süßes, süßes Nusper! Süße, süße Ribby! Süßer, süßer Schneider von Gloucester! Aber so *traurig*!«

»Was ist dein Lieblingsbuch?«, fragte Sophie, mich immer noch taxierend.

»Herr Reineke.«

»Herr Reineke! Oh, Horror, Horror!«, quietschte Sophie.

»Warum denn Herr Reineke?«

»Weil er böse ist.« Da waren sie still. »Macht es euch was aus, wenn ich runtergehe? Ich habe das Buch, das ich gerade lese, in der Halle liegengelassen.«

Vom Treppenabsatz aus hörte ich sie noch. Unterdrückte Grunzer und belustigte Quietscher und »Ist die nicht schrecklich?« mit Claires Stimme unter dem Kissen.

Ich fand das Buch auf der Kommode in der Eingangshalle, zusammen mit meiner Handtasche, von der ich schon ganz vergessen hatte, dass ich sie dabeihatte. Es war ein Erbstück meiner Mutter von einer ihrer reichen Freundinnen. Ziemlich großes Ding aus schwarzem Leder mit einer glänzenden Schnalle. Im Bus hatte ich sie noch schick gefunden, aber jetzt, auf dem Tisch in der Halle, fand ich das nicht mehr. Die war für eine Frau, nicht für mich. Der Rest von mir war schon okay – Rock und Pullover, Kniestrümpfe, Schulschuhe. So etwas trugen alle. »Und meine Haare sind genauso gut wie ihre«, dachte ich. »Wenn nicht besser. Und mein Gesicht ist auch so gut wie ihre – wenigstens stehen meine Zähne nicht so vor, und ich habe keine riesigen Eisenstangen drum herum, auch wenn sie etwas groß sind. Meine Augen sind auch in Ordnung.« Ich stand da und betrachtete mich in dem herrlichen, trüben Flurspiegel. »Jedenfalls sehe ich darin ganz gut aus. Meine Augen sind wie Untertassen – nein, wie ist das beim dritten Hund bei Andersen? Augen so groß wie ein Turm. So schlecht sehe ich nämlich gar nicht aus. Der Stationsvorsteher guckt mich in der Zugschlange immer so an, und außerdem hat der Kriegsgef...« Aber statt weiterzudenken, nahm ich das Buch und wandte mich mit Bauchschmerzen ab. »Warum kann ich nicht daran denken? Warum nicht? Direkt danach ging es doch auch. Es war ja nichts. Warum kann ich jetzt nicht mehr daran denken? Denk jetzt!«

Aber ich kam nur bis zu den Blättern am Ufer und der schräg einfallenden Sonne.

Es war ein Husten zu hören, und ein Schatten huschte am anderen Ende des Ganges entlang, vor dem dunklen Fenster am Ende. Ich erhaschte einen Blick – fast nicht mal einen Blick, eher einen Eindruck von jemandem, den ich kannte, im Weggehen. Aber es war niemand dort. »Jetzt werde ich verrückt«, dachte ich. »Ich gehe besser wieder nach oben. Wahrscheinlich müssen wir uns langsam für diese schreckliche Party fertig machen.«

Als ich wieder ins Spielzimmer kam, war es leer bis auf die Katze, also nahm ich meinen Kulturbeutel aus dem Koffer und ging ein Badezimmer suchen. Irgendwo fand ich ein riesiges, eiskaltes Badezimmer, und nachdem ich mich eingeschlossen und mit so einem komischen Stöpsel im Waschbecken herumgefummelt hatte, mit einem Messinghebel und Wasserhähnen darüber, alles blankpoliert, zog ich meinen Pullover aus, wusch mir den Oberkörper, putzte mir die Zähne und schrubbte meine Fingernägel. Dann zog ich den Pullover wieder an und nahm das Unterhemd mit ins Schlafzimmer. Mit Schwung zog ich das Flanellkleid aus dem Koffer und legte es aufs Bett. Dann holte ich eine Tüte heraus und leerte den Rest aufs Bett, und es glitt und floss dahin, in Rot und Gold. Ich sah darauf hinab, dann sah ich mich im Raum um und fragte die Luft, welches das Richtige sei.

Das hätte ich natürlich nicht zu fragen brauchen. Das fade, verwaschene Flanellkleid war genau richtig. Man sah, dass Mädchen hier seit ungefähr dreißigtausend Jahren fade, hübsche, adrette Partykleider angezogen hatten. Ein *englisches* Kleid, so englisch wie der Patchwork-Quilt, auf dem es lag, so englisch wie der Flickenteppich, so englisch wie die Bücher in den Regalen. Ein Kleid, dem England Leben, Form und Geist gab, für Mädchen, friedvoll unter Englands Himmel. Wenn ich denn sterbe, denk nur dies von mir, ich seh so öde aus wie alles hier. Und bla und bla und bla.

Ich betrachtete die anderen Kleider – es waren die Sachen für den schwarzen Pagen im Krippenspiel. Letztes Jahr hatte ich sie getragen, da waren sie mir noch zu groß gewesen, und mein Gesicht mit Schuhcreme geschwärzt. Da war eine goldene Tunika aus einem alten Pluviale und eine knallrote Strumpfhose. Es gab auch noch einen goldenen Turban mit einer großen lila Brosche von Woolworth, aber den hatte ich nicht mitgebracht. Die Kleider bildeten auf dem Bett einen aggressiv leuchtenden Haufen. Das ganze Zimmer wirkte verwaschen dagegen. Es wurde blass bei diesem Anblick. Ich streckte die Hand aus und berührte den kratzigen Goldstoff und den Schmuck. »Du sehr …«, da waren die Dahlien und das orange Sonnenlicht und das tränenüberströmte Gesicht des Mannes. »Klappe«, sagte ich und zog die Sachen an. »Ich habe keine Angst vor diesen Leuten«, sagte ich. Ich schubste die Katze vom Schaukelstuhl. Meine roten Satinbeine sahen gut aus im spiegelnden Kamingitter. Bonfortionös! Ich setzte mich mit *Silbermond und Kupfermünze* hin, das ich zum dritten Mal las.

Eine Ewigkeit später hörte ich die Stimmen der Mädchen draußen den Gang entlangkommen, und die anderen Stimmen von Magdalene und ihren Freundinnen und Klappern und Rumpeln auf der Treppe. »Aber wo ist denn Jessica?«, rief Mrs Fanshawe-Smithe. »Geht sie mal suchen, Kinder, dann mache ich ihr auch noch die Haare.« Sophie erschien im Morgenmantel, die Zöpfe gelöst, das Haar hing ihr offen über den Rücken. »Hier ist sie!«, rief sie. »Donnerknispel!«

Claire kam dazu. »Oh«, sagte sie.

Mrs Fanshawe-Smithe kam auch herein. »Jessica, wir haben dich verloren. Ich habe den Mädchen in meinem Schlafzimmer die Haare gemacht. Soll ich sie dir auch machen? Oh …«

»Nein, danke«, sagte ich. Ich schlug die Beine auseinander und stand auf. Ich fühlte mich großartig.

»Jessica!« Mrs Fanshawe-Smithe schlug die Hände vors Gesicht und riss die Augen weit auf. »Liebes – wie schrecklich!«

So großartig fühlte ich mich doch nicht. Ich wollte nur noch auf einem Bein stehen. Ich sah ihr auch nicht mehr in die Augen, sondern eher auf die Füße.

»Wie schrecklich! Wie schrecklich von mir. Ich habe dich glauben lassen, es wäre eine Verkleidungsparty! Ach, und du siehst so hinreißend aus!«

Sophie und Claire verließen das Zimmer mit einem Klackern, und kurz darauf kam Magdalene herein. Ich sah nur ihre Füße (in Pumps). »Hall-O!«, sagte sie mit ihrer saftigen Stimme. »Du siehst wirklich bonfortionös aus!«

»Wisst ihr was?«, sagte ihre Mutter triumphierend. »Wir

verkleiden uns alle! Au ja, das wird ein Spaß! Wir finden bestimmt was auf dem Dachboden – das Problem ist nur, dass wir eigentlich gar keine Zeit mehr haben …«

»Ich will aber mein neues Flanellkleid anziehen«, sagte eine von Magdalenes Freundinnen, die sich an der Tür drängten. »Das hat sechzehn Bezugsscheine gekostet.«

»Ich auch«, sagte eine andere. »Meins ist aus Wolle. Hab ich für angestanden. Ich habe auch für Lippenstift angestanden, in York, letzte Woche Samstag, den ganzen Vormittag.«

»Ich will meine Seidenstrümpfe tragen«, sagte eine andere.

»Was können wir denn da tun?«, fragte sie. »Ich glaube, ich verkrafte es nicht, wenn Jessica diese prachtvollen Sachen auszieht.«

Aber man sah ihr an, dass sie das sehr wohl verkraften würde und dass sie fieberhaft darüber nachdachte, wie sie das alles ausbügeln konnte. Sie sah sogar auf die Uhr.

»Ich habe keine Angst vor diesen Leuten«, sagte ich mir. »Keine Angst. Habe ich nicht. Ich werde nicht sein wie sie, nur weil es für sie einfacher ist. Es ist mir egal, ob sie lachen, ich werde schön aussehen, das werde ich, jawohl.«

»Magdalene, du hast doch ungefähr Jessicas Größe, kannst du ihr nicht das grüne leihen? Ach, das ist doch eine gute Idee, sie würde in Grün so …«

»Oder das orange«, sagte Magdalene. »In Orange würde sie noch besser aussehen, und es ist neuer.« (So schlecht war sie gar nicht, oder sie hatte tadellose Manieren.)

»Das stimmt«, sagte eines der anderen Mädchen. »Und sie könnte meinen Lippenstift benutzen.«

»Jetzt sei doch nicht albern!« (Charmantes Lachen.) »Lippenstift! Und dann noch falsche Wimpern, oder was? Nicht, dass sie die bräuchte, sie hat herrliche Wimpern. Und Augen. Sie hat die faszinierenden Augen ihres Vaters.«

Ich versuchte, mich nicht auf den Teppich zu übergeben, und riss mich zusammen. »Ich werde diese Sachen tragen«, dachte ich. »Das will ich, und das werde ich. Ich lasse sie nicht gewinnen.«

»Ach so«, sagte ich laut, »ich habe auch noch ein anderes Kleid dabei. Flanell. Nur für den Fall, dass es doch kein Kostümfest ist.«

»Ach, du bist so vernünftig! Wirklich wahr. Ach je, es tut mir wirklich leid, dich nicht in Gold gewandet zu sehen (»Meine Liebe!«, nächste Woche zu Lady Käsekuchen, »das Kind ist in einem goldenen Gewand aufgekreuzt!«), es steht dir so gut. Da ist ja das Flanellkleid – ja, das ist doch wunderbar. Was für eine hübsche, hohe Taille. Und dein Haar kann so bleiben? Gut. Dann gehe ich mich mal umziehen, nicht wahr? Trödelt nicht mehr lang herum, ihr alle. Ich gucke mal bei den Jungs rein und sage ihnen, sie sollen sich beeilen.«

12

Pfarrhaus High Thwaite
North Riding of Yorkshire
England, Schönste Heimat

Liebe Florence,

ich weiß auch nicht, warum ich Dir schreibe, denn wahrscheinlich sehen wir uns morgen oder Montag, aber ich sitze in diesem schrecklichen Haus fest und habe nichts zu tun, also fülle ich damit die Zeit, bis heute Nachmittag der Bus kommt. Als ich heute Morgen aus dem Fenster geguckt habe, habe ich für eine Schrecksekunde gedacht, wir wären eingeschneit, aber das ist nur hier oben im Dorf. Die Busse fahren noch, ich muss nur zum Ende der Straße gehen, und ich bete und bete und bete, dass sie mich lassen. Gott sei Dank haben wir zu Hause kein Telefon, sonst würde sie anrufen (die Mutter) und fragen, ob ich noch bleiben kann, und wenn ich hier nur eine Minute länger bleiben muss als ursprünglich geplant, sterbe ich.

Ich bin auf diesem Hausfest, erinnerst Du Dich? Schneeballschlacht. Es hat natürlich wirklich geschneit, und alles war postkartenmäßig. Alle entsetzlich vergnügt. Die Mädchen gehen alle aufs Internat. Dem Himmel sei Dank, dass wir das nicht müssen. Sie sind beängstigend. Sie nennen die neuen Mädchen an der Schule »neue Wanzen«, und sie spielen *Kricket* auf riesigen Feldern – habe ich in der Vitrine in der Eingangshalle gesehen. Sie werfen ständig ihr langes

Haar herum, und jeden Freitagabend um sieben machen sie ihre Haarbürsten sauber!!! Jeden Samstag von halb vier bis vier schreiben sie einen Brief nach Hause, und die Lehrer *lesen* sie, bevor sie abgeschickt werden. Stell dir das mal vor! Man kann überhaupt nicht sagen, dass es einem dreckig geht oder wie mies die Dobbs ist. Als würde man einen Aufsatz schreiben. Ich würde verrückt werden. Das habe ich auch gesagt, und alle haben mich angesehen und gesagt, sie würden es hassen, nur tagsüber zur Schule zu gehen, weil man im Internat lernt, *auf eigenen Füßen zu stehen.*

Die sind so eingebildet, obwohl sie von nichts eine Ahnung haben. Die Schule ist anscheinend (scheinbar?) irgendwo in der Wildnis, sie haben noch nie einen Luftangriff erlebt. Es gibt kein Kino, und sie waren noch nie in einer öffentlichen Bücherei. Sie verlassen das Schulgelände nie, außer sonntags zum Gottesdienst. Wie Jane Eyre oder so. Oder wie aus der *Girls Own.*

Komisch, aber auf diesem Fest gestern Abend waren jede Menge Tanten und Freunde ihrer Mutter, die Auntie Boo oder Lady Pap-Fisher (ehrlich!) genannt wurden, und die dachten, ich wäre *eine von ihnen*, und Auntie Boo, die eine Uniform vom Rroten Krreuz (so spricht man das aus) trug und einen Mund wie eine Sicherheitsnadel hatte und den auch fast nie aufmachte, sagte plötzlich: »Gut, dass die Mädchen nicht hier sind, Barby. Die Luftangriffe werden kein Spaß. Teesside«, und Lady Pap-Musher sagte: »Aber Boo-Boo (echt), man könnte sie doch sowieso nicht auf eine öffentliche Schule schicken. Ich meine, die sind total überfüllt. Niemand schickt seine Kinder dahin.« Die Mutter hat mich angesehen und so getan, als wäre es ihr peinlich, aber in Wahrheit hat sie es genossen (sie ist die Schlimmste von allen, und sie hasst mich), also habe ich gesagt: »Wenn niemand seine Kinder dahin schickt, wie können sie dann überfüllt sein?«, und dann herrschte plötzlich so eine gruselige Stille. Furchtbar.

Das war beim Abendessen – riesiger Speisesaal. Alles sehr beeindruckend. Mrs Fanshawe, die Mutter, hat ein *langes Kleid* getragen! Das Essen war super, sie haben ihre eigenen Hühner, und auf dem Land bekommt man wohl auch Butter und so. Es gab Pute und Trifle und sogar Eis. Ich hatte schon ganz vergessen, wie Eis schmeckt – sie hat es selbst gemacht. Sie haben einen Tiefkühler. Es war Schokoladeneis. Ich hätte Dir so gern etwas davon mitgebracht! Und Rowley auch, er hat noch nie welches gegessen. Jedenfalls, nachdem mir das mit den öffentlichen Schulen rausgerutscht war, hörte man plötzlich eine zittrige Stimme am anderen Ende des Tisches, die ganz leise vor sich hin lachte. »Wie bitte, Archie?«, rief Mrs F-S, und es war der Vater, der Pfarrer, der am anderen Ende saß und einfach weiterlachte, als wäre er ganz allein oder im Kino oder so. Er ist unfassbar alt, mit einem langen, blassen Gesicht mit Sommersprossen, wie Grahambrot. Sie haben einen Sohn, Giles, der hat genau das gleiche Gesicht, sie sehen beide sehr schlau aus mit ihren Brillen.

»Wer ist das Kind?«, fragte der Pfarrer. »Psst«, machte Mrs F-S, »ich glaube, Archie hat etwas gesagt.« Alle waren still. »Wer ist das Kind – das Kind mit den wilden Augen?«, fragte er (ich!), und sie sagte: »Das ist Jessica Vye, Schatz«, und er sagte: »F. J. Vyes Tochter. Das hätte ich mir ja denken können«, und dann lachte er wieder mit seiner zittrigen Lache.

Und dann (ich hoffe, du hast Spaß) wurde getanzt. Sie haben einen großen Saal, der Teppich war aufgerollt und die Sofas zurückgeschoben, und in der Ecke stand ein Klavier. Auntie Boo hat darauf gespielt, bis es fast explodiert ist – Märsche und so. Wir hatten einen Paul Jones, der uns zum Tanzen bringen sollte, aber es waren fast nur Mädchen da. Mrs F-S und so eine Art Kindermädchen und Lady Pap und ein oder zwei große Mädchen mussten Jungs sein. Der Pfarrer war verschwunden, also waren die einzigen echten Jungs der gesprenkelte Sohn und ein paar unscheinbare Freunde, und der Enkel des Küsters, der erst nach dem Abendessen kam, und so ein Schmalzbubi, den Lady Dings mitgebracht hatte. Die Hälfte der Zeit landete ich gegenüber von Mrs F-S, aber wir taten beide so, als würden wir das nicht merken, und schnappten uns jemand anderes. Sie kann wirklich Gedanken lesen. Wir fühlen uns in Gesellschaft der anderen beide nicht wohl.

Na ja, wir haben Valetas getanzt und Gay Gordons und Two-Steps und Hokey-Cokeys und Palais Glides und den Lambeth Walk. Plötzlich rief der Enkel des Küsters: »Spielen Sie doch mal ›Knees up Mother Brown‹!«, aber alle taten, als hätten sie das nicht gehört.

Urplötzlich hatte ich die Nase gestrichen voll von alldem, also manövrierte ich mich in die Nähe der Tür und schlich raus. Eigentlich ist das ein herrliches Haus. Ich wäre gern mal ganz allein darin und könnte im Mondlicht einfach durch alle Zimmer streifen. Ich ging einen Gang entlang und die Hintertreppe hinauf, und dann kam ich die Haupttreppe wieder hinunter – sie ist geschwungen und hat ein schönes, schmiedeeisernes Geländer. Wäre super für Theaterstücke. Und dann bin ich umhergestreift, bis ich in die Bibliothek kam, wo wir am Anfang waren, als wir angekommen sind, und da drin brannte ein Kohlenfeuer, und die Fensterläden waren nicht geschlossen, und draußen glitzerte der Schnee, und am Feuer saß in einem Sessel mit hoher Lehne ein Junge. Ich hab fast einen Herzinfarkt bekommen. Ich dachte, er ist ein Geist, weil er (erzähl das bloß niemandem) absolut komplett genauso aussah wie Rupert Brooke. Er beugte sich mit dem Kinn in der Hand zum Feuer, und seine Finger waren so lang, und seine Handgelenke irgendwie auch, wie sie aus dem etwas zu knappen Jackett herausguckten. Er hatte so ein schönes Gesicht, und sein Haar war unglaublich lang und dick – auch hinten, wie das eigentlich niemand mehr hat, und man konnte erkennen, dass das ein herrliches Blond war – das konnte man selbst im Dunkeln sehen, durch das Feuer und den Schnee draußen. Er war besser als Leslie Howard und ungefähr sechzehn, würde ich sagen.

Also, ich stand einfach da an der Tür, und am Ende sagte er, ohne sich zu mir zu drehen: »Wer bist du?« Ich sagte: »Jessica Vye«, und er sagte nichts, er starrte nur ins Feuer und stocherte mit einem langen Schürhaken darin herum. Dann sagte er ganz plötzlich: »Jessica *Vye*!«, und stand auf – er ist wahnsinnig groß – und stand da und starrte mich an. Ich trug dieses grauenhafte, *prähistorische* Flanellkleid, das ich letztes Jahr bekommen habe, inzwischen hängt mir die Taille irgendwo unter den Achseln, und meine Oberschenkel sehen darin so fett aus, und er glotzte einfach nur. Ich kam mir vor wie in *Romeo und Julia* oder so (das ich immer noch nicht gelesen habe), und ehrlich gesagt, habe ich auch einfach nur zurückgestarrt. Dann sagte er: »Kann ich mal kommen und ihn kennenlernen?« Einfach so! Ich dachte, Jesses, und sagte ja, ich denke schon, und er fragte, wann, und ich sagte: »Jederzeit, denke ich, aber warum willst du denn meinen Vater kennenlernen?«, und er sagte: »Weil er ein großer Mann ist.«

Dann war Lärm zu hören, und eine Tür ging auf, und Leute riefen irgendwas, und auf dem Klavier wurde *God save the King* gespielt wie irr. »Das Fest ist vorbei«, sagte der Junge, »du gehst besser zurück.« Damit setzte er sich wieder. Also ging ich, und wir winkten im Schnee den Gästen hinterher, die nicht über Nacht blieben, und gingen zu Bett. Ich hörte Magdalene – die Schwester – und ihre Freundinnen noch stundenlang durch die Wand reden und kichern, und die beiden, mit denen ich mir das Spielzimmer teile, kicherten auch noch ein bisschen, aber ich habe einfach die Augen zugemacht und so getan, als würde ich schlafen. Tatsächlich ist er der himmlischste, schönste Mensch, den ich in meinem ganzen Leben gesehen habe, und als ich am Anfang dieses Briefes geschrieben habe, dass es hier schrecklich ist, war das nicht so gemeint, denn in Wahrheit war ich noch nie so glücklich wie jetzt.

Alles Liebe
Jessica

Ich machte Schluss und löschte die letzte Seite gründlich ab – ich hatte den Brief in ein Schulheft geschrieben, das ich dabeihatte. Ich schrieb an so einem kleinen Tisch mit lauter Schubladen an der einen Seite und einem grünen Lederquadrat obendrauf. Von dort aus konnte ich in den Garten gucken und sah plötzlich, dass die Schneeballschlacht im Gange war. Ich schaute zu, wie alle durcheinanderliefen, dunkle, scharf umrissene Menschen auf dem weichen Schnee, vor den rundlichen Büschen und der ansteigenden Rasenfläche. Mrs F-S war da, ganz rosig, und sogar der Pfarrer in einem langen, schlabbrigen Mantel über seiner Soutane und zwei braunen Schals. Die kleineren Mädchen sprangen um die Wippe herum. Ihr Atem stieg in blauen Wölkchen auf. Hinter ihnen ragte der braune Kirchturm auf. Es war eine fröhliche, schöne Szene. Plötzlich sah ich meine Mutter vor mir, total durcheinander, in unserer chaotischen Küche, wie sie einen Mantel über ihre Schürze zog und rief: »Freddie, kannst du kurz auf Rowley aufpassen? Ich muss los! Ich hab ganz vergessen …« Und ihre schrecklichen Hände. Sophie traf Giles mit einem Schneeball auf der Brille. »Bravo!«, rief der Pfarrer und klatschte mit hoch erhobenen Händen, während Mrs Fanshawe-Smithe ihr glockenhelles Lachen lachte.

Und ich hasste sie.

Ich las den Brief noch einmal von Anfang bis Ende durch und kehrte an die Stelle zurück, wo ich geschrieben hatte »Plötzlich hatte ich die Nase voll« oder so ähnlich (ich musste das jetzt aus dem Gedächtnis noch mal schreiben, aber ich habe ein gutes), und riss ihn an der Stelle ganz vorsichtig durch. Und dann riss ich alles, was danach kam, in möglichst kleine Schnipsel. Ich fand einen Briefumschlag – einen dieser dicken, makellosen, in denen auch die Einladungen gekommen waren – in einem kleinen Holzgestell auf dem Schreibtisch, da steckte ich die ganzen Schnipsel hinein und steckte ihn mir ins Bein meiner Unterhose. Dann nahm ich noch einen Umschlag, adressierte ihn an Florence Bone und steckte den halben Brief hinein, unter den ich nur noch »viele Grüße von Jessica« setzte, unten, an der Abrisskante, und als ich ihn gerade in den Umschlag schob, spürte ich, dass jemand hinter mir in der Tür stand, und drehte mich um. »Gehst du mit spazieren?«, fragte der wundervolle Junge.

13

Wir schoben den Riegel einer Seitentür zurück und überquerten eine verschneite Wiese und umrundeten die Scheune hintenrum, um nicht durch die Einfahrt zu müssen, aber Mrs F-S entdeckte uns, als wir den Hügel hinaufstiegen. »Christian!«, rief sie. Er drehte sich um und winkte, und dann ging er einfach weiter bergan und wandte ihnen allen den Rücken zu. Ich folgte ihm. Wir kletterten über ein Eisengatter, umkurvten ein paar Grabsteine, dann wieder über den Zaun, runter vom Friedhof, und dann stiegen wir ein Feld hinauf, das an einen Wald grenzte. »Christian!«, erklang die Stimme seiner Mutter jetzt schwächer. Er beachtete sie nicht.

Am Waldrand entlang verlief ein Weg. Die Bäume am anderen Ende standen so dicht wie Bienenwaben. Zwischen den Bäumen hier und da schwarze Stechpalmensträucher. Schnee lag auf dem Weg wie Zucker und war noch unberührt bis auf ein paar Vogelspuren, und der Weg schien noch meilenweit auf dem Hügelkamm weiterzugehen. Zur offenen Seite des Wegs breitete sich die Ebene aus, so weit das Auge reichte, die leichten Buckel der Felder waren von schwarzen Hecken markiert. Durch den Schatten des Schnees konnte man so eben erkennen, wo Gras und wo eine Furche war. Die Hauptstraße, die diese Ebene durchschnitt, wirkte wichtig und größer, als sie eigentlich war, weil der Verkehr sie in einen bräunlichen Matsch verwandelt hatte, der bis zum Horizont reichte. Hier und da standen im Viereck angeordnete Baumgrüppchen. Die Luft war sehr klar und sauber, selbst in der Ferne Richtung

Stahlwerk und Meer. Die einzigen Anzeichen von Menschen waren ein paar große Häuser, jeweils mit eigenem Park, einige noch mit Cottages dazu. Es war eine harte, strenge, karge, großartige Gegend. Ich sagte: »Oh!«

»Was hast du gesagt?«, fragte Christian Fanshawe. Er blieb stehen und steckte die Hände, an denen er keine Handschuhe trug, unter den Pullover. Dann schüttelte er sie verärgert. »Was 'n los?«

»Ich sagte: ›Oh‹. Ist das nicht zauberhaft?«

»Was?«

»Alles. Die Gegend.«

»Zauberhaft? Es ist die Hölle.«

»Hölle?!«

»Ja, Hölle. Schreckliche Gegend. Hat William the Conqueror fast den Rest gegeben. Selbst einem Kerl wie ihm. Der Arme hat hier vierundzwanzig Stunden lang im Nebel festgesessen, der vom Meer reinkam. Man sagt hier immer noch, dass jemand flucht wie Billy Norman.«

»Aber warum ist es deswegen die Hölle?«

Er warf sein blondes Haar zurück und marschierte wieder voran. »Weil es ja wohl Verschwendung ist.«

Ich dachte darüber nach. »Aber warum denn auch nicht? Was ist denn gegen Verschwendung zu sagen?«

»Ehrlich«, sagte er und blieb stehen. »Hast du die Dörfer in der Gegend mal gesehen? Hast du die Slums gesehen? Warst du jemals auf den Straßen von, sagen wir, Cargo Fleet oder Shields East oder Sunderland oder Middlesbrough unterwegs?«

»Nein.«

»Dann tu das mal. Guck es dir an, fahr mal mit dem Zug durch und sieh sie dir an. Man kann vom Zug aus schon einiges sehen. Keine Toiletten, keine Badezimmer, keine Gärten. Wand an Wand. Kinder ohne Schuhe …«

»Ach, jetzt hör aber auf«, sagte ich. »Das stimmt ja nicht. Natürlich haben sie Schuhe.« Ich erinnerte mich an eine Predigt meines Vaters, in der er von seiner eigenen Kindheit erzählte, und dass es damals Kinder gab, die keine Schuhe hatten. »Heutzutage haben alle Schuhe. Meine Mutter sagt, seit dem Krieg geht es den Kindern besser, die Babys sehen gesünder aus seit der Rationierung und seit sie dieses rosa Zeug bekommen.«

»Sie haben keine Schuhe. Ich habe Kinder ohne Schuhe gesehen.«

»Dann hatten sie vielleicht einfach keine Lust, sie anzuziehen. Ich ziehe auch oft keine Schuhe an. Ehrlich gesagt, kann ich Schuhe überhaupt nicht leiden. Am liebsten würde ich irgendwo leben, wo man keine tragen muss. Wenn ich wo leben würde, wo es warm ist, würde ich nie Schuhe tragen.«

Er hörte gar nicht richtig zu, sondern sah mich nur wütend an. »Ich hätte wirklich gedacht, dass die Tochter von F. J. Vye ein bisschen besser über die Lebensbedingungen der Armen Bescheid weiß«, sagte er und ging weiter.

»Nun ja, wir *sind* wohl ziemlich arm«, sagte ich.

»Ihr doch nicht«, rief er über die Schulter zurück. »Ihr seid nicht arm. Ihr seid steinreich. Wir sind alle steinreich. Deine Familie und meine wissen überhaupt nicht, was Armut ist.« Er drehte sich mit glühenden Augen zu mir um. »Nach diesem Krieg wird es große Veränderungen geben. Hast du das noch nicht kapiert? Keine reichen Männer mehr, keine Churchills, kein geliebter Adel. Es wird eine Revolution geben. Hat dir das noch niemand gesagt? Es wird eine Revolution geben.«

»Na ja, da war eine Frau im Bus, die gesagt hat, nach dem Krieg werden sich die Dinge ändern.« (Ich wollte ihn beruhigen.) »Was sie so aufgeregt hat, war allerdings die Frisur der Schaffnerin.«

»Spricht dein Vater nicht mit dir?«

»Eigentlich nicht. Ich weiß, dass er Churchill nicht mag, aber Mutter und ich glauben, vielleicht ist er nur eifersüchtig. Er hört alle seine Reden. Man ist ja automatisch, ich weiß auch nicht ... man bekommt wirklich Gänsehaut, wenn er loslegt. Du nicht?«

»Das habe ich nicht gesagt.«

»Jedenfalls weiß ich nicht, woher du wissen willst, was mein Vater denkt.«

»Ich habe ihn natürlich gelesen.«

»Gelesen?«

»Ja, seine Artikel.«

»Ach, die«, sagte ich. »Herrje.«

»Wie jetzt? Hast du sie nicht gelesen?«

»Ich? Nein. Ich habe sie nicht gelesen. Meine Mutter auch nicht. Aber ich weiß, dass er sie schreibt. Ja, ich weiß schon, was du meinst. Er schreibt sie für den *New Statesman* oder so, und Mutter sagt Gott sei Dank, weil wir sonst nicht über die Runden kämen. Nicht, dass das so üppig bezahlt würde, sagt sie.«

»Und du wusstest nicht, dass sie absolut brillant sind?«

»Davon gehe ich aus. Er ist brillant. Einmal war der Erzbischof da, und wir mussten alle im Pfarrhaus zu Mittag essen – es war eiskalt. Der Erzbischof hat Rowley gesagt – da war er drei –, dass Vater ein brillanter Kopf ist.«

»Zum Glück kein christlicher.«

»Was?«

»Ich sagte, Gott sei Dank ist dein Vater kein Christ, natürlich.« Er schritt weiter, und dann drehte er sich mit leuchtenden Augen wieder um und kam zu mir zurück, wo ich stehen geblieben war. Er sah kein bisschen mehr aus wie Rupert Brooke. Seine Wangenknochen standen irgendwie hektisch hervor.

»*Was* hast du gesagt?«

»Ich sagte: ›Dein Vater ist natürlich kein Christ.‹«

»Natürlich ist er Christ. Er hat alles dafür aufgegeben. Er hatte eine wunderbare Stelle. Wir hatten ein schönes Haus ...«

»Klar, ich würde sogar sagen, er ist ein Heiliger, wenn es so was gäbe – aber er ist doch kein Christ!«

»Was denn dann?«

»Kommunist natürlich. Wie Marx. Wie Bernard Shaw. Wie ich.«

»Mein Vater ein Kommunist? Mein Vater?« Vor meinem geistigen Auge entstanden Bilder von Bauern auf den Straßen, die sich Lumpen um die Füße gewickelt hatten, von Grafen und Prinzen und kleinen Kindern, die aufgereiht vor lauter Gewehren stehen, von toten Körpern an Straßenlaternen, von Kirchen, die als Lagerräume benutzt wurden, und von Salzbergwerken. »Mein Vater ein Kommunist? Du spinnst wohl! Kommunisten glauben überhaupt nicht an Jesus!«

»Na und?«

»Du meinst – du glaubst, mein Vater glaubt nicht an Jesus?«

»Natürlich.«

»Du meinst, du glaubst nicht ...«

»Nein, natürlich nicht.«

Ich war vollkommen platt. Ich verstummte und schwieg, starrte ihn nur immer weiter an, und meine Füße wurden schwer.

»Komm schon«, sagte er und blickte über seine Schulter hinweg in die Bäume. »Ach du Schande, du wirst doch wohl schon mal Leute getroffen haben, die keine Christen sind?«

Da stand ich nun.

»Nicht? O Mann!« Er zog eine Augenbraue hoch und rümpfte die Nase. Meine Mutter hätte ihn selbstverliebt genannt. »Herrje, wie unbedarft kann man sein? Meinst du, jeder ist Christ – Busschaffnerinnen und sämtliche Kinder an deiner Schule? Die Kinder in Cargo Fleet ohne Schuhe? Meinst du, die gehen alle in die Kirche, heilig, heilig, heilig, jeden Sonntag?«

»Weiß – wissen deine Eltern das?«

»Ich spreche nicht mit meinen Eltern. Sie wissen natürlich, was ich von ihrem Lebensstil halte. Sie versuchen nicht mehr, mich zum Mitmachen bei irgendwas zu bewegen. Sie sagen, es liegt an meinem Alter, aber das sagen ja immer alle. Ich kann die Bourgeoisie nicht ausstehen.«

»Was ist die Bourgeoisie?«

»Na – Leute wie meine Eltern eben.«

»Aha«, sagte ich. »Ich weiß, deine Mutter ist furchtbar … Oh, Hilfe!« Sein Gesicht wich irgendwie zurück und wurde leer. »Oh, Hilfe! Es tut mir leid!«

Er sah aus, als hätte jemand einen Teller nach ihm geworfen. »O Gott, es tut mir leid, das habe ich nicht so gemeint.«

»Schon in Ordnung.«

»Nein, ehrlich. Das hätte ich nicht sagen sollen, das war schrecklich. Tatsächlich bewundere ich deine Mutter sehr. Ich meine – was für ein schönes Fest. Ich war noch nie auf so einem Fest. Ich weiß gar nicht, wie sie das macht, mitten im Krieg. Sie muss ja seit Wochen geplant und gespart haben. Sie muss ja wahnsinnig, wahnsinnig schlau sein, das ist klar, und so stark und … o Himmel!«

»Schon in Ordnung«, sagte er wieder. »Ich glaube, wir sollten mal zurück. Du nimmst doch den Bus, oder?«

»Ja, natürlich«, sagte ich demütig, und wir gingen zurück, den jetzt zertretenen, gezuckerten Weg entlang, durch die Felder hinunter, über den Friedhof, ohne der Ebene, die William the Conqueror zum Fluchen gebracht hat, auch nur einen Blick zuzuwenden, ohne überhaupt irgendetwas zu sehen oder zu sagen. Mrs Fanshawe-Smithe stand am Gartentor und strahlte uns breit an.

»Da seid ihr Lieben ja! Feierlich wie zwei Eulen. Schöner Spaziergang? Fein. Jessica, du hast einen Brief auf dem Schreibtisch liegen gelassen. Soll ich ihn für dich einwerfen?«

Wahrscheinlich war ich nicht normal oder so, aber die Umschlagklappe kam mir sehr lose vor.

»Ist sie krank?« (Durch den Boden.)
»Nein, sie ist nicht krank.«
»Warum ist sie dann im Bett?«
»Slechte Laude.«
»Nein, hat sie nicht, Rowley. Iss dein Porridge. Und sei nicht so frech.«
»Ich glaube, diesmal hat er recht. Sie hat schlechte Laune.«
»Ganz slechte.«
»Sie ist seit fünf Tagen die meiste Zeit im Bett. Seit diesem vermaledeiten Fest. Was um alles in der Welt ist da passiert? Hat sie schon geschrieben und sich bedankt? Das will ich doch hoffen. Ich mag den alten Fan. Netter alter Kerl. Es war nett von ihnen, sie einzuladen.«
»Ja, natürlich hat sie das, ich habe ihn eingeworfen.«
»Wenn mad dicht danke sagt, triegt mad keide Geßenke.«
»Kannst du nicht in Erfahrung bringen, was sie hat?«
»Ach, lass sie doch in Ruhe, Freddie. Sie hat nichts. Es war halt dieser Vorfall, als sie nach Hause kam.«
»Was für ein Vorfall?«
»Habe ich dir doch erzählt. Sie kam rein, und irgendwas war angebrannt, und ich habe Mrs Baxter irgendwas gebracht, weil sie die Grippe hatte, und ich hatte noch kurz in die Kirche geguckt, weil ich das Pagenkostüm gesucht habe, das wir nirgends finden konnten, und am nächsten Abend sollte Kostüm-

probe sein, und als ich unterwegs war, hat Rowley – eigentlich war er unglaublich brav. Ich wusste ja, dass Jess jeden Moment zurück sein musste, der Bus hält ja praktisch direkt vor der Tür, und ich habe ihm gesagt, er soll sich auf die Treppe setzen und sich nicht vom Fleck rühren und auf sie warten – jedenfalls hat er überall Wolle rumgewickelt.«

»Von Wolle höre ich zum ersten Mal.«

»Das war meid Snurgarten! Hab is um die Garderobe und das Treppengeländer gewickelt!«

»Er hatte eine Art Spinnennetz um alles gesponnen, sodass man nicht mehr einfach so in die Küche kam, um alles abzuschalten, und seine Spielsachen waren überall, und er hat ihrer alten Puppe etwas Schreckliches angetan.«

»Doch nicht Carol?«

»Doch, aber sie hat doch wirklich seit Jahren nicht mehr mit Carol gespielt. Sie hat sie seit bestimmt sieben Jahren nicht mal mehr angeguckt.«

»Is hab ihre Augen rausgenommen. Die waren wie eine kleine Waage. Die waren innen drinne zusammengebunden! Ich musste den Topf kaputtmachen. Da hat Jess slechte Laude bekommen.«

»Herrje. Herrjemine! Die arme Jess! Und was ist dann passiert?«

»Sie ist ausgerastet. Ich habe nur noch ein schluchzendes, heulendes Häufchen Elend hinter der Garderobe gefunden. Der Kohl war komplett verbrannt. Sie hat nur gestammelt: ›Es ist schrecklich. Ich hasse es. Ich gehe weg. Ich kann dieses Chaos nicht mehr ertragen. Guck dir mal das Chaos hier an! Guck dir mal den Geruch an!‹«

»Slechte Laude! Geruch kann mad gar dicht sehen.«

»Manchmal kann man das beinahe. Arme Jess.«

Ich steckte den Kopf unter das Kissen, weil ich nie so sicher war, was die Hellhörigkeit des Hauses anging. Man sollte meinen, dass sie genau wissen, dass ich alles mithöre. Müssen sie doch. Immerhin rufen sie einander Dinge zu, wenn einer in der Küche ist und einer oben. Sie denken wirklich nicht nach. Sie vergessen es einfach. Es kommt mir oft seltsam vor, dass mein Vater so schlau sein soll.

Als ich zum Luftholen auftauchte, sagte er gerade: »Ich würde ihr gern etwas schenken«, und meine Mutter sagte ganz kläglich: »Ich dachte, es wird richtig toll für sie. Vielleicht lag es an dem Kleid. Hätte sie doch bloß ein besseres Kleid gehabt.« Tassen und Untertassen klirrten, aber man konnte hören, dass es noch eine Weile dauern würde, bis sie damit ans Spülbecken ging. Bums, saß sie wieder auf dem Stuhl. »Ich hätte ihr wirklich noch ein Kleid besorgen sollen. Irgendwie hätte ich ihr ein Kleid besorgen müssen.«

»Ach komm. Kleider interessieren sie gar nicht.«

»Das sollten sie aber. Sie hat so schöne lange Beine. Sie ist dreizehn.«

»Dreizehn ist noch ein Baby.«

»Du hast das mit den Kleidern ja auch nicht am Hals. Hat es geklingelt?«

(Ja, hat es. Es klingelt seit Stunden.)

Stimmen, Türschlagen, ein Moment Stille, und ich fragte mich gerade, woher meine Eltern eigentlich die Zeit für so sinnloses Geplapper wie gerade nahmen; wieso es sie nicht zu Tode langweilte und schreiend zur Tür hinaus- und die Straße runterschickte oder dafür sorgte, dass sie beide gemeinsam den Kopf in den Gasofen steckten – als ich Ma sagen hörte, sehr tief und sonderbar: »Freddie, da ist ein spektakulär gutaussehender Junge im Flur. Er möchte zu Jess.«

»Ein Junge!«

»Ja. Pssst. Er ist einfach hereinmarschiert. Er hat nur gesagt: ›Ich will zu Jessica.‹ Nicht sehr höflich. Aber ich muss schon sagen, sehr gutaussehend. Großer Gott …«

Vater marschierte in den Flur, und ich hörte ihn strahlend sagen: »Hallo. Ich bin Fred Vye. Wie geht's?«, und dann ein Hm und ein Mh und »Ahem. Guten Tag … Sir.«

»Dann komm mal rein. Wir sind in der Küche. Komm rein, das ist meine Frau, das ist Rowley.«

»Hallo.« (Mutter.)

»Guten Tag.« (Christian.)

Schweigen. Nach einer Weile: »Du bist der Sohn vom alten Fan, nehme ich an?«

»Oh – ähm, ahem, schnief … Entschuldigung. Ja, ich heiße Christian.«

»Und du möchtest zu Jessica?«

»Also, eigentlich wollte ich Sie kennenlernen, Sir. Ich wollte Sie sehen.«

»Ach ja?«

»Es geht um die Moral des Bürgertums.«

Es gab eine wirklich feierliche Pause, nur Rowley sang unter dem Tisch seinen Autos etwas vor, dann rief Vater laut: »Ach, verstehe! Jesses, ich verstehe. Du meinst Shaw?«

»Ich meine Sie, Sir.«

»Gedanken zur Fabianischen Gesellschaft?«

»Ja, Sir.«

»Aha.« Und dann ging es los.

HAB KEINE ANGST. Ich muss da nicht runter. Irgendwie hatte ich es durch dieses ganze andere Gespräch über Rowleys Wollfadengarten geschafft, ohne einzuschlafen, aber bei dem, was jetzt kam, musste ich die Waffen strecken. Ich habe dieses Kapitel nur eingefügt, weil es ziemlich viel über Christian sagt und darüber, wie es mir ging, als ich nach Hause kam. Eigentlich hätte ich es fast ebenso gut auslassen können. Ich kann es immer noch streichen. Es ging endlos weiter. »Da bin ich etwas anderer Meinung, Sir, wenn ich das so sagen darf ...« usw. usw., und Mutter: »Es tut mir leid, Christian, ich muss mit dem Abwasch weitermachen ...« Und Rowley: »Ich will raus, bitte, Mummy, *bitte*, Mummy!«, und Vater und Christian bekamen nichts davon mit.

Ich hatte eine ganze Weile lang senkrecht im Bett gesessen. Jetzt legte ich mich wieder hin, steckte den Kopf unter das Kissen und betete: Lass mich ersticken. Lass mich sterben.

14

Mrs Fanshawes Schnee schmolz natürlich fast sofort und verwandelte sich in braunen Matsch, und wir hatten ein schmuddeliges, warmes Weihnachten. »Grüne Weihnachten« nannten die alten Damen es, als sie aus der Kirche kamen, aber ich sah nicht viel Grün. »Kein Grund zum Ärgern«, sagten sie, »besser als der Schnee. Ja, *sehr* nett, vielen Dank. Ruhig natürlich, aber das ist zur Abwechslung ja mal ganz schön.« »Seit Mitte Dezember war ja nicht viel«, sagte der Pfarrer mit der Hand auf dem Tor zum Pfarrhausgarten. Der kalte Wind vom Meer fuhr unter seinen Umhang und blähte ihn zum Ballon. Er wirkte ganz zerbrechlich. »Na ja, Herr Pfarrer«, fing Mrs Baxter an, »über Weihnachten rechnet man ja wirklich nicht mit den Deutschen!« Sie war von der Grippe genesen und in einer Art Soldatenuniform mit Silberknöpfen sehr gut festgezurrt. »Da müssten sie schon wirklich Schweinehunde sein, über Weihnachten zu kommen.« »Da haben Sie wohl recht, da haben Sie wohl recht.« Damit trottete er über seinen großen, nassen Rasen davon, der umgepflügt und in einen Gemüsegarten verwandelt worden war, der allerdings nicht besonders fruchtbar zu sein schien. Mrs Baxter sagte: »Es ist einfach viel zu groß für ihn. Jetzt haben sie fünfundzwanzig Flieger bei ihm einquartiert, er musste seine ganzen Äpfel vom Dachboden holen. Herr Pfarrer, Herr Pfarrer! Sie bekommen ja ganz nasse Füße. Er braucht ein Paar Galoschen oder so was.« Dann wandte sie sich zu mir. Ich lungerte dort herum, weil ich auf Vater wartete, und sie kam zu mir und pikste mir in den Bauch. »Zeit, dass er geht«, sagte sie. »Wenn wir bloß deinen ... ach, da ist er ja. Wir haben gerade darüber gesprochen, was für ein ruhiges Weihnachten es war, Mr Vye. Nicht dass die Deutschen über Weihnachten kommen würden, natürlich.«

»Warum das denn nicht?«

»Warum nicht? Am Geburtstag unseres Herrn?«

»Ach was. Fünfundzwanzigster Dezember? Unsinn, Mrs Baxter. Das ist nur so ein Datum, das man willkürlich bestimmt hat. Heutzutage geht man davon aus, dass es vermutlich eher im März war, der eigentliche Geburtstag Christi. Komm, Jess. Schön, dass es Ihnen bessergeht, Mrs Baxter, Sie sehen aus wie das blühende Leben. Herrliches Wetter. Nur der Mensch ist ein Sünder. Oh, diese Frau!«

»Sie hört dich doch, Herrgott!«

»Nein, tut sie nicht, sie ist taub wie eine Nuss. Taub wie Fideldumdei.«

»Fideldumdei ist taub?«

»Ja.« (So ging es noch eine Weile weiter.) »Übrigens, heute Nachmittag hast du was vor. Hab ich dir noch gar nicht gesagt.«

»Was vor?«

»Ja. Mit dieser Figur.«

»Was für eine Figur?«

»Dieser Adonis. Romeo. Der Typ, der pausenlos darüber redet, die Welt zu verbessern.«

»Wer? Doch nicht ...?«

»Doch, Christian. Bisschen unglücklicher Name, nicht wahr? Der Arme. Wird er sicher früher oder später ändern und sich Will oder Hasp oder so was nennen. Ich glaube, ich nenne ihn Hasp.«

Ich sagte, Hasp hätte ich ja noch nie gehört, und was er denn mit »was vorhaben« meine.

»Hasp, werde ich zu ihm sagen, Hasp, wenn du erst in meinem Alter bist oder noch bevor du in meinem Alter bist, wenn du Bischof bist und deine Söhne alle auf dem Internat sind, wenn du aufgehört hast, über Moral nachzudenken, und nur ein paar Minuten …« So plapperte er weiter, bis wir über die Straße waren und fast zu Hause, und ich wand mich und trat gegen die Tür und sagte: »Jetzt hör doch mal auf, dummes Zeug zu reden. Du bist überhaupt nicht wie ein Vater. Ich verstehe überhaupt nicht, wovon du redest.«

Aus der Küche kam ein Jaulen – Rowley war zu nah ans Fett gekommen – und ein verärgerter Schrei von meiner Mutter.

Ich sagte: »Und wenn du es wissen willst, Christian Fanshawe-Smithe sagt, du bist kein Christ. Er sagt, du bist Kommunist, und alle wissen es. Deswegen findet er dich ja so großartig, wenn du es wissen willst. Er mag keine Christen, deswegen mag er dich. Er ist Kommunist. Er sagt, es gibt eine Revolution. Er sagt, du bist …«

Aber als er seinen Mantel auszog, sah Vater sich selbst im Garderobenspiegel, zog sich eine Haarsträhne schräg über ein Auge, hielt sich zwei Finger unter die Nase und machte ein Sieg-Heil-Zeichen und schrie sich selbst an (nach der Messe ist er immer bestens gelaunt). »Wer bin ich?«, fragte er.

»Ach, Klappe.«

Er strich sich das Haar glatt und setzte einen traurigen Hut auf, der an der Garderobe hing, nahm sich einen dicken Schirm und setzte ein bedrücktes Gesicht auf. »Wer bin ich jetzt?«

»Mr Chamberlain, haha, sehr lustig.« Es war wirklich lustig.

»Worte, eitle Worte, ich weiß nicht, was ihr heißt«, sagte er. »Komm, Abendessen. Beim Essen helfen Kommunisten einem auch nicht, und ich ahne, dass es Rindfleisch gibt.«

So war es auch, allerdings in einer seltsamen Form und sehr klein, und dann gab es eine Dose Pfirsiche aus Südafrika, so gut wie Weihnachten. Ich ging nach oben und zog meinen neuen Pullover an, den eine der Bewunderinnen meines Vaters gestrickt und mir zu Weihnachten geschenkt hatte. Nicht schlecht. Ziemlich fieses Grün. Ich frisierte mich und wünschte mir Seidenstrümpfe statt Florgarn, aber immerhin hatte ich noch welche ohne gestopfte Stellen. Dann klingelte es, und ich fühlte mich grauenhaft. Ich hörte, wie Ma ihm eine Tasse Kaffee anbot. Ich hörte ihn sagen, dass wir wirklich lossollten, denn wir würden den Zug um zweiundzwanzig nach nehmen. Ich schlich in die Küche und fühlte mich kläglich und hässlich, und er drehte sich nicht mal um.

Mutter sagte: »Oh, meinst du ... fahrt ihr nach High Thwaite? Das hat Jessicas Vater mir gar nicht gesagt. Er hat nur gesagt, dass er dich gesehen hat, als er zur Diözesankonferenz in High Thwaite war.«

»Er sagte, es sei in Ordnung«, sagte Christian. Vater kam herein, und Christian wurde knallrot und lächelte. »Sie haben gesagt, Sir ...«

»Ja, natürlich«, sagte Vater. »Hallo, Hasp ... äh, Christian. Alles wunderbar.«

Ich sagte: »O Mann!«

»Wohin willst du denn mit ihr?«

»In die Slums. Ich dachte, wir könnten uns mal die Slums angucken.«

»Ich ... wie bitte?«

»Sie sagte, sie hat die Slums noch nie gesehen.«

»Verstehe. Was ... für Slums sind das denn?«

»Ach, überall. Teesside vor allem.«

»Teesside«, sagte meine Mutter. »Oje! Da fahren wir natürlich kaum noch hin. Als wir hierhergezogen sind, gab es bei

Binns in Shields East einen Weihnachtsmann. Lustig. Ich habe das nie als Slum angesehen. Kommt wahrscheinlich daher, dass wir so nah dran wohnen.«

»Da sind auch keine Slums«, erklärte er ernst. »Nicht in der Nähe der Geschäfte. Ich meine unter der Brücke, unten an den Docks, wo die Häuser Rücken an Rücken stehen.«

»Nein«, sagte Ma sehr entschieden. »Nein, tut mir leid, Christian. Jess geht an einem Sonntagnachmittag nicht an die Docks in Shields East.« Und damit trocknete sie sich die Hände an einem Geschirrtuch ab, das sie geistesabwesend in der Hand gehabt hatte, und verschwand in der Küche.

»Das wird schon gehen, Katie«, rief Vater. »Sie werden sie gar nicht in gefährliche Gegenden lassen. Ich bezweifle«, er legte Christian eine Hand auf die Schulter, »dass ihr überhaupt in die Nähe der Docks gelassen werdet.«

»Kann ich ihr dann die Sozialbauten zeigen?«

»Das kann sicher nicht schaden. Ich weiß nur nicht so genau, wo die sind.«

»Freddy, da gibt es *Lascars*!«, rief sie aus der Küche.

»Nein, nein, da nicht, Schatz. Um die Docks sind Lascars und alle möglichen Gestalten, aber ich sage ja, da lassen sie sie sowieso nicht hin.«

»Aber in Shields East gibt es schlimme Leute ...«

»Schlimme Leute gibt's überall.«

»Da würde ich gern widersprechen«, sagte Christian. Vater glänzte und strahlte.

»Wunderbar«, sagte er, »dann mal los mit euch, aber ich erwarte sie um sechs Uhr zurück. Und wenn ich sechs Uhr sage, meine ich sechs Uhr, weil es dann schon dunkel ist.«

»Das gefällt mir aber gar nicht!«, rief Mutter.

»Ich will mit, ich will mit!«, heute Rowley und streckte mir so supersüß seine Ärmchen hin. »Ich will mit Jessica gehen.«

Vater hob ihn hoch und ging mit uns zur Tür. »Nein, du bleibst hier. Zeit für dein Mittagsschläfchen. Man kann sie nicht für immer von allem verschonen«, und ich hörte Mutter noch antworten: »Sie ist viel zu jung. Sie ist viel zu jung, um mit Jungs auszugehen.«

Von der Bushaltestelle vor unserem Haus nahmen wir einen Bus in die Stadt, und er kam sehr schnell voran, denn er war fast leer – der Fahrer wollte wohl schnell nach Hause zu seinem Sonntagsbraten –, und wir stiegen an der Stadtuhr aus und gingen Richtung Bahnhof. Christian galoppierte voran wie eine Giraffe, den Kopf vorgereckt, und ich trottete hinter ihm her. Wir sprachen nicht miteinander. Als wir zum Fahrkartenschalter gingen, sah ich Dottie Hobson und Cissie Comberbach herauskommen. Dottie musste Cissie zum Übernachten eingeladen und sie am Bahnhof abgeholt haben. Die beiden blieben stehen und starrten Christian mit offenem Mund an, aber ich hatte nur Zeit, ihnen kurz zuzuwinken und weiterzugehen. An dem kleinen Schalterfenster bat Christian um zwei Rückfahrkarten nach Shields East, und ich dachte: »Jetzt wird's ernst. Er bezahlt. Ich gehe wirklich aus mit ihm.«

Der Schaffner sagte: »Zwei? Du meinst anderthalb? Jessica ist noch keine vierzehn.« Er ist außerdem Kirchendiener. »Hin und zurück.« (Er kam mit zurück! Er würde mich nach Hause bringen. Wie kam er dann wieder nach High Thwaite? Er brachte mich nach Hause!) Urplötzlich war ich sehr glücklich, und ich folgte ihm den Bahnsteig entlang und über die Brücke. Ich hatte den Eindruck, der Kirchendiener hätte noch irgendetwas gerufen, aber ich musste rennen, um nicht hinter Christian zurückzufallen.

Als wir halb über die Brücke waren, sahen wir, dass der Zug schon abfahrbereit dort stand – es musste der gewesen sein, mit dem Cissie aus Cleveland Spa gekommen war. Sie musste mit dem Bus von der Farm aus nach Cleveland Spa gefahren sein, mit Umsteigen in Brotton oder Skinningrove oder so. Was für ein Heckmeck. Ich wusste nicht mal, dass sie so gut mit Dottie befreundet war. Sie schmeißt sich an alle ran. Was sie wohl den ganzen Nachmittag machen würden? Wahrscheinlich spielten sie das Käferspiel oder das Ehespiel.

Der Waggon war voller Männer, die zur Sonntagsschicht fuhren und Latzhosen unter den Mänteln trugen, alle hatten eine Thermosflasche mit Tee und einen Henkelmann dabei. Sie waren rasiert und sauber, ihre Gesichter wach; nicht, wie sie am frühen Morgen zurückkommen würden, schlafend, taumelnd, mit hängendem Unterkiefer und verschmutzt. Als wir in Marsh Halt anhielten, stiegen ein paar von ihnen aus und noch viel mehr ein. Alle sahen Christian an, und er starrte vor sich hin. Einer sagte etwas zu dem Mann neben sich, und die beiden lachten, und dann betrachteten sie ihn richtig gründlich, aber nicht unfreundlich. Einer merkte, dass ich sie beobachtete, legte kurz den Kopf auf die Seite und zwinkerte mir zu. Eine Stimme in meinem Kopf sagte: »Ich liebe jede speckige, schmutzige, übellaunige Falte, jeden Knopf an seiner schmuddeligen Weste.« Wer hatte das gesagt? Christian? War es meine Gabe, Gedanken zu lesen? Ich sah ihn an, aber irgendwie kam mir das nicht wahrscheinlich vor. Er wirkte eigentlich ziemlich stolz und feierlich. »Habe ich das selbst gedacht? Wirklich?« Dann fiel es mir ein: Ich hatte es in Miss Philemons Ausgabe von Rupert Brooke gelesen. In einem seiner Briefe an irgendwen. Er schrieb darüber, wie er alles dafür liebte, dass es einfach da war. Jeden speckigen Knopf. Zu der Zeit war er sehr glücklich gewesen.

Ich sah den Arbeiter gegenüber unverwandt an und dachte: »Ich bin auch sehr glücklich. Ja – bin ich. Ich liebe ihn. Ich liebe alles an ihm. Ich liebe alles. Ich liebe alle. Du lieber Himmel!« Christian hielt meine Hand!

»Jeden speckigen Knopf ... Jeden ... Ich liebe ...«, und ich starrte den Arbeiter intensiv an, der jetzt auf seinem Sitz herumrutschte und verunsichert wirkte.

Er hielt meine Hand!

Der Mann, der vorher den Kopf schiefgelegt hatte und nicht in Marsh Halt ausgestiegen war, sah mich an und legte schon wieder den Kopf zur Seite und zwinkerte. »Er hat es gesehen«, dachte ich. »O mein Gott! Meine Hand wird ganz nass. Sie schwitzt. O Gott«, und ich wollte sie wegziehen, aber Christian hielt sie fest. »Ich sterbe«, dachte ich. »Das ist der glücklichste Tag meines Lebens. Ich werde nie, nie glücklicher sein als jetzt. O Gott, meine Hand fühlt sich schrecklich an.«

Der Zug hielt an, und erstaunlicherweise – also wirklich unfassbar – waren wir schon in Shields East. Wann hatten wir denn an den ganzen anderen Stationen angehalten? Ich hatte mir doch das Stahlwerk angucken wollen, der Zug fuhr praktisch mittendurch. Man konnte links aus dem Fenster gucken und das Stahlwerk qualmen und Feuer speien sehen, und rechts lagen die langen Hügelketten. Links das, was der Mensch gemacht hat, rechts das, was Gott gemacht hat, hatte der Pfarrer in einer seiner mäandernden Predigten einmal gesagt. Ich hatte nichts davon gesehen. Und Christian hatte auch nichts dazu gesagt. Und jetzt waren wir da, und er ließ meine Hand los und wischte seine an der Hose ab. Wie furchtbar! O Gott, wie furchtbar. Das war nicht fair. Meine andere Hand war überhaupt nicht klebrig. Es konnte ja wohl nicht *seine* Hand gewesen sein, die so geschwitzt hatte? Konnte es sein ...

Die Arbeiter stiegen recht bedächtig aus, erst mal holten sie ihre Gasmasken und Henkelmänner aus dem Gepäcknetz. Der, der mir zugezwinkert hatte, war der Letzte. Als er auf den Bahnsteig hinunterstieg, drehte er sich noch mal um, tätschelte mich und sagte: »Nun denn! Denk weiter nach. Die Sirene ist gegangen. Denk einfach nach, das ist alles.«

Christian hörte das und sagte: »Hey – haben Sie gesagt, die Sirene ist gegangen?«, aber da war der Mann schon durch die Absperrung.

»Is wahr«, sagte der Bahnsteigschaffner. »Sirene ist los. Bestimmt Fehlalarm. Ich mein, Sonntagnachmittag, da machen die sich doch die Mühe nicht. Wo wollter denn hin?«

»Ach, einfach ein bisschen herumlaufen«, sagte Christian.

»Überlegt euch das noch mal. Gab schon Luftangriffe am hellerlichten Tag. Man kann nie wissen.«

Am Ausgang sah Christian zum Himmel hoch. Es war windig und strahlend blauer Himmel mit ein paar weißen Wölkchen über den schweren, schwarzen Gebäuden.

»Es hat aufgeklart«, sagte ich.

»Mmmm. Ich glaube, vielleicht sollten wir besser zurückfahren.«

»Zurück? O nein! Nein, Christian, nein.«

»Ich glaube, das sollten wir. Womöglich gibt es einen Luftangriff. Kann ich mir auch nicht wirklich vorstellen – es gab schon ewig keine mehr, und sie kommen fast nie bei Tageslicht, aber wer weiß.«

»Ach nein, Christian, nein, nein, nein. Du meinst zurück nach Hause?«

(Das Haus, in dem alle Mittagsruhe machen? Toter, schrecklicher Sonntagnachmittag. Bratensoßengeruch. Und wenn sie das hier lesen, mir doch egal.) »Es ist total ruhig. Es kommt jeden Moment Entwarnung. Es ist doch gar nichts.«

»Ich war noch nie in einem Luftangriff«, sagte er. »Meine Schule ist auf dem platten Land, wir haben schon mal Liverpool gehört, aber das ist fünfzig Meilen entfernt.«

Ich sagte: »Ach, das ist nicht so wild. Laut vor allem. Oh, *bitte*. Ich will die Slums sehen. *Bitte* lass uns bleiben!«

Es war überhaupt niemand mehr zu sehen an diesem strahlenden, stillen Nachmittag, nur die Sonne und ein paar Jugendliche in schwarzen Anzügen und weißen Sonntagsschals, die sich an der Straßenecke unterhielten und auf ihren Fahrrädern immer kleinere Kreise drehten.

»Es war sicher Fehlalarm«, sagte er schließlich. »Komm.«

Wir gingen zu der Brücke, die zu den Docks hinüberführt, und wollten untendrunter durch, aber seit Christian zuletzt hier gewesen war, hatten sie große Eisentore mit »Kein Zutritt«-Schildern eingebaut. Wir kehrten um, kamen wieder am Bahnhof vorbei, und einer der Jugendlichen rief Christian irgendwas zu – ob seine Haare ihn schön warm hielten. Wir bogen links ab, dann rechts, dann noch einmal links in eine lange, triste, trostlose Straße, die einfach ewig weiterzugehen schien und in der alles verriegelt und verrammelt war. Wir verließen auch diese Straße und gingen durch eine andere. Auf der Straße lagen kleine, rechteckige Platten, und die kleinen Häuser bestanden aus pflaumenfarbenem Backstein mit schwarzen Fugen, sehr hässlich. Die Fensterbänke waren schmutzig gelb, und in den Fenstern hingen dunkle, schmutzige Gardinen, dazwischen schwarz gewordene Topfpflanzen oder Keramik-Schäferhunde oder so kleine Porzellanmädchen, die ihr Kleid an einer Seite hochhielten und schief auf die Straße grinsten. Von dieser Straße gingen weitere Straßen mit noch ärmer wirkenden Häusern ab. Am Ende aller dieser Querstraßen lag der Bahndamm mit den Gleisen obendrauf. Der Hang war übersät von Blechdosen, kaputten Zaunlatten, Asche und Müll. Wir standen an einer dieser Straßenecken – Dunedin Street stand auf einem schwarz-weißen Schild – und sahen die Straße hinunter. Auf einer Türschwelle saßen zwei Kinder, eine dünne

Katze spazierte über das Backsteinpflaster, und an einem Türpfosten lehnte ein hohläugiger Mann. Es war sehr still, nicht mal die Kinder sprachen miteinander. Nur der Mann hustete dann und wann und spuckte auf die Straße, dann lehnte er sich wieder an seinen Türpfosten und behielt uns im Auge. Ein paar Fenster in der Straße waren mit Brettern vernagelt. Vor einem Haus lagen Sandsäcke, aufgeplatzt und dreckig, und um die Tür eines offenbar leeren Hauses, das fast auseinanderzufallen schien, war Stacheldraht gespannt. Es roch säuerlich.

»Da«, sagte Christian. »Das meinte ich.«

»Ist das ein Slum?«

»Was denkst du denn?«

»Ja. Na ja, schon. Ich nehme an, das ist ein Slum. Ziemlich schrecklich.«

»*Ziemlich*?«

»Ja, schon. Irgendwie habe ich es mir noch schlimmer vorgestellt.«

»Geht es noch schlimmer?«

»Wahrscheinlich habe ich grünen Schleim erwartet oder so. Nur Hütten und grünen Schleim. Nicht, dass ich schon mal etwas Schlimmeres gesehen hätte … Aber wenn sie ein paar Bäume pflanzen würden … Und wenn man das alles weiß anstreichen würde und es in Afrika wäre und sie bunte Kleider tragen würden.«

»Warum redest du es dir schön?« Er drehte sich zu mir und kochte. »Was ist denn mit dir los? Das hier ist doch die Hölle, oder nicht?« Der Mann hustete und spuckte aus und lehnte sich wieder an und beobachtete uns.

»Die Hölle!«, rief Christian. »Ein Albtraum, direkt aus der Hölle! Ich will das alles weghaben. Abreißen. Verstehst du das nicht? Es muss zerstört werden!« Und damit warf er seine wundervoll langen Arme in die Luft. »Es muss zerstört werden!«, rief er, und der Mann straffte sich und zeigte mit einem vollkommen ungläubigen Blick in den Himmel.

»Lauft!«, rief er. »Rennt, Kinder, los!«, und als Antwort wurde der Himmel von einem Donnern zerrissen, und dann kam eine Backsteinlawine.

Und dann übernahm die Flak. Wie Riesen, die auf der Lauer gelegen hatten. »Jetzt kriegen wir euch«, schienen sie zu sagen. Sie brüllten es von hinter den Häusern, unmittelbar hinter dem Bahndamm, gleich hinter der Dunedin Street. Ein unfassbares Donnern von den Docks her, und die Welt versank in gelbem Staub.

Als ich die Augen aufschlug, lag ich allein, ein Stück die Straße hinunter, auf dem Gehsteig und sah als Erstes einen kaputten Keramikhund. Überall war Glas. Ich tastete herum und stellte fest, dass ich an der Türschwelle eines Hauses lag. Die Tür war ins Haus geflogen, und drinnen im Flur lag jemand. Ganz still. »Wo ist Christian?«, dachte ich – vielleicht habe ich es auch gesagt. »O Gott, wo ist Christian?« Das dunkle Bündel im Flur rappelte sich etwas hoch und kroch auf mich zu. Es war aber nicht Christian, sondern der hustende Mann. Auf allen vieren sahen wir einander eine sehr lange Zeit einfach an. Dann wandte der Mann sich ab und begann wieder zu husten, wirklich schrecklich zu husten, bis er nicht mehr konnte. Dann setzte er sich auf die Unterschenkel und lehnte sich an die Wand, gleich hinter der Tür. »Auf, auf«, sagte er.

Ich blinzelte. »Auf, auf. Wir müssen da rein, nach Mutter gucken.«

»Was?«

»Auf, auf. So ist's fein. Na also. Denn man los.« Er hievte mich hoch und schob mich den Gang entlang, während er sprach, und in ein Wohnzimmer hinein, wo auf einem Stuhl ein Mann mit dem Rücken zum Zimmer kauerte wie eine Schildkröte, und in einem ramponierten Sessel lag die dickste Frau, die ich je gesehen hatte. Sie hatte keine Beine und brüllte vor Lachen.

Ich fing an zu zittern. Zum ersten Mal, seit ich nach der Bombe die Augen aufgemacht hatte – es musste eine Bombe gewesen sein. Diese fürchterliche Lawine, der Wind – zum ersten Mal hatte ich Angst. »Sie hat keine Beine. Sie hat keine Beine«, hörte ich mich sagen. Der kleine alte Mann schüttelte den Kopf, sah einmal quer durchs Zimmer, dann wieder auf seinen Stuhl. »Keine Beine. Keine Beine.«

Sie mussten ihr durch die Explosion abgerissen worden sein. Ich blickte mich im Zimmer um und suchte die Beine.

»Eeehhhh, Erniemann, bring sie mal her. Bring sie mir«, sagte die Frau. »Na komm, na komm! Ist schon gut. Schhhhh. Schhhh, Mädchen, ist gut.«

(Keine Beine. Keine Beine.)

»Ich kann nicht zu dir kommen«, sagte die dicke Frau. »Ich kann nicht zu dir. Hab keine Beine. Seit Jahren nicht mehr. Seit meiner Kindheit. Schon gut, Mädchen. Setz den Kessel auf, Ern. Schhhh, Kleines, schhhh. Sie hat Angst …«

Ich ging zu der Frau, die meine Hand nahm, und setzte mich auf die Armlehne. Ern ging raus, und ich hörte Wasser in einen Kessel laufen. (Also hatten sie Wasser. Es war nicht die Hölle. Das würde ich Christian sagen. Wo war Christian?)

»Hier is dein Bruder«, rief Ern, und Christian kam hereingetaumelt. Er war sehr schmutzig und hatte sich im Gesicht verletzt. Sein Mantel war zerrissen. »Holt Hilfe!«, rief er. »Schnell, holt Hilfe. Da sind Häuser eingestürzt und Leute drunter begraben. Die Straße runter. Schnell!« Er sah sich im Zimmer um, ganz benommen vom Anblick des kleinen alten Mannes am Feuer, der in ihrem Sessel zurückgelehnten Frau, die mir die Hand tätschelte, und dem Klappern der Teetassen aus der Küche.

»Da sind Leute eingeschlossen!«

»Schon gut, sie kommen schon«, sagte Ern, der mit ein paar dickwandigen Bechern hereinkam. Menschen kamen die Dunedin Street heruntergerannt, einer blies in eine Trillerpfeife. Martinshörner ertönten und kamen näher. Die Feuerwehr kam, es wurde geschrien, Kinder weinten.

»Ich will nur kurz …« Christian ging zur Tür.

»Nee, setz dich«, sagte Ern. »Trink deinen Tee.« Er trank ebenfalls und schmatzte.

»Erst Kinder«, sagte Ern. »Nichts als Kinder. Aufn Sonntagnachmittag. Wieso seid ihr eingtlich hier?« Dann trat er auf die Straße hinaus.

Die dicke Frau fing wieder an zu lachen. Sie lachte, indem sie ihr Dreifachkinn Richtung Hals zog, die Augen schloss und eine Weile die Zähne bleckte, bis irgendwann in einem langen, gepressten Keuchen ein Ton kam. »Eeeehh«, machte sie und weinte vor Lachen, »und Ernie kriecht da so auf Händen und Knien durchn Gang! Und Vater sitzt da und guckt in die Ecke, und wir alle auf das Ende der Welt am Warten! Kraut und Rüben, Kraut und Rüben! Am Sonntagnachmittag! Da rechnet doch kein Schwein mit am Sonntag!«

»Wie son Klingelstreich«, sagte der alte Mann. »Überraschungsangriff. Lustig, nur ein Schlag und gleich Dunedin Street. Wieso denn Dunedin Street? Sind doch nur normale, gottesfürchtige Leute hier«, murmelte er.

»Gottesfürchtig!«, lachte die Frau, tätschelte mir weiterhin die Hand und schnaufte vor Lachen. »Normale, gottesfürchtige Leute! Hör doch auf, Vater, trink dein Bier. Eeeeh, guck mal! Nichts verschüttet! Steht aufm Kaminsims, als wär nix gewesen!«

»Schläuche!«, rief ein Mann, der vor dem Fenster vorbeilief. »Wir brauchen Schläuche!«

»Nee, keine Lust auf Bier«, sagte der alte Mann. »Im Moment grad nicht.«

Ern kam von der Straße rein. »Die Dreiundfünfzig«, sagte er. »Am anderen Ende der Straße. Bei den Gadsbys. Ich habs gesehen«, sagte er. »Ich habs mit eigenen Augen gesehen.«

»Was?«, fragte Christian.

»Ich habs gesehen. Ich hab das Flugzeug gesehen mit den Hakenkreuzen drauf. Hab ich oben am Himmel gesehen!«

»Eeeeh, Erniemann, du spinnst!«, lachte die Frau.

»Ich sag dir, ich habs gesehen!« Er wirkte wütend darüber, dass man so etwas überhaupt zu Gesicht kriegen musste. Nachts ging es ja vielleicht noch. Aber doch nicht tagsüber! »Grad als der Junge den Arm gehoben hat, da hab ichs gesehen. Ich hab den Mann da drin gesehen.«

»Vermutlich ein Deutscher«, sagte der alte Mann. Die alte Frau brüllte vor Lachen.

»Ich komm aus Peterborough«, sagte der alte Mann. »Ich komm aus Peterborough. In Peterborough isses gut. Wir hätten in Peterborough bleiben sollen.«

»Das war ein Scheißdeutscher!«, rief Ern. Langsam dämmerte es ihm. »Ein Scheißdeutscher. Ich hab seine Scheißfresse gesehen.«

»Herrje!«, lachte die Frau.

»Hast du schon gewusst, Kindchen«, sagte der alte Mann, »dass ein Mann aus Peterborough den Reißverschluss erfunden hat?« Ich dachte: »Die sind doch verrückt.«

Auf der Straße rief jemand: »Raus, raus! Alle raus!«, und Christian ging zur Tür. »Sie holen alle raus«, sagte er. »Da sind Massen an Menschen. Sie spannen Seile. Komm, Jess, wir können gehen.«

»Nee«, sagte die Frau. »Das Mädchen muss noch bisschen sitzen bleiben. Lass sie noch bisschen sitzen.«

»Wir müssen gehen.«

»Wo wollt ihr denn hin?«

»Nach Hause«, sagte Christian. »Mit dem Zug. Komm, Jess.«

»'n Zug bezweifle ich.«

»Wird schon einer fahren. Komm, Jess, schnell. Wenn wir jetzt nicht gehen, halten sie uns noch fest. Dann stecken sie uns in einen Krankenwagen oder so.«

»Bleibt noch bisschen sitzen«, sagte die Frau. »Sie können uns nicht rausholen. Die kriegen mich gar nicht raus. Für mich braucht man 'n Kran.« Damit lehnte sie sich wieder zurück und lachte ihr keuchendes Lachen. »Bleibt noch was sitzen«, sagte sie.

Aber wir gingen. Wir flohen. Über Schläuche, an Feuerwehrleuten vorbei, Luftschutz, Bürgerwehr, Schaulustige. »Stehen geblieben! Namen und Adressen!«, aber wir waren schon weg, wir rannten durch die Straßen zum Bahnhof.

»Der Bahnhof ist geschlossen«, sagte ein Mann. »Das Dach ist runtergekommen. Passt auf, Scherben.«

»Raus da!«, schrie ein anderer. »Wollt ihr euch umbringen? Heute fährt kein Zug mehr.«

Christian wirkte verloren und sagte: »Und jetzt?«

»Es wird ja noch Busse geben«, sagte ich. »Wir nehmen den Bus. Wo ist der Busbahnhof?«

»Keine Ahnung.«

Wir fragten uns durch und fanden ihn schließlich – sechs lange Bussteige mit Handläufen, und kein Bus zu sehen. Kein Mensch da. Wüste.

»Es ist Sonntagnachmittag. Sonntags fahren kaum Busse.«

»Wir sollten auf jeden Fall zu Hause anrufen.«

Ich sagte, dass wir kein Telefon hatten. Aber vermutlich könnte man den Pfarrer anrufen.

»Ich rufe in High Thwaite an«, sagte er. »Vielleicht sollte ich mich besser per Anhalter bis Guinsborough durchschlagen und dort einen Bus erwischen, oder vielleicht finde ich da eine Mitfahrgelegenheit. Oder ich gehe zu Fuß. Aber du bist natürlich auch noch da.«

»Ich?«

»Ja, was willst du tun?«

»Ach, ich. Ich komm schon klar. Ich schätze, wenn ich den Pfarrer anrufe, kommt jemand. Allerdings ist er stocktaub, und sonntags nachmittags ist seine Haushälterin nicht da.«

Plötzlich kam ein Bus, und wir rannten los, um nachzugucken, wohin er fuhr. Er fuhr nach Thwaite Lane End.

»Schnell, steig ein«, sagte ich.

»Ich kann dich doch nicht hier alleinlassen.«

»Doch, kannst du. Steig ein, schnell. Das ist bestimmt der Letzte heute, ich komm schon klar.«

Er stieg langsam ein, und irgendwoher tauchten noch weitere Leute auf und stiegen ebenfalls ein. Alle schrien durcheinander wegen der Bombe. »In der Dunedin Street«, sagte einer. »Zwei Kinder tot.« – »Zwei? Ich hab von fünf gehört.«

Ich sagte: »Jetzt sieh schon zu. Geh rein. Geh und setz dich hin.« Ich ging auf die andere Seite der Bussteige, wo ich meinte, dass wir sonst in den Bus stiegen, wenn wir bei Binns waren. Als der Bus abfuhr, war alles leer. Eine Zeitungsseite wurde ganz langsam von einem Bussteig zum nächsten geweht, und ich sah ihr zu und hörte sie auch noch auf der anderen Seite über den Boden schaben. Ich hielt mich an dem dicken Eisengeländer fest und dachte lange nach. Ich nahm an, dass der Luftangriff vorüber war, auch wenn ich keine Entwarnung gehört hatte, aber ich hatte auch die erste Sirene nicht gehört. Es fühlte sich jedenfalls an wie vorbei. Das Flugzeug und der Deutsche darin mussten inzwischen weit weg sein. Ob er Christian und mich tatsächlich auch gesehen hatte? Er musste auf die Docks gezielt haben und hatte nicht gut getroffen.

»Keine Beine«, dachte ich. Ich dachte an die dicke Frau und den alten Mann und den Mann, der den Reißverschluss erfunden hatte. Was ist es, an das ich nicht zu denken versuche? Ich dachte an Christian, wie er im Bus saß, stur geradeaus blickte und nicht mal winkte, als er abfuhr.

»Er hat mich allein hier sitzen lassen«, sagte ich. »Er hat nicht mal gefragt, ob ich Geld dabeihabe, um nach Hause zu kommen.«

»Lieber Gott«, sagte ich, »danke, dass du mich in Dunedin Street nicht hast sterben lassen. Und hilf mir bitte, nach Hause zu kommen.«

Die Zeitungsseite wurde hochgewirbelt und gegen ein Geländer gepresst, und mit einem lauten Röhren kam ein Bus um die Ecke, auf dem die richtige Nummer nach Cleveland stand. Darin saß als einziger Fahrgast Miss Philemon.

15

Am nächsten Morgen konnte meine Mutter früh mit der Wäsche anfangen, weil die Haushälterin des Pfarrers gefragt hatte, ob sie Rowley für den Tag haben könne. Er und Vater waren um halb neun mit Spielzeugautos, ein paar alten Rohren, mit denen Rowley gern spielt, und einigen großen Nägeln losgezogen. Vater sagte, er würde dann weitergehen zum Gottesdienst um neun, denn es war Fest der Unschuldigen Kinder, und dann die Krankenhausbesuche machen. Mutter sagte, es tue ihr leid, aber die Unschuldigen Kinder müssten ohne sie auskommen. Sie habe mehr Wäsche denn je, wegen Weihnachten und wegen des Krippenspiels.

Gegen halb zehn hatte sie den Großteil der Wäsche fertig, die Taschentücher kochten noch, auf dem Küchenfußboden weichte in einem Eimer irgendetwas ein, und plötzlich fiel ihr der Fisch ein, den sie seit Samstag im Haus hatte und der ihre Aufmerksamkeit brauchte, wie Vater beim Frühstück festgestellt hatte. Da es kein Fett gab, in dem man ihn hätte braten können, musste er gekocht werden, also ließ sie ihn in kaltes Wasser gleiten. Er sank labbrig zu Boden (ich war nicht dabei, ich denke mir das aus, aber ich könnte schwören, dass es genauso war), und zehn Minuten später köchelte er neben den Taschentüchern vor sich hin. Sie ließ das Gestell von der Decke herunter, um die kleineren Sachen aufzuhängen, denn draußen setzte Schneeregen ein. »Dann riecht nachher alles nach Fisch«, sagte sie (sagt sie immer). »Muss ich später noch mal raushängen, damit das wieder rausgeht. Was nie ganz funktioniert. Geht erst weg, wenn man die Sachen das nächste Mal wäscht. Hat es geklingelt?« Sie lauschte und sagte: »Nein, Gott sei Dank. Heute Morgen kann ich wirklich niemanden gebrauchen.«

Sie zog das Gestell hoch und strich sich das Haar aus den Augen. »Selbst meine Haare riechen nach Fisch. Widerlich.« Es klingelte ausdauernd. »Ich wusste es«, sagte sie, öffnete die Haustür und warf gleichzeitig ihre Schürze auf die Garderobe. Auf der Schwelle stand Mrs Fanshawe-Smithe.

»Meine Liebe!« (So was in der Art.)

»Oh.« Sie versteckte die nassen Hände hinter dem Rücken, dann holte sie sie wieder hervor, und ihr Gesicht wurde knotig. »Oh, hallo.«

»Meine Liebe!« Sie kam einfach herein, ohne gebeten worden zu sein, und stand im Flur. »Meine Liebe, ich bin Barbara Fanshawe-Smithe. Und Sie sind Kate Vye. Wie geht es Ihnen?«

»Kommen Sie doch rein.« Ma sah sich hilflos um. Es war ein ziemlich blöder Satz, da sie bereits drin war. »Kommen Sie doch in … den Lagerraum der Gemeinde.«

»Das fällt mir doch im Traum nicht ein, meine Liebe. Lassen Sie mich ruhig mit in die Küche gehen, ich *weiß* ja, dass Sie zu tun haben. Ich würde es mir wirklich nicht verzeihen, wenn ich Sie von irgendetwas abhielte.«

»Ich lasse mich sehr gern von der Arbeit abhalten. Kommen Sie durch ins Gemeindezimmer, ich mache uns Kaffee.« Sie nickte und lächelte, und Mrs F-S musste sich auf den Fensterplatz setzen und Mutter auf einen Stapel Zeug auf dem Klavierhocker, und vermutlich dachte sie (weil ihr das ähnlich sieht), dass sie die Oberhand behalten würde, zum Glück; und dass sie sie zum Kaffee zwingen würde, denn der Fisch musste dringend runtergedreht werden.

»Also, Sie bekommen jetzt erst mal einen Kaffee«, sagte sie, und Mrs F-S zog die Handschuhe aus und sagte, das sei wirklich reizend.

»Zweite Runde an mich«, dachte Mutter. »Was hat Freddie denn? Sie ist doch reizend. Sie sieht aus wie eine Köchin. Ich habe keine Angst vor ihr. Männer sind komisch.« Sie wirbelte in der Küche herum, stellte alles aus und trat in einen Eimer Socken. Sie kratzte einen Rest Nescafé aus der Blechdose, die noch von Weihnachten übrig war, schnitt Weihnachtskuchen auf, der langsam etwas trocken wurde, suchte ein Tablett, trocknete sich den Fuß ab, goss kochendes Wasser in die Tassen und kehrte lächelnd zurück. »So, da wären wir. Ich habe auch echten Zucker. Was für eine nette Idee, vorbeizukommen.«

Mrs F-S nahm ihre Tasse, rührte ihren Kaffee um, sah auf und lächelte ihr charmantes Lächeln. »Wie geht es ihr?«, fragte sie. »Wie geht es Jessica?«

»Jessica? Ach, gut, danke. Sie ist in der Kirche, nehme ich an, und bestückt die Anzeigetafeln für die Lieder, und danach trifft sie sich mit einer Freundin. Ich habe sie heute Morgen noch gar nicht gesehen.«

»Dann ist sie nicht verletzt? Gar nicht? Gott, bin ich erleichtert.«

»Verletzt? Aber wieso …«

»Ich fürchte, Christian ist im Bett.«

»Christian …«

»Wollen Sie sagen, Sie wissen von nichts, meine Liebe?«

»Was weiß ich nicht?«

»Von dem Luftangriff? Der Luftangriff gestern? Sie waren in der Dunedin Street.«

Ma wurde feuerrot vor Angst. Sie hörte ihre Tasse auf der Untertasse klappern. »Im Luftangriff?«, sagte sie. »Da drin? Oh, nein, Mrs …er. Nein, waren sie nicht. Da bin ich ganz sicher.«

»Ich fürchte, doch. Christian hat davon erzählt. Normalerweise erzählt er gar nichts, daher weiß ich, dass es stimmt. Er ist fix und fertig, Mrs Vye. Er kam schnurstracks in die Bibliothek, kreidebleich, und sagte: ›Wir wurden bombardiert. Wir waren in der Dunedin Street. Sie wurde bombardiert.‹«

»Aber ... das kann nicht sein. Ich meine, Jessica erzählt uns alles.« (Ha!) »Wir haben uns tatsächlich schreckliche Sorgen gemacht. Es war ein furchtbarer Nachmittag, ich wusste, dass sie nach Shields East wollten. Wir hatten beide schreckliche Angst, aber mein ... mein Ma... Freddie meinte, Angst haben hilft auch nicht, wir müssen einfach abwarten. Als wir sie um Viertel vor sechs die Tür aufmachen hörten, dachten wir nur, Gott sei Dank. Und er sagte: ›Zeig nicht, dass du dir Sorgen gemacht hast. Nicht, dass sie denkt, wir behandeln sie wie ein Baby.‹ Da wussten wir noch gar nicht, dass es einen Luftangriff gegeben hatte.«

»Verstehe.«

»Sie kann nicht in der Dunedin Street gewesen sein. Die wurde direkt getroffen.« Ma fing an zu zittern (hoffe ich). »Da sind Menschen ums Leben gekommen.«

»Ich fürchte, genau da waren sie. Christian hat geredet und geredet. Er hat gar nicht mehr aufgehört. Er hat seit Wochen den Mund nicht aufgemacht – das ist natürlich das Alter. Er ist erst vierzehn, auch wenn er viel älter wirkt. Sie wurden von ein paar sehr netten Leuten aufgenommen – einer Frau ohne Beine und einem Mann, der vermutlich Tb hat. Mein Mann redet schon davon, sie ausfindig zu machen und sich irgendwie zu bedanken. Aber ich nehme an, sie sind inzwischen alle evakuiert.«

»Aber das *kann* nicht sein! Sie hat nur gerufen ›Bin wieder da!‹, und ist in ihr Zimmer gegangen. Sie schien zu schlafen, als ich ihr das Abendessen hochgebracht habe. Sie wollte heute Morgen auch kein Frühstück – o Gott! Hoffentlich ist alles in Ordnung.«

»Das frage ich mich auch.«

»Ich … ich muss sie suchen.« Ma stand auf. »Ich muss sofort los.«

»Das wäre sicher gut.«

Ma stürzte hinaus und kämpfte an der Garderobe mit den Mänteln.

»Quälen Sie sich nicht, meine Liebe.« Sie kam ihr hinterher. »Machen Sie sich keine Vorwürfe, Sie konnten ja auch nicht wissen, dass es einen Luftangriff geben würde.«

Ma steckte ihren Krauskopf zwischen die Mäntel und sagte: »Doch, wussten wir. Und ob wir das wussten. Kurz nachdem sie gegangen waren, ging die Sirene. Ich habe Freddie noch hinter ihnen hergeschickt zum Bahnhof. Mit dem Fahrrad. Der Kirchendiener – er verkauft da Fahrkarten – sagte, der Zug sei gerade abgefahren. Er hat ihnen wohl noch hinterhergerufen, dass die Sirene gegangen war, aber sie haben nicht hingehört.«

»Verstehe. Also …«

»Ich muss zur Kirche und sie finden. Ich muss los.«

»Ich komme mit.«

»Das brauchen Sie nicht. Es ist sicher besser, wenn ich sie allein spreche. Wenn Sie dabei sind, wird sie vielleicht …«

»Unsinn. Ich bin ja nicht gerade beängstigend.« (Charmantes Lachen.) »Ach übrigens, wussten sie, dass Christian und Jessica sich schon getroffen hatten – also, vor dieser Eskapade?«

»Wie, *getroffen*? Natürlich, Christian war am Tag nach dem Fest hier. Aber ich glaube, eigentlich wollte er zu meinem Mann, nicht zu Jessica. Sie, sie …«

»Oh, ja, gut möglich. Ist er öfter mit ihr losgezogen? Hat er sich mit ihr verabredet?«

»Verabredet? Gott, nein.«

»Man weiß bei den Kindern nie, oder? Christian hat vorher einfach nie ein Mädchen bemerkt. Sehr eigenartig. Mädchen sind natürlich viel reifer ...« (Stinkbombe, Stinkbombe, schmutzige Fantasie, Cloaca Maxima) »Also, ich finde, man sollte sich mit den Eltern der Freunde der eigenen Kinder verständigen, finden Sie nicht?«

»Ich denke vor allem, wir sollten jetzt zusehen, dass es ihnen gutgeht.«

»Wirklich seltsam, dass Sie nichts bemerkt haben.«

»Finde ich nicht. Jessica ist nicht unser Eigentum. Ich spioniere ihr nicht hinterher. Es käme mir überhaupt nicht in den Sinn, mich mit den Eltern ihrer Freunde darüber zu verständigen, was sie so macht. Sie sind doch keine sechs mehr.«

»Aber meine Liebe, man darf es den Kindern natürlich nicht *sagen*!«

»So etwas würde Freddie niemals hinter ihrem Rücken tun. Er ist ehrlich. Er würde es falsch finden. Wenn er sich mit Ihnen darüber kurzschließen wollte, ob es in Ordnung ist, wenn Christian und Jessica etwas zusammen unternehmen, dann würde er es Jessica vorher sagen. Aber er würde so etwas gar nicht tun. Wir wissen in diesem Haus alles übereinander. Wir spionieren uns nicht hinterher.«

»Dann ist es umso seltsamer, dass sie nichts von dem Luftangriff erzählt hat.«

Ich saß in der ersten Reihe im Seitenschiff und hatte die rote Anzeigetafel für die Lieder auf dem Schoß. Neben mir auf der Bank waren die Nummern ausgebreitet, und die Kiste für die Nummern stand daneben. Als sie hereinkamen, sah ich zur Kanzel. Ich hatte damit gerechnet, dass bald etwas passieren würde, und sah mich nicht um.

»Jess«, zischte Mutter, und in der Kanzel entstand Bewegung, weil Florence da oben war und ihre Oper probte.

»Jess, was machst du?«

»Nichts.«

»Wer ist da oben?«

»Wo?«

»Da war doch jemand in der Kanzel.«

»Ja, der Heilige Geist.«

»Jess!!!«

Florence kam schuldbewusst die Treppe herunter. »Ich bin's nur«, sagte sie.

»Wischst du da Staub oder so?«

»Nein.«

»Wir spielen Theater.« Ich tat so, als hätte ich Mrs F-S gerade erst gesehen, und sagte: »Oh, hallo.« Es klang, als wäre sie einfach irgendjemand – jemand Ebenbürtiges –, und weil ich diese Gabe habe, konnte ich sehen, dass ihr das überhaupt nicht passte. Sie würde niemals im Leben vergessen, wie ich das gesagt hatte. Hervorragend.

»Jess, Mrs Fanshawe-Smithe hat mir etwas ziemlich Erschütterndes über gestern erzählt. Würdest du bitte mit nach Hause kommen? Komm sofort mit uns nach Hause.«

»Aber wir spielen Theater.«

»Dann hör damit auf.«

»Nein, danke.«

»Es reicht, Jess. Es geht um den Luftangriff. Angeblich warst du mittendrin. Jess, ich habe dich seitdem nicht mal *gesehen*. Christian ist krank.«

»Ich kann jetzt nicht«, sagte ich. »Wir machen hier etwas. Wir haben uns gerade etwas ausgedacht.«

»Ich muss sowieso los, Jess«, sagte Florence. »Ist ja nicht so wichtig. Wir sehen uns morgen.«

»Christian steht unter Schock. Ich muss mich vergewissern, dass es dir gutgeht, Liebes. Er ist richtig krank.«

»Ach, ist er das?«, sagte ich und stapelte die Nummern sorgfältig aufeinander, alle Fünfen zusammen, dann verstaute ich sie in der Kiste. Dann stand ich auf, ging zur nächsten Säule, stellte mich auf eine Bank und versuchte, die Anzeigetafel aufzuhängen, traf den Nagel aber nie. Klatsch, klatsch. »Tut mir leid, ich kann jetzt nicht«, sagte ich. »Ich bleibe noch ein bisschen hier.«

»Aber Jess!« Sie kam zu mir und fing an zu betteln. Sie flüsterte: »Mrs Dings ist extra von High Thwaite hergekommen, weil sie wissen wollte, ob es dir gutgeht!«

»Mir geht es gut«, sagte ich und beobachtete Mrs Fanshawe im Schatten.

»Komm mit nach Hause.«

»Ich komme bald.«

»Ich gehe nach Hause und hole Daddy, wenn du nicht sofort mitgehst.«

Ich stellte überrascht fest, dass sie beinahe weinte, dass sie die Fäuste in den Taschen ihres fürchterlichen, abgenutzten Mantels geballt hatte, dass sie vor Mrs F-S das Gesicht verlor und dass sie Vater Daddy genannt hatte. Um ein Haar hätte ich losgebrüllt. Es war knapp. Jedenfalls sagte ich also: »Tut mir leid, aber mir geht es gut. Es war nicht so wild gestern. Aber Christian war ganz durcheinander. Tut mir leid, dass ich ihn nicht nach Hause bringen konnte. Mein Bus kam.«

Sie konnten nicht viel machen, ich bin ja groß. Sie konnten mich schlecht nach Hause zerren. Sie mussten gehen. Florence war ebenfalls schon gegangen, also saß ich allein in der Kirchenbank, und als sie gerade die Tür schlossen, sagte ich seltsamerweise laut und deutlich: »Klappe zu, Affe tot.«

Ich schob den Deckel auf die Kiste mit den Nummern, ging

in die Sakristei und räumte sie weg. Dann ging ich durch den Chorraum zurück, setzte mich für einen Moment an die Orgel und zog ein paar Porzellanknöpfe heraus. Dann legte ich den Kopf auf die Tasten, und plötzlich war ich hoch oben über dem Lettner und sah auf mich selbst hinunter, wie damals bei Miss Philemon, ich war sehr klein und zerknüllt, mit dem Gesicht auf den Tasten und so schmalen Schultern, und das Haar hinten in zwei dicken Strähnen. Ich sah den dicken Staub oben auf der Schnitzerei des Lettners, die Spinnenweben zwischen der Hand Jesu und der Schriftrolle am oberen Ende des Kreuzes, die ich von unten nie gesehen hatte. »Was für einen mickrigen kleinen Körper ich habe«, dachte ich, und damit war ich sofort wieder in ihm drin. Ich stand auf und ging nach Hause. »Oh, *Fisch*«, dachte ich. »Auch das noch. Fisch. Ich gehe ins Bett.«

»Ich will kein Mittagessen!«, rief ich, ging in mein Zimmer und setzte mich an den Schreibtisch. Darauf lag ein leuchtend blaues Heft. Der weiße Reif auf dem Dach gegenüber warf seinen Schimmer in den Raum und auf das Heft. »Krank«, dachte ich. »Und bestimmt im Bett, garantiert. Kriegt Tabletts hochgebracht.« Ich sah in den Schnee hinaus, zog das blaue Heft zu mir, schlug es auf und schrieb ein Gedicht hinein.

Ich schrieb es in einem durch, bis es fertig war, dann stand ich auf und suchte unter ein paar Comics nach Löschpapier. Ich löschte es ab, las es mir noch einmal durch, fügte ein paar Kommas ein und änderte ein Wort. Dann las ich es noch einmal durch, setzte mich wieder hin und schrieb »Der Verrückte« drüber, unterstrich es, löschte und klappte das Heft zu. Dann ging ich ins Bett und schlief bis zum Tea.

Als ich Rowleys Heimkomm-Stimme hörte und Vaters, wusste ich, dass der Tag beinahe herum war. Ich hörte, wie Mutter sie in die Küche rief und ihnen die ganze Geschichte erzählte, und dann wurden sie lauter – »Nein, ich war *nicht* oben und habe nach ihr gesehen« usw. –, und am Ende weinte Mutter, und Rowley hämmerte auf den Tisch, weil er Hunger hatte, und Kohlen wurden ins Feuer gekippt und die Verdunklungen angebracht, und ich setzte mich im Dunkeln im Bett auf.

»Ich muss wohl runtergehen und mich entschuldigen«, dachte ich. »Mache ich gleich. Arme Mutter. Ich muss wohl ein bisschen verrückt geworden sein. Und Mrs Fanshawe-Smithe! Habe ich das geträumt? Ich bin sicher, dass ich sie mit Mutter in der Kirche gesehen habe. Kann doch gar nicht sein! Kann nicht sein! Und im Chorraum oben unter den Dachsparren zu sein. Die Spinnweben. Ich habe geträumt.

So ist es, ich habe geträumt. Ich träume, seit wir in der Dunedin Street waren. Vielleicht habe ich einen Schlag auf den Kopf bekommen. Bestimmt mit diesem Keramikhund. Ich sollte wohl runtergehen und mal sehen, was da los ist. Aus irgendeinem Grund bin ich gerade wahnsinnig glücklich. Ob ich wirklich verrückt werde? Angeblich passiert das in meinem Alter manchmal!« Ich dachte daran, dass Christian krank war, und fragte mich, woher ich das wusste. Ich dachte daran, wie er im Bus weggefahren war und mich nicht angesehen hatte. Ich dachte an ihn im Zug, als ich plötzlich merkte, dass er meine Hand hielt. Ich erinnerte mich daran, wie aufregend das gewesen war und sich in meinem Bauch alles umgedreht hatte. Jetzt war ich nicht mehr aufgeregt, aber sehr glücklich. Ich fühlte mich sehr speziell.

Ich stand auf, sah das blaue Heft dort liegen, und mir fiel das Gedicht wieder ein. Ich ging hin und las es und stand lange da und sah es an, und dann wusste ich, warum ich glücklich war. Es gab nichts an dem Gedicht, was ich ändern wollte.

Teil III

Das Gedicht

16

Der Arzt sah auf mich herab, und es waren noch mehr Leute im Zimmer. Es war verdunkelt, und auf dem Boden stand die Leselampe mit einem Schirm darüber. Der Arzt sagte: »Jetzt ist sie jedenfalls wach.«

Er fasste mir ans Kinn und bewegte meinen Kopf vorsichtig nach rechts und links. Insgesamt komme ich mit Ärzten nicht so gut zurecht. Irgendwie kommt man nicht recht an sie heran. Sie sehen immer aus, als hätten sie Angst, dass man anfängt zu reden. Unserer steht immer an irgendeiner Tür und sieht auf die Uhr. Heute allerdings nicht.

»So, junge Frau«, sagte er (sie haben auch so eine schleimige Art, mit einem zu sprechen). »Was war denn da los?«

Ich starrte ihn an.

»Du warst mittendrin, hm?«

Ich stützte mich auf die Ellbogen und sagte, ich hätte gerade zum Tea runtergewollt, sei dann aber wohl doch wieder ins Bett gegangen.

»Leg dich hin«, sagte er. »Lass mich dich mal angucken.«

»Das war gestern«, sagte Rowleys Stimme von irgendwoher. »Jessica hat heute und gestern den ganzen Tag geslafen.«

»Was?«

»So ist gut. Dann beug dich mal vor, dass ich deinen Rücken abhören kann. Sehr gut.«

»Habe ich geschlafen?«

»So. Jetzt die Beine. Tut das weh? Gut. Ja, seit gestern. Als du heute Nachmittag immer noch nicht wieder wach warst, meinten deine Eltern, ich solle dich doch mal angucken. Sie dachten, vielleicht hast du etwas auf den Kopf bekommen. Ich kann allerdings nichts feststellen. Tut dir irgendetwas weh?«

Ich dachte darüber nach und sagte nein, es fühle sich alles gut an.

»Gut. Keine Kopfschmerzen? Wurdest du von irgendetwas getroffen?«

»Nein, ich glaube nicht. Nur von einem Schäferhund.«

»Verstehe. Dann schlaf mal weiter. Ich komme morgen wieder.«

Er ging mit Vater hinaus, und Mutter machte sich in meinem Zimmer zu schaffen, schüttelte ein Fieberthermometer, holte einen Krug Wasser und räumte den Schreibtisch auf. Rowley legte das Kinn aufs Bett und brüllte wie eine lange Bombenexplosion. »Schhh, Rowley, du lieber Himmel!« Sie betrachtete mich, als sie meine Decke feststeckte, und tat so, als täte sie das nicht.

Ich sagte: »Schon in Ordnung. Liegt auf dem Tisch ein blaues Heft? So ein Schulheft? Ja, das. Kannst du mir das mal geben?«

»Ich glaube nicht, dass du jetzt schon Hausaufgaben machen solltest.« Ma blieb neben mir stehen.

»Mir geht's gut.« Ich legte das Heft unter mein Kopfkissen, und weil sie so schrecklich angespannt war, sagte ich: »Es tut mir leid, Ma«, und schlief wieder ein.

Viel später wachte ich wieder auf und stellte fest, dass sie die Leselampe (immer noch abgedeckt) auf das Kaminsims gestellt hatten und Vater neben dem Gasofen saß, der nicht an war, und in Decken gewickelt in der Bibel las. Ich hatte das Gefühl, dass es mitten in der Nacht war. Es war unglaublich ruhig. Ich hatte es warm und gemütlich und lag eine Weile einfach da.

Über dem Kamin hing ein Bild von Jesus als Kind mit blondgelocktem Haar, er hielt die Hände über eine Menge Kaninchen, und ich sagte: »Kannst du vielleicht das Bild da abnehmen?«, und hörte mir dabei zu wie eine Fremde. Sehr seltsam.

»Was?«, sagte er. »Das hier? Gut. Stimmt daran etwas nicht?«

»Ja.«

Er nahm es ab und sagte: »Ja, verstehe, was du meinst. Seit wann hängt das schon da?«

»Immer, glaube ich. Hat Auntie Nellie mir zur Geburt geschenkt.«

»Tschüss«, sagte er und schob es unter das Bett. »Wie geht es dir?«

Ich hörte ihn so gerade noch, dann schlief ich wieder ein. Als ich das nächste Mal aufwachte, fiel Tageslicht durch die Ritzen.

Rowley hüpfte auf der anderen Flurseite in seinem Bett herum, das bedeutete, es musste Viertel vor sechs durch sein, und Vater schlief jetzt auf seinem Sessel. Über ihm war das helle Viereck an der Wand zu sehen, wo das Bild gewesen war, und um ihn herum ein schreckliches Chaos aus Decken und Papieren. Er hatte die Schuhe ausgezogen, seine Füße steckten in einer Ecke des Bücherregals, und die Bibel lag aufgeschlagen kopfüber auf seiner Brust.

»Hallo«, sagte ich.

Er wachte auf, die Bibel rutschte runter, aber er fing sie auf und strich sorgfältig die Seiten glatt, dann nahm er auch das blaue Lesebändchen zwischen die Fingerspitzen und zog es zurecht, bevor er das Buch zuklappte.

»Was?«

»Nichts. Ich habe wahnsinnigen Hunger. Ich verhungere geradezu.«

»Soll ich dir ein paar Würstchen machen?«

»Haben wir denn welche?«

»Ja, ich habe welche von Slatford bekommen. Er sagt, es tut ihm leid, dass du krank bist.«

»Ich bin nicht krank. Ich habe nur so einen Hunger.«

»Bin schon unterwegs. Wo sind meine verflixten Schuhe?«

»Als Geistlicher solltest du aber nicht fluchen.«

»Ich fluche nicht, ich suche, und zwar meine verflixten Schuhe. Das ist sogar ziemlich heilig, verflixte Schuhe. ›Mit zweien deckten sie ihr Antlitz, mit zweien deckten sie ihre Füße, und mit zweien flogen sie.‹ Jesajah.«

»Das waren aber keine Schuhe. Mit Schuhen bedeckt man nicht sein Gesicht. Es waren Flügel.«

»Wo sind dann meine verflixten Flügel?« Er kramte herum, warf die Tasse mit den letzten Teetropfen um und den Papierkorb. »Wenn mir verflixte Flügel wüchsen, das gäbe einen Aufruhr. Was Mrs Baxter wohl sagen würde?«

Ich sagte, ich sei froh, dass er kein Kommunist sei, und er sagte, er sei froh, dass ich froh sei.

Mein Vater und ich reden manchmal so miteinander.

Zum Mittagessen ging es mir schon ganz gut, und am nächsten Tag war wieder alles in Ordnung.

»So soll's sein«, sagte der Arzt. »Keine Knochen gebrochen, nichts Schlimmes passiert. Wann fängt die Schule an, Mrs Vye?«

»Morgen.«

Ich sagte: »Gott!«

»Wissen Sie – es gibt keinen Grund, warum sie nicht hingehen sollte. Alles wieder auf normal, oder? Das ist sowieso das Allerbeste – Vertrautes wiederaufnehmen und so weiter. Es geht ihr gut. Und du erzählst auch nichts mehr von Schäferhunden, nicht wahr?«

»Ich *wurde* von einem Schäferhund getroffen. Aus Keramik. Er ist aus einem Fenster geflogen, in der ... Straße da.«

»Ach, das meintest du! Aha, das ist gut. Wir konnten das mit dem Schäferhund nicht einordnen, nicht wahr, Mrs Vye?«

»Wahrscheinlich hat er mich auch gar nicht getroffen. Er lag nur ...« Eigentlich wollte ich »neben mir in der Gosse« sagen, aber urplötzlich war es mir total egal.

»Ah. Aha. Nun denn – denken wir nicht weiter drüber nach, hm? Jetzt ist alles gut. Deinem Freund geht es auch gut, habe ich gehört. Kein Grund zur Aufregung.«

Die beiden Kinder auf der Türschwelle hatten feines, helles Haar und schmutzige Nasen gehabt. Eins hatte sich über das andere gebeugt. Sie hatten dünne Ärmchen und hatten ein Spiel mit Kreide auf den Gehweg gemalt. Man sah ihnen an, dass sie viel Zeit miteinander verbrachten. Ich sah den Arzt an, und er hatte den Ich-muss-schnell-weiter-Blick. Er merkte anscheinend sehr genau, wann man drauf und dran war, ihm etwas zu erzählen, was er nicht hören wollte.

»Weißt du was«, sagte er und sah auf die Uhr. »Sagen wir Montag. Am Montag gehst du wieder zur Schule, ja? Freitag ist sowieso ein blöder Tag, um wieder damit anzufangen. Wir geben ihr noch bis Montag, ja, Mrs Vye? Am ersten Tag passiert in der Schule sowieso nichts, so war es jedenfalls zu meiner Zeit. Sagen wir Montag.« (Er redete einfach immer weiter!) »Und halt dich bis dahin von Schäferhunden fern.«

Auf dem Weg nach unten redete er immer weiter über Montag, und Mutter brillierte in ihrer Housemasters-Gattinnen-Stimme und sagte nicht mal die Hälfte von dem, was sie sagen wollte.

Komischerweise ist es so, wenn ich etwas wirklich dringend will, mache ich oft stattdessen alles Mögliche andere.

Nicht so, wie manche schrecklichen Leute sich das Beste für zum Schluss aufheben und so – die immer um die Marmelade herum essen und schon anfangen zu sabbern, wenn sie daran denken, wie gut der letzte Bissen mit der Marmelade sein wird. Das habe ich nie verstanden, und wenn ich die Chance hätte, würde ich immer als Erstes die Marmelade essen und den Teig übrig lassen.

Ich weiß auch nicht, was es ist. Wenn ich schöne Hausaufgaben aufhabe oder eine Geschichte schreiben will oder eine Idee für ein Gedicht habe, dann mache ich erst mal irgendetwas anderes – räume meine Kommodenschublade auf oder schrubbe das Abtropfbrett oder gehe bei Florence vorbei und frage sie, ob wir am Samstag ins Kino gehen wollen. Einmal hatte ich eine großartige Idee für unsere Oper, als ich mit einer Tüte Trockenerbsen im vorderen Zimmer saß – keine Ahnung mehr, warum ich die Erbsen dahatte – und sie vor Aufregung alle über den Boden geschüttet habe; und statt mir Handfeger und Kehrblech zu holen, habe ich beschlossen, sie ALLE EINZELN aufzuheben.

Mein Vater ist genauso. Sie sollten mal sehen, wie er sich darauf vorbereitet, seine Artikel zu schreiben. Er räumt seinen Schreibtisch auf, fegt den Kamin, zieht die Uhr auf, schüttelt die Uhr, schraubt die Uhr hinten auf und nimmt das Innenleben raus. Dann wirft er alle Einzelteile weg. Dann sammelt er sie wieder ein und starrt sie eine halbe Stunde lang an. Dann sortiert er sie in Reihen, kratzt sich am Kopf, pult sich in den Zähnen, setzt sich hin, zieht die Schuhe aus und riecht daran. Dann nimmt er für ein oder zwei Stunden den Kopf in die Hände, dann brüllt er: »Ach, jetzt seid doch alle mal still!«, und fängt an zu tippen. Er will aber nichts darüber hören. »Das sind die Nerven«, sagt er. »Ich denke halt nach.«

Ich bin so ähnlich.

Eine andere Sache ist, dass ich immer große Vorbereitungen für den nächsten Schritt machen muss, wenn die schöne Sache erledigt ist, und ich glaube, das gehört zu derselben Eigenart. Tiere tun das auch – Hunde gehen zum Beispiel, nachdem sie ihr Abendessen gegessen haben, auf die genau richtige Weise schlafen, eine sehr eigene Weise. Ich stellte fest, dass ich genau wie ein Tier war, als ich nach meinem großen Schlaf nach dem Luftangriff wieder auf den Beinen war. Am Sonntagabend wurde ich munter wie eine Biene.

Ich polierte meine Schuhe und sogar meinen Schulranzen, ich spitzte meine Bleistifte, schrieb meinen Namen auf mein Radiergummi, säuberte meine Gasmaske und arrangierte alles auf der Nähmaschine in der Küche, sogar Handschuhe und Mütze. Ich legte Schulkleid und eine saubere Bluse und die anderen Anziehsachen parat und schüttelte die sauberen Strümpfe und meine Unterwäsche auf.

»Übertreibst du es nicht ein bisschen?«, fragte Florence. Sie war zum Abendessen bei uns gewesen. »Es ist nur Schule. Alles wie immer.«

Ich sagte, bei mir sei alles chaotisch und ich würde jetzt Ordnung schaffen, und fing an, Staub von den Büchern zu pusten und meinen Ranzen zu packen und steckte das blaue Heft hinten rein.

»Hast du was getan?«

»Was?«

»Für die Schule.«

»Nein. Du?«

»Ich habe ein bisschen *Romeo und Julia* gelesen.«

»Sollten wir das?«

»Wenn wir wollten.«

»Ach, dann sage ich einfach, ich wollte nicht.«

»Ich gehe jetzt. Bringst du mich noch?«

»Nein, ich gehe früh ins Bett. Ich nehme den früheren Zug.«

»Du hast sie doch nicht mehr alle«, sagte sie.

Am Morgen stieg ich geschniegelt und gestriegelt um fünf vor acht in Cleveland Spa aus und machte mich auf den Weg zu Miss Philemon. Es war noch dunkel, über dem Meer war so gerade eben der erste Lichtschein zu sehen. Ich stand am Holzgeländer an der Esplanade und sah über die Bucht hinweg zu den Klippen, auf denen oben ein Sperrballon an einem Seil aus einem Lastwagen kam. Kein schöner Anblick. »Ich gehe wohl besser rüber«, dachte ich und drehte mich um, um die Straße zu überqueren. Dann beschloss ich kurzerhand, mir das zu sparen, ging gleich zur Schule und wartete auf der Treppe bei den Schuhbeuteln, bis um halb neun die anderen vom Zug kamen.

Ich legte das Heft nicht in meinen Tisch, sondern behielt es im Ranzen.

Dienstag und Mittwoch nahm ich den normalen Zug und vermied es, in die Nähe der Esplanade zu kommen. Mittwochnachmittag in Französisch meinte ich draußen Miss P.s Schritte zu hören und hätte beinahe darum gebeten, kurz rauszudürfen, um ihr das Heft zu bringen. Aber auch diesmal beschloss ich, es nicht zu tun.

Am Donnerstag fragte die Dobbs nach weiteren Gedichten. Es sei der letzte Tag, sagte sie. Morgen mussten sie abgeschickt werden. Viele Mädchen hatten eins, sogar Florence, die kein Wort darüber verloren hatte, dass sie mitmachen wollte, und die Dobbs machte ein paar Witze über die Inspiration des letzten Drückers, die niemand lustig fand. »Und du nicht, Jessie-Carr?«, fragte sie betont munter, und ich sagte: »Nein, Miss Dobbs.«

Am nächsten Morgen, Freitag, überredete ich Florence, den

frühen Zug zu nehmen, und sagte: »Lass uns über die Promenade gehen, das ist nur eine halbe Minute Umweg und nicht, als würden wir The Cut runtergehen oder so«, und sie sagte: »In Ordnung.« Als wir vor Miss P.s Wohnung waren, auf der anderen Straßenseite, alberten wir herum, und ich hängte mich kopfüber ans Geländer wie ein totes Tier, und Florence sagte: »Was bist du, ein Reh?«, und ich lachte wahnsinnig laut. Florence sagte: »Bist du nicht ein bisschen alt für so einen Quatsch?«, und ich sagte: »Das Geländer hier, das ist alt. Ich werde ins Meer fallen und ertrinken.« Ich tat, als würde ich ertrinken, bis auf der anderen Straßenseite ein Fenster geöffnet wurde und Miss P.s Kopf herausguckte. »Kusch!«, rief sie. »Kusch! Ihr Mädchen da, gehört ihr zu uns? Ich kann euch nicht erkennen. Wer auch immer ihr seid, geht von dem Geländer runter, das ist nicht sicher!«, und wir sprangen vom Geländer und rannten weg wie Rowley oder irgendwelche Babys.

Als wir in der Schule ankamen, fiel mir auf, dass ich meinen Ranzen am Geländer gelassen hatte, und ich rannte zurück, um ihn zu holen. Ich schwenkte ihn vor und zurück und überlegte, auf die andere Straßenseite zu gehen, tat es aber nicht. Wieder nicht.

Nach dem Mittagessen, als wir uns auf den Rückweg zur Junior machen wollten, sagte ich, ich hätte Schmerzen und mir sei schlecht, beugte mich über meine Arme und hielt mir den Bauch. »Ich muss rennen«, sagte ich, rannte über die Straße, die Treppe zur Schule hinauf in Richtung der Toiletten, und die anderen gingen weiter. Als ich zum Kreuzgang gelangte, in dem ich schon einmal gewesen war, fragte ich jemanden, wo das Lehrerzimmer sei, und dann klopfte ich dort heftig an die Tür. Eine Lehrerin, die ich nicht kannte, machte auf, eine Zigarette in einer Hand und eine Zeitung in der anderen, die beim Kreuzworträtsel aufgeschlagen war. »Miss Philemon geht zum Mittagessen nach Hause«, sagte sie. »Sie ist im Moment gar nicht in der Schule.«

»Aber vielleicht erwischst du sie am Seiteneingang«, rief sie. »Manchmal kommt sie durch den Sea Wood zurück.«

17

Ich stieg die breite Treppe an der Seite der Schule hinauf und lungerte herum. Am Tor standen die leeren Essenseimer aufgestapelt wie Milchkannen: vier große Eimer mit den Etiketten »Fleisch«, »Gemüse« und »süß«. Ich fragte mich, ob sie ausgespült worden waren oder ob sie mit Resten drin zurückgeschickt wurden, und dann wandte ich mich schnell ab und stellte mich draußen auf den Gehweg. Die Straße zum Sea Wood war leer.

Ich lehnte mich an den Torpfosten und sah die Tür der Direktorin aufgehen. Miss LeBouche kam heraus und zog sie ordentlich hinter sich zu. Sie schaute nach rechts und links, bevor sie die Straße überquerte. Sie hatte eine Art Lächeln im Gesicht. Eine Windbö fuhr zwischen ein paar Unterlagen, die sie im Arm hatte. Sie hielt sie gut fest und ging sehr konzentriert weiter. Weil ich diese Gabe habe, wusste ich, was sie dachte: Sie dachte an Iris Ingledews Stipendium für Cambridge, von dem wir alle in der Morgenandacht erfahren hatten – sogar unten an der Junior. Iris Ingledew würde der Schule einst zu Ruhm und Ehre verhelfen, hatte Miss Macmillan gesagt, und man sah Miss LeBouche an, dass sie hocherfreut war. Sie bog um die Ecke und ging auf den Haupteingang zu, ohne mich zu sehen.

In der Schule ging die Glocke – eine Art Summer, laut und lang, und ein paar Mädchen, die auf dem Feld einen Hockeyball herumgeschoben hatten, hörten damit auf und gingen hinein. Eine warf ihren Schläger in die Luft und kreischte, und eine andere schubste sie ins Kreuz. »Ich sterbe!«, rief sie, und der Wind wirbelte um den Schulhof und blies mir Schotter in die Augen, und ich wandte mich zum Torpfosten.

Was um alles in der Welt tat ich hier, fragte ich mich. Miss Philemon kam nicht. Sie unterrichtete nicht jeden Tag – nur die besonders Guten, die die Schule bald verlassen würden. Für mehr war sie zu alt. Und überhaupt, warum wollte ich sie eigentlich sehen? Alle Gedichte waren eingereicht. Den Schulpreis würde sowieso Iris Ingledew gewinnen – und wahrscheinlich auch den Preis, auf den sich das ganze Land bewarb. Es konnte kaum jemand schlauer sein als sie. Miss P. würde sich für meins gar nicht interessieren, selbst wenn sie noch kam. Aber sie kam nicht.

Es klingelte noch einmal, und mein Magen machte einen Hüpfer. Das zweite Klingeln – ich musste los. Ich hob den Kopf, und da kam Miss Philemon ganz entspannt und ins Gespräch mit Iris Ingledew vertieft die Straße entlang.

Als sie bei mir ankamen, lachte Iris und sagte: »Gut, auf Wiedersehen«, und rannte die Treppe hinunter und gab mir einen freundlichen Stupser, als sie an mir vorbeikam. Sie sieht aus wie das Mädchen in der Ovomaltine-Werbung, so rosig und goldblond und mit so gesunden, strahlenden Augen. Sie sollte Getreidegarben im Arm haben. Man sieht ihr überhaupt nicht an, dass sie so schlau ist.

Sie rannte durch den Kreuzgang, und Miss P. blieb stehen und sah mich an, schien mich aber gar nicht zu sehen. »Also so was«, sagte sie und strahlte und strahlte. »Also so was. Wie großartig! Also so was!« »Bitte, Miss Philemon ...« »Also, ich freu mich vielleicht. Also so was!«

Ich dachte: »Wahrscheinlich hat sie gerade von dem Stipendium gehört. Aber komisch, sie muss es doch schon gewusst haben. Wir haben es alle heute Morgen gehört, und Miss P.

hat es sicher als Allererste erfahren. Was kann es denn sonst sein?«

»Also so was!« Miss P. kicherte und ging die Treppe hinunter.

»Miss Philemon!«

Sie drehte sich um. »Oh, Jessica, ich hab dich gar nicht bemerkt. Was ist denn, Liebes?«

»Ich wollte Sie etwas fragen.«

»Mich etwas fragen?«

»Ich muss. Es ist wichtig. Sehr wichtig.«

»Natürlich. Wollen wir uns hinsetzen? Solltest du überhaupt jetzt hier sein?«

»Nein. Ich komme zu spät. Ich kriege Ärger. Aber ich muss Sie etwas fragen.«

»Dann setzen wir uns doch. Was für ein Wind! Oje, und was für ein Staub.« Sie setzte sich auf einen der Eimer, auf denen »Fleisch« stand.

»Könnten wir … könnten wir uns vielleicht woanders hinsetzen?«, fragte ich. »Ich glaube, da ist vielleicht noch was drin.«

»Ja, da hast du recht.« Sie stand auf. »Einmal haben sie ein Geschirrtuch in so einem Eimer gefunden. Aber vielleicht erzählst du das lieber nicht weiter.«

Wir gingen auf die andere Straßenseite und setzten uns in das Bushaltestellenhäuschen, aus dem das Glas herausgeschlagen war, in den schneidenden Wind.

»Also?«

»Also – es ist so dringend, weil heute der letzte Tag ist.«

»Der letzte Tag?«

»Um ein Gedicht einzusenden. Für den Wettbewerb. Aber eigentlich ist es nicht nur deswegen.«

»Sondern?«

»Na ja. Stimmt es, wenn man etwas, was man gemacht hat, richtig gut findet, dass man es dann vernichten soll?«

»Ein Gedicht?«

»Ja.«

Miss Philemon vergrub das Gesicht eine Weile in den Händen, und der Wind fegte ihr um die Füße und wirbelte den Schotter umher. »Sagt Miss Dobbs das?«

»Ja. Sie sagt, wenn man das nicht tut, schämt man sich hinterher.«

»Schämen«, sagte sie. »Schämen. Gut. Also. Dann nehmen wir den Satz doch mal auseinander. Erstens, was meinst du mit ›richtig gut finden‹? Darum geht es doch, ›richtig gut finden‹. Du hast ein Gedicht geschrieben, das du ›richtig gut‹ findest?«

»Na ja, nein. Aber ich finde es schon ganz gut.«

»Aha?«

»Also, ich kann nichts mehr daran ändern.«

»Nein?«

»Es ist – es ist fertig. Aus einem Guss. Es ist richtig so.«

»Hast du das Gefühl ›Guck mal, was ich gemacht habe‹, mit geschwellter Brust?«

»Nein«, sagte ich. »Es ist nur in Ordnung. Ich gucke immer wieder drauf, und es ist richtig so. Das habe ich noch nie erlebt.«

»Du sagst nicht die Wahrheit.«

Ich steckte die Arme in die Achselhöhlen und schüttelte mich vor Kälte. »Nein«, sagte sie. »Versuch es noch einmal.«

»Ich finde es großartig«, sagte ich. »Es ist perfekt. Es ist neu. Es ist wie ein Geschenk. Es ist fertig.«

»Bist du stolz drauf?«

»Ich bin irgendwie benommen. Ich mache mir Sorgen, weil es wie im Traum kam. Ich war gerade erst aufgestanden – ich war in einer komischen Stimmung. Das war nach dem Luftangriff. Nach Dunedin Street. Ich war in der Dunedin Street in Shields East, an dem Tag am Ende der Ferien, als Sie im Bus saßen und ich eingestiegen bin. Es hat einen Luftangriff gegeben. Ich war mittendrin.«

»Ich hatte mich schon gefragt«, sagte sie. »Du warst vielleicht schmutzig, Jessica!«

»Ich bin nach Hause gefahren, und Ewigkeiten später – wirklich ewig, am nächsten Tag erst, war mir irgendwie ganz komisch zumute, und ich habe das Gedicht geschrieben. Es war gleich fertig – und es geht gar nicht um den Luftangriff. Es geht um den Verrückten – und ich musste nichts mehr daran ändern.«

»Ich glaube«, sagte sie nach einer langen Weile, »ich glaube, es ist sehr unwahrscheinlich, dass das Gedicht etwas taugt. Es klingt, als hättest du es im Traum geschrieben. Das passiert ziemlich oft. Viele Dichter haben im Traum gedichtet. Aber wenn sie es aufgeschrieben haben – und das muss man sofort tun, wenn man die Augen aufschlägt, und selbst dann kommt man nie über die ersten paar Zeilen hinaus –, kam selten besonders viel dabei heraus. Coleridge hat natürlich einmal ein wundersames Gedicht im Schlaf geschrieben. Wir haben nur ein kleines Stück davon. Er hatte zwei- oder dreihundert Verse fertig im Kopf und wollte sie aufschreiben, aber dann hat es an der Tür geklingelt, und jemand wollte ihn geschäftlich sprechen, und als er wieder weg war, stellte Coleridge fest, dass der Rest des Gedichts ebenfalls weg war. Es war verweht. Es ist ihm nie wieder eingefallen ...«

»Dann kann es doch passieren?«

»Mit Abstrichen.«

»Abstriche?« (Ich verstand nicht, was sie meinte. Ich dachte an die Abstriche, die der Arzt von meinen Mandeln genommen hatte.)

»Das Drumherum muss stimmen.«»Kubla Khan« – das Gedicht von Coleridge – war gut, weil Coleridge es geschrieben hat; nicht, weil es aus einem Traum entstanden ist. Verstehst du? Es musste sein Traum sein, nicht der von irgendjemandem. Es war ein besonderer Traum gewesen, weil er Opium genommen hatte – das nahm er gegen seine Schmerzen, und es hat ihn zerstört, es war sein Teufel – aber nicht jeder, der Opium nahm, hätte diesen Traum träumen können. Als er einschlief, hatte er ein Buch auf dem Schoß, und vielleicht zehn von den Wörtern in dem Gedicht stehen auch in dem Buch, und jede Menge Leute hatten das Buch gelesen. Aber keiner von ihnen hätte »Kubla Khan« schreiben können. Insgesamt denke ich, dass Gedichte nicht aus Träumen kriechen. Sie werden aus dem Fels geschlagen.

Kinder schreiben Gedichte natürlich ohne Schmerz oder Träume«, sagte sie. »Manchmal kommt ein Gedicht nach dem anderen, reizende Gedichte. Bevor man, sagen wir, zehn Jahre alt ist. Du wirst dich erinnern.«

Ich sagte ja, aber so war es nicht.

Sie sagte: »Nein. Aber damit bist du nicht glücklich?«

»Nein«, sagte ich und merkte, dass das stimmte. »Nein!«

»Und du denkst immer noch, es ist perfekt? Großartig? Ein Geschenk?«

»Ja. Nein. Och, Miss Philemon, ich möchte gar nicht darüber sprechen. Ich will es nicht noch mal lesen. Ich gehe.«

»Hast du es da drin?«

»Ja.« Ich holte das Heft heraus. »Auf der Rückseite.«

»Dann lass es mich mal lesen. Überlass es einfach mir. Ich reiche es auf keinen Fall zum Wettbewerb ein, wenn ich glaube, es kann schmerzhaft werden. Miss Dobbs hat schon recht, manchmal könnte man sterben vor Scham für etwas, auf das man einmal stolz war.«

Ich bedankte mich, und sie hob eine ihrer winzigen Hände und sagte: »Warte.«

Sie machte eine lange Pause, dann sagte sie: »Nein. Ich habe es mir anders überlegt. Ich glaube, es ist mir egal, ob du dich schämst. Da sind Miss Dobbs und ich unterschiedlicher Meinung. Ich glaube, ich gehe davon aus ... ich glaube, ich *unterschätze* dich. Dichter schämen sich insgesamt nicht so schnell. Dichter kneifen nicht leicht den Schwanz ein. Sie brennen und leiden und werden in Stücke gerissen – und sie trinken und werden fett und streiten sich und sterben. Sie richten sich zugrunde und zerstören ihre Beziehungen. Sie sind verbittert und verrückt und traurig und schwermütig. Es ist kein einfacher Weg, Jessica. Aber immerhin schämen sie sich nicht.«

Dann stand sie auf, zog sich den ramponierten Hut tiefer ins Gesicht und sagte: »Wahrscheinlich taugt dieses Gedicht nichts. Irgendetwas hat es dir diktiert. Das könnte etwas Dünnes und Schwaches gewesen sein oder etwas Stolzes und Selbstverliebtes. Andererseits könnte es auch *gut* sein, und in drei Monaten sagt es dir gar nichts mehr. Bis dahin hast du dich längst davon gelöst und willst nicht mehr darüber reden. Du beschäftigst dich mit etwas ganz anderem, einer anderen Erfahrung, einem anderen Mysterium. Dichter schämen sich nicht für ihre Gedichte, aber sie vergessen sie oft. Sie lassen sie los. Sie lassen sie verwehen wie Blätter. Das hat Browning gemeint, mit seinem ›jetzt weiß nur noch Gott, was es bedeutet‹.«

Ich glaube, ich habe schon mal gesagt – bei dem Gespräch zwischen Ma und Mrs F-S, das ich durch den Boden gehört habe –, dass ich ein sehr gutes Gedächtnis habe, deswegen erinnere ich mich wirklich an all das, an jedes Wort; wobei ich nicht alles verstanden habe.

Sie nahm ihren Koffer auf und sagte: »Ich rufe Miss Macmillan an und sage ihr, dass du zu spät kommst, und ich verspreche dir, wenn das Gedicht gut ist, schicke ich es ein. Und jetzt ab mit dir. Und bitte benutz diesmal deinen Kopf und geh auf dem richtigen Weg zurück, Liebes. Nicht durch den Sea Wood.« Damit ging sie über die Straße und die Treppe hinunter zur Schule. Sie wackelte mit dem Kopf und plapperte vor sich hin, ein paar lose Haarsträhnen wehten unter diesem grässlichen Hut hervor, die kleinen Hände umkrallten ihren Koffer, und sie kam viel zu spät zu ihrer Stunde.

18

In dieser Nacht wurde die Schule bombardiert. Eine Fallschirmmine fiel zur Abendessenzeit genau in den Kreuzgang und legte alles in Schutt und Asche.

Und nicht nur die Schule. Eine weitere fiel auf das Haus der Schulleiterin und beendete die Shilling-Essen für immer. Außerdem zerstörte sie den Briefkasten am Tor, in dem die ganzen Gedichte für den Wettbewerb gewesen waren, um sich mit dem Zug um Viertel nach sieben auf die Reise zu machen, und keins von ihnen wurde je wiedergesehen. Wiedergesehen wurden Miss Birdwood und Miss LeBouche, denn sie waren kurz zuvor aus dem Haus gegangen zum Erste-Hilfe-Kurs im Rathaus. Miss LeBouche hatte die Wettbewerbsbeiträge unterwegs in den Briefkasten geworfen.

Drei weitere Bomben fielen auf Cleveland Spa, wir hörten sie bis Cleveland Sands. Mein Vater kam ins Haus gerannt, um sich zu vergewissern, dass es uns gutging – er hatte Luftschutzdienst. Er sagte: »Heute scheint Cleveland Spa es abzukriegen. Was in aller Welt haben sie denn mit Cleveland Spa vor?« Später stellte sich heraus, dass ein englisches Flugzeug, das eigentlich landen wollte, die Bomben abgeworfen hatte. Es war beschädigt und kurz davor, abzustürzen, und da wollten sie die Bomben rasch noch über dem Meer abwerfen. Sie fielen aber etwas zu spät und überallhin, und am nächsten Morgen war keine Schule.

Wir machten uns am Montag aber natürlich alle ganz normal auf den Weg, um zu gucken, was wir tun konnten. Mein

Vater ging sogar mit. Am Bahnhof stand Miss Macmillan, ernst und blass, und sagte: »Nur Seniors. Die Juniors müssen wieder nach Hause. Ihr werdet so bald wie möglich informiert, wie es weitergehen soll.« Auf dem Heimweg im Zug waren wir alle schrecklich laut und sagten die ganze Zeit, wie schön es doch sei, keine Schule zu haben. Mein Vater sagte nichts, er saß einfach im Zug und sah aus dem Fenster. Cissie Comberbach war auch da – sie fuhr mit zu Dottie, wo sie übers Wochenende gewesen war, weil es so wenige Busse von der Schule auf die Farm ihrer Tante gab, und mein Vater beugte sich zu ihr und sagte: »Wir kennen uns noch gar nicht, oder?«, und sie sagte: »Nein, und ich bleibe auch nicht, ich komme aus London, und ich fahre nach Hause.«

Danach haben wir sie nie wieder gesehen. Mein Vater sagte: »Warum hast du das lustige kleine Ding nie mitgebracht?«, und ich sagte: »Cissie *Comberbach*!«, und er sagte: »Sie sah entsetzlich verlassen aus.« Das hat mich ziemlich überrascht, denn normalerweise hat er recht, wenn er etwas über Leute sagt. Ich fragte mich, warum meine Gabe, dass ich weiß, was Leute denken, bei Cissie nicht funktioniert hatte. Dann fragte ich mich, ob es überhaupt eine Gabe war und ob ich mir das nicht nur eingebildet hatte. Dann dachte ich darüber nach, wie unbeliebt ich bin, und war plötzlich ganz schön niedergeschlagen.

So viele Seniors wie möglich wurden in die Junior School verlegt, und wir Restlichen wurden aufgeteilt auf die umliegenden Internate (Florence nennt die Mädchen dort die Internierten, hahaha) und nächstbesten Privatschulen, bis wir unsere wieder benutzen konnten. Sie fingen mit den Privatschulen an und brachten uns nach dem Alphabet unter, sodass Florence B. in eine Schule mit dem Namen The Gables kam, wo sie Handarbeiten lernten und welche Löffel man bei

Dinnerpartys benutzte. Helen Bell kam auch dorthin, alle bis Dottie H. Als sie bei V gelandet waren, wurden wir einfach irgendwohin geschickt, und ich musste zu St. Wilfreds am Ende unserer Straße, gegenüber der Kirche, und mein Vater gab Religion. Er kennt sich in der Bibel deutlich weniger gut aus als Miss Dobbs.

Aber ich liebte diese Schule. Die Klasse war so groß, dass niemand je bemerkte, was man tat. Man konnte einfach den ganzen Tag dasitzen und ein Buch lesen und seinen Spaß haben; ich mochte, wie sie dort redeten, und fing an, ebenfalls so zu reden, und Ma wurde richtig sauer und sagte, was auch immer Vater im *New Statesman* darüber schreibe, dass alle Menschen gleich seien, ihre Familie habe immer lupenreines King's English gesprochen, und Vater sagte, es komme ganz drauf an, welchen König man meint.

Jetzt beschleunige ich die Geschichte etwas und beschreibe nur die beiden wichtigsten Ereignisse aus dieser Zeit. Beide sind deprimierend, und Sie können sie auch überspringen, wenn es Ihnen zu viel wird. Wahrscheinlich würde ich sie selbst überspringen, wenn die Dobbs nicht immer sagen würde, man muss alles auslassen, was nicht absolut notwendig ist. Mir scheint nämlich, wenn man damit einmal anfängt, dann bleibt am Ende überhaupt nichts mehr übrig; und ich habe überhaupt keine Lust, am Ende gar nichts übrig zu haben. Das ist doch gruselig, wie diese Träume, die man manchmal hat, dass Leute auf der Straße einfach durch einen durchgehen, als wäre man gar nicht da.

Also, das erste passierte, als Florence und ich eines Sonntagnachmittags bei uns im vorderen Zimmer waren. Sie kam am Wochenende immer noch manchmal vorbei und brachte ihre sogenannten Hausaufgaben mit. An diesem Sonntag hatte sie gerade irgendetwas gesagt, was ich nicht besonders toll fand, und ich hatte »*away!*« gesagt.

»*Away?*«, fragte sie. »Was soll das denn heißen?« Ich erklärte es ihr. (Das sagen sie in St. Wilfreds dauernd, und es bedeutet: komm her, geh dahin, hallo, tschüss, schöner Tag heute, ekliger Tag heute, wie geht es deinem Vater? und auch sonst alles.) »Wie grauenvoll«, sagte sie.

Ich sagte: »Du bist wie die Fanshawes.«

»Wer ist das denn?«

»Die Leute, von denen ich dir erzählt habe. An Weihnachten. Ich habe dir einen Brief über sie geschrieben, hast du den nicht bekommen?«

»Kann schon sein.«

»›Kann schon sein‹ klingt jetzt aber nicht nach The Gables.«

Sie sagte: »Was liest du gerade?«

»Hat mir eins der Mädchen gegeben. Hör mal: ›Der Schmerz zerquetschte sie in seinen Eisenklauen. Sie schnappte nach Luft. »Adrian, Adrian! Rette mich! Ich hatte keine Ahnung, dass es so ist!«‹ Sie bekommt ein Kind.«

»Hoffentlich hast du Spaß.«

»Und wie! Es geht um einen Mann, Mr Hope-Merton. Mrs Hope-Merton bekommt ein Baby. Ein reizendes kleines Beeebie.«

»Wie bonfortionös für sie.«

»Du wirst *wirklich* wie die Fanshawes!«

»Wer sind die Fanshawes?«

Und so machten wir weiter.

Nach einer Weile sagte sie, dass sie *Romeo und Julia* gelesen hatte und jetzt *Hamlet* las, was mich aus irgendeinem Grund wahnsinnig machte, und ich las ihr noch mehr Stellen über die Hope-Mertons vor.

»Du meine Güte«, rief sie, »ich will das nicht hören. Du bist wie Cissie, wenn es um die Kühe ihrer Tante ging.«

»Über so was spricht man in The Gables bestimmt nicht.«

»O doch, tut man. Sie reden über gar nichts anderes – es geht immer nur um Babys und wer mit wem geht und dass sie sich heute nicht so gut fühlen.«

Ich sagte, so sei es in St. Wilfreds auch. Immer nur Babys und Jungs und Schrott. Sogar vor den Jungs.

»Redet ihr mit den Jungs?«

»Nein. Sie schreien sich die ganze Zeit nur an. Auch die Hälfte des Unterrichts. Miss Nattress geht mit dem Lineal rum. Richtig große Jungs.«

»Was? Sie *schlägt* sie?«

»Sie sagt: ›Es reicht, Jackson. Streck deine Hand aus.‹«

»Und das tut er?«

»Jackson ist ein Mädchen.«

»Sie schlägt die Mädchen?«

»Ja. Mich nicht, wegen meinem Vater. Wir werden alle mit Nachnamen angesprochen.«

»Dann heißt du Vye? Wie *grauenhaft*.«

Ich sagte *away*, sie würden gern geschlagen. Ich sagte ihr, dass es mir dort gefiel und dass ich sie mochte und dass mein Vater gesagt hat, *away* sei ein Überbleibsel aus sächsischer Zeit. »Du bist so ein Snob«, sagte sie, meinte es aber nicht so. Es war ein nettes Gespräch.

Wir lagen für eine Weile still im vorderen Zimmer herum, es gab nur gelegentlich etwas Maschinengewehr-Geratter von Rowley, der hinter dem Sofa einen Geschützstand aufgebaut hatte. Zwei von diesen riesigen Kerzenständern guckten dahinter hervor. F. war in *Hamlet* versunken, oder sie tat so. Alle naselang fragte sie, warum ich nichts anderes las als dieses Hope-Mertons-Buch, und ich sagte, ich wisse es auch nicht.

Sie warf *Hamlet* beiseite und sah aus dem Fenster. »Guck mal«, sagte sie, »die beiden komischen Jungs an der Bushaltestelle. Sie haben gar keine Hosen an. Sie holen sich ja den Tod.« Ich sah hinaus, und da standen Giles und Christian Fanshawe-Smithe, um den Hals rum dick eingemummelt in gestreifte Schals, dann kurze Mäntel und nackte, rote Beine und Socken.

Ich sagte: »Das ist Christian.«

»Wer?«

»Ich hab dir doch von ihm erzählt. Ich glaube, das ist ihre Schuluniform.«

»Du lieber Himmel! Bei so großen Jungs!«

»Ich glaube. Ihre Schule ist irgendwo in den Bergen, sie glauben da an komische Sachen. Sie sind alle wahnsinnig gesund. Wahrscheinlich ist gerade Trimesterpause.« (Es war inzwischen fast März.)

»Welcher ist Christian? Der helle?«

»Ja.«

»Hey«, sagte sie, »ist das der Junge, mit dem Cissie dich am Bahnhof gesehen hat? Sie hat gesagt, er war umwerfend. Wie Leslie Howard, hat sie gesagt.«

»Ja«, sagte ich und merkte, dass das nicht mehr stimmte. Christians Haar war kurz geschnitten und stand jetzt stramm hoch wie bei einer Zahnbürste. Er trug eine Brille, und seine langen Beine sahen ziemlich zerbeult aus. Die Knie waren lila gefroren. Sein Gesicht war schmal und traurig.

»Ich finde, der andere sieht besser aus«, sagte sie. »Er wirkt irgendwie lebendiger.«

Giles war auch traurig, stupste Christian aber dann und wann mit der ganzen Körperseite an. Einmal schubste er ihn in die Gosse. Er redete sehr engagiert auf ihn ein. Christian hatte die Hände in den Taschen, den Blick gesenkt und stand einfach da und sah auf das Gras, das um die Haltestelle herum aus dem Boden wuchs.

»Was machen die da eigentlich?«

»Du gehst wohl besser hin und siehst nach.«

»Warum? Sie können ja herkommen.«

»Sieht nicht aus, als wüssten sie selbst, was sie da tun. Himmel!«

Christian holte plötzlich die Faust aus der Tasche und schlug Giles damit wie mit einem Holzhammer. Giles taumelte und schlug zurück. »Du gehst wohl besser hin«, sagte Florence, »oder sie bringen sich um.«

»Ich will mit, ich will mit! Aufn Arm, aufn Arm!«

»Du bleibst hier, Rowley.«

»Ich will mit.« Er kletterte über die Sofalehne und klammerte sich an mir fest.

»Na gut. Du erfrierst draußen ohne Jacke, und ich hole dir keine, das ist mir egal.« Ich schleppte ihn unter dem Arm über die Straße, setzte ihn auf dem Gehweg ab und sagte: »Hallo, Christian.«

Sie hörten auf, sich zu prügeln.

»Oh, ähm. Hallo«, sagte Giles. Christian guckte nur mürrisch. »Wir wollten gerade zu dir«, sagte Giles.

»Ich heiße Rowley«, sagte Rowley. »Kann ich balancieren?«

»Wo denn?«, fragte Giles.

»Bei den Srebergärten.«

Giles hob ihn auf das Mäuerchen um die Schrebergärten gegenüber unserem Haus. »Gut aufpassen«, sagte er. »Halt meinen Finger fest.« Und Rowley rief: »Juhuuu! Guckt mal, ich bin so groß wie ein König!«

Giles sah ihn durch seine Brille an und sagte: »Du erkältest dich doch, ohne Jacke.« Er nahm seinen Schal ab und wickelte ihn um Rowley. Die beiden gingen von der Bushaltestelle weg, ihre Köpfe auf gleicher Höhe, Hand an Hand wie beim Menuett. Giles ist wirklich nett.

Ich war mit Christian allein. Er hatte eine Narbe auf der Stirn, vielleicht hatte er deshalb die Haare ab. Es war eine ziemlich große lila Narbe. Ich hielt mich an der Bushaltestelle fest und schwang daran herum, und er trat gegen den Bordstein.

Am Ende fragte ich ihn, ob er die Leute noch einmal gesehen habe.

»Welche Leute?«, fragte er.

»Die uns aufgenommen haben.«

»Aufgenommen?«

»Ja – deine Mutter hat gesagt, dein Vater wollte ihnen ein Geschenk machen.«

Er sagte: »Ein Geschenk? Ich habe keine Ahnung, wovon du sprichst.«

»Diese Leute. Der Mann in der Ecke und die Frau ohne Beine.«

»Habe ich nie gesehen.«

»Doch. Hast du. Ern – da war doch Erniemann. Er hat dir Tee gemacht.« Aber er sah mich nur an, als wäre ich verrückt geworden. »Das denkst du dir doch aus.«

»Tue ich nicht. Bist du verrückt? Erinnerst du dich nicht? Der Mann aus Peterborough. Er hat was über den Reißverschluss gesagt.«

»Kann ich mich nicht dran erinnern.« Er schien sich wirklich nicht zu erinnern.

»Erinnerst du dich an gar nichts? Direkt danach hast du das aber. Hat deine Mutter erzählt.«

Er wandte sich ab. »Bist du noch gut nach Hause gekommen?«

»Oh, ja, kein Problem. Nach einer Weile kam ein Bus.«

Er stand da und starrte die schrecklichen Stummel der Rosenkohlstauden in den Schrebergärten an, und ich sagte: »Es ist schon in Ordnung. Es war nicht deine Schuld.«

»Was meinst du?« Er kräuselte die Oberlippe wie ein Schurke.

»Du hast die Bombe nicht abgeworfen.«

»Wovon redest du?«

»Du hast das nicht verursacht. Du hast nur die Arme gehoben.«

»Ach du lieber Himmel!«

»Du hast die Arme in die Luft geworfen und gesagt, das soll alles zerstört werden.«

»Halt die Klappe.« Er trat jetzt gegen den Bushaltestellenpfosten. »Du glaubst doch wohl nicht, dass ich glaube, es wäre meine Schuld gewesen! Himmelarsch!«

»Dieses Flugzeug wurde Ewigkeiten vorher und meilenweit entfernt beladen, in Brest oder Düsseldorf oder so. Es ist vom Kurs abgekommen. Alle haben gesagt, dass es vom Kurs abgekommen ist. Es war Zufall. Alle sagen, diese Bombe war reiner Zufall. Er würde ja nicht an einem Sonntag eine einzige Bombe mit einem einzigen Flugzeug zu den Docks schicken.«

Er murmelte etwas.

»Was?«, fragte ich mit Nachdruck. »Was hast du gesagt?«

»Ich sagte, es war nur ein bisschen komisch, nur ein Flugzeug, genau da.«

»Es war fantastisch. Aber es wäre noch viel fantastischer, wenn du glauben würdest, du hättest es da hingetan – es geschaffen – den Mann und das Flugzeug und die Bombe. Du glaubst nicht, dass man Metall und Knochen und Gehirne und so was erschaffen kann, oder? Du glaubst doch nicht, dass man Gott sagen kann, was er tun soll?«

»Ich glaube überhaupt nicht an Gott. Ich rede nicht von Gott.«

»Doch, tust du. Du denkst, du bist Gott.«

»Warum hältst du nicht einfach die Klappe?«

»Meinst du, die ganzen Leute, über die du mit Vater geredet hast, würden so etwas denken? Marx und Bernard Shaw und so? Meinst du, die würden glauben, sie könnten aus heiterem Himmel ein Flugzeug heraufbeschwören, das Leute umbringt? Was glaubst du, wer du bist, Ali Baba oder so?«

Er lächelte ein bisschen.

»Du lieber Gott«, sagte ich. »Lieber Gott, und du hast mir gesagt, ich soll mal erwachsen werden. Du hast mir gesagt, ich hätte von nichts eine Ahnung! Komm, Rowley.« (Sie kamen in winzigen Schritten zurück.) »Wir müssen rein, du bist ja schon ganz blau gefroren.«

»Das war alles ganz schön komisch«, sagte er. »Man hört ja von den seltsamsten Dingen. Einige der größten Denker haben sich sehr für Spiritismus interessiert.«

»Ich schrei gleich!«, schrie ich. »Hast du noch nie versucht, deinen Kopf zu benutzen? Du kannst ja überhaupt nicht geradeaus denken, Christian Fanshawe-Smithe. Du guckst gar nicht auf die Tatsachen. Du benutzt deinen Kopf nicht.« Es war, als würde Vater sprechen. Es war großartig, und er wurde tatsächlich rot. Aber gleichzeitig wusste ich, dass ich nie wieder dasselbe Gefühl haben würde wie damals, als ich ihn zum ersten Mal sah, als er ins Feuer starrte – nie wieder.

19

Das zweite Ereignis in dieser leeren Zeit war *Jude Fawley, der Unbekannte.*

Ganz am Anfang habe ich gesagt, dass ich aus irgendeinem Grund nicht lügen kann, aber ich war wohl ziemlich nah dran, als Florence fragte, warum ich überhaupt nichts mehr lese, und ich sagte, ich wüsste es nicht. Ich hätte sagen sollen: »Tue ich doch.« Ich hätte sagen sollen: »Ich lese die ganze Zeit. Eigentlich habe ich früher nie gelesen. Hast du eine Ahnung«, hätte ich sagen sollen, »wie ich lese.« Ich habe glatt ein bisschen Angst davor, wie ich lese. Wie meine Mutter, als Rowley unterwegs war und sie dauernd Brotrinden gegessen hat. Sie konnte einfach nicht aufhören, Brot zu essen. Wenn ein Laib auf dem Tisch lag, schnitt sie nacheinander alle Seiten ab, und am Ende drehte sie es um und schnitt den Boden ab. Dann sagte sie: »Es ist wirklich schrecklich, wie ich das Brot esse«, und ihr Arm kam zögernd hervor und schnitzte an den Seiten herum, bis das Innere des Brotes weiß und nackt auf dem Tisch lag. Nach einer Weile sagte sie dann: »O Mann, ich hätte wirklich gern noch mehr Rinde.«

Am Tag nachdem die Schule ausgebombt wurde, fing ich an, auf dieselbe Weise zu lesen. Ich ging zur Leihbücherei und blieb den ganzen Tag dort, mit Ausnahme des Mittagessens. Und am nächsten und übernächsten Tag auch, und die ganze nächste Woche durch, und als sie endlich organisiert hatten, in welche Schule ich sollte, ging ich direkt von der Schule aus hin und blieb dort, bis sie um sieben Uhr zumachten. Ma gab mir ein Sandwich mit, die Bücherei ist nur die Straße runter, und Mrs Baxter sitzt an der Ausleihe und stempelt die Bücher, daher hat sie sich keine Sorgen gemacht. Ich hörte sie durch den Fußboden zu Vater sagen: »Sie verdirbt sich noch die Augen«, aber er sagte: »Es ist das Beste, was man tun kann, wenn jemand gestorben ist. Lass sie.«

Die Bücherei wurde erst kurz vor dem Krieg eröffnet, ist immer noch einigermaßen neu und nicht überlaufen. Durch die Kinderabteilung war ich schon Jahre vorher durch gewesen, und den Rest sollen wir erst ab vierzehn benutzen, aber Mrs Baxter scheint das egal zu sein, solange wir ruhig sind, also stöber ich überall herum. Die meisten Bücher sind schrecklich aussehende Liebesgeschichten, ganz zerfleddert von den alten Damen, die sie sich samstags ausleihen, aber es gibt auch ein paar gute, die versehentlich reingeraten sind, und es riecht dort so herrlich, und am Ende der Regale stehen Sessel, wo man sich hinsetzen und in den Büchern blättern kann. Nur wenn eine alte Dame vorbeikommt, dann erwarten sie, dass man aufsteht, was wirklich nervt.

Das Beste an der Bücherei ist der Lesesaal, ganz hinten, ganz klein und wirklich nett. Die Bücherei liegt im ersten Stock eines ehemaligen großen Wohnhauses, das mal einer der alten Stahlmillionäre gebaut hat, und der Lesesaal war sein Arbeitszimmer. Man spürt, dass er nicht besonders viel darin gearbeitet hat – es fühlt sich herrlich schwer und verschlafen an. Er muss nach dem Essen dort reingegangen sein und sich ein Taschentuch übers Gesicht gelegt haben. Es gibt einen prachtvollen Steinkamin mit verschnörkelten Eisengittern an beiden Seiten, und sie haben eine wunderschöne Handglocke dagelassen, die an der Seite hängt und mit der man, wenn das Feuer runtergebrannt war, nach einem der Sklaven klingeln konnte, damit er Kohlen nachlegt oder einem noch eine Pfeife oder ein

Glas Port bringt oder was auch immer. Manchmal machen sie heute noch ein Feuer an, ich nehme an, damit die Leitungen nicht einfrieren, und davor steht der Tisch zum Lesen – es gibt nur einen – und darauf eine sehr niedrige Leselampe mit einem grünen Schirm, der nur einen Lichtkreis auf den Tisch wirft, und der Rest des Raumes liegt im Dunkeln.

Ich ging jeden Nachmittag nach der Schule, von vier bis sieben Uhr, in den Lesesaal, und außer mir war nie jemand dort.

Zuerst las ich ein großartiges Buch mit Cartoons von Heath Robinson, mit lauter Dingen, die durch Schnüre miteinander verbunden sind. Sie waren wahnsinnig lustig und sorgten aus irgendeinem Grund dafür, dass ich mich gut fühlte. Als ich das Buch durchhatte, fing ich wieder von vorne an. Nach ungefähr vier Tagen fand ich, ich könnte mal nach etwas anderem gucken, und entdeckte an der Wand neben mir ein Regal mit dem Schild »Englische Klassiker«. (Das war eigentlich alles in diesem Lesesaal. Das und eine Enzyklopädie und das Buch von Heath Robinson.) In diesem Regal standen ein paar hundert Bücher – Romane –, und ich beschloss spontan, sie alle zu lesen. Ich hatte das Gefühl, da ich ja ohne jeden Zweifel eine echte Schriftstellerin war, sollte ich mir wohl mal die Arbeit anderer Schriftsteller ansehen, und dass ich vermutlich nie wieder eine so gute Gelegenheit haben würde. Ich lese sehr schnell – ich habe ja schon gesagt, dass ich sehr große, fast quadratische Augen habe, und die erfassen einen Großteil einer Seite auf einmal. Meine Mutter sagt: »Du kannst das doch so schnell gar nicht aufnehmen«, aber das tue ich. Ich wünschte, ich würde langsamer lesen, dann hätte ich länger was von einem Buch. Es hieß, die Schule würde frühestens nach den Osterferien wieder den Betrieb aufnehmen, und ich dachte, dass ich dann wohl die Chance hatte, bis dahin alles zu lesen. Jeden Abend um sieben, wenn der Summer ging, nahm ich das Buch, das ich gerade las, unter dem Mantel mit nach Hause und las weiter, bis ich einschlief, und dann nahm ich es am nächsten Morgen mit in die Schule und las auch die meiste Zeit während des Unterrichts weiter (ich saß ganz hinten), und auf diese Weise hatte ich in drei Wochen das meiste von Jane Austen gelesen, obwohl ich in ihren Büchern ein paar Dinge wirklich nicht gut finde. Aber das will ich jetzt nicht vertiefen.

Ich weiß nicht, ob es Ihnen schon mal aufgefallen ist, aber wenn Sie ein Englischer Klassiker werden möchten, empfiehlt es sich, im vorderen Teil des Alphabets zu stehen. Es gibt jede Menge A und B und D, das geht weiter bis ungefähr H. Dann kommt kaum noch was, bis man zu Leuten wie Richardson, Scott oder Thackeray kommt. Es ist ein bisschen deprimierend, man hat das Gefühl, man kommt gar nicht voran, wenn man nach einem Monat erst bei den Brontës ist und dann sieht, wie viel Dickens da auf einen zukommt. Aber die ersten zwei oder drei Wochen waren wirklich großartig.

Dann beschloss ich, ein bisschen was zu überspringen und eins der E zu lesen – ein sehr seltsam aussehender Mann namens George Eliot, mit Ringellöckchen und wässrigen Augen. Der Roman hieß *Silas Marner*, und es war großartig. Und dann sprang ich zu H und wählte *Jude Fawley, der Unbekannte* von Thomas Hardy.

Ich hoffe, dass ich nie wieder ein so durch und durch schreckliches Buch lese wie dieses. Es ist ein großartiges Buch, und ich habe nichts davon übersprungen, ich habe immer weitergelesen; aber ich dachte die ganze Zeit an Thomas Hardy, an seinen schrecklichen Kummer und seine Traurigkeit. Ich fand es entsetzlich, dass jemand, der wusste, dass er ohne jeden Zweifel ein echter Schriftsteller ist, kein Fitzelchen, nicht mal den winzigsten Schimmer von Glück in sich hatte. Ein Satz von ihm schwirrte mir immer und immer wieder durch den Kopf. Es war an der Stelle, wo der arme Jude jemanden, der sein ganzes schreckliches Leben hätte verändern können, dann doch nicht trifft. Wenn er ihn getroffen hätte, sagte Hardy, wer weiß, vielleicht wäre dann alles gut geworden. Und dann sagt er: Aber dieses Glück geschah nicht, *weil es das nie tut.*

Diese schreckliche Vorstellung ging mir nicht aus dem Kopf, auch als ich weiterlas, weil ich wissen wollte, was als Nächstes geschah, ich nahm alles auf und verstand es – aber nur an der Oberfläche. Untendrunter war dieser grässliche, grässliche Gedanke: *weil es das nie tut.*

Ich war gerade an der Stelle, wo Judes ältester Sohn seine beiden kleinen Brüder erhängt und sie an der Schlafzimmertür aufhängt wie Morgenmäntel, als sich aus dem Schatten hinter der Leselampe eine Hand auf das Buch senkte, die Mrs Baxter gehörte. »Jessica!«, sagte sie. »Ich wusste gar nicht, dass du noch hier bist. Der Summer ist schon vor zehn Minuten gegangen. Was liest du denn da? Das muss ja spannend sein.« Sie nahm *Jude* in die Hand, hielt es sich für einen Moment dicht vor die Brille und drehte dann die Lampe nach oben, um es besser sehen zu können. Nach einer Minute jaulte sie ganz entsetzlich auf und ließ es beinahe fallen. »Jess, *Liebes*!«, schrie sie. »Was um alles in der Welt! Was ist das denn für ein schreckliches Buch!« Ich sagte, ein Englischer Klassiker. »Das muss aus der Bibliothek entfernt werden«, sagte sie. »Was für ein schreckliches Buch. Was dein Vater wohl dazu sagen würde? O Jessica, so etwas Schreckliches musst du doch nicht lesen!«

Ich sagte, es sei von Thomas Hardy.

»Und wenn es von Shakespeare wäre, du wirst das *nicht* lesen. Ich werde mit der Bibliothekarin sprechen und dafür sorgen, dass es verschwindet.« Das hat sie dann wohl auch getan, denn es ist nicht mehr da.

»Komm mit«, sagte sie. »Komm, Liebes.« Sie führte mich in den Hauptraum zu einem Regal mit harmlos aussehenden, schmalen Büchern und zog eins davon heraus. »Nimm das mit nach Hause«, sagte sie. »Das ist genau richtig. Nein, keine Sorge, ich nehme es auf meine Ausleihkarte.« Sie wirkte richtig aufgebracht. »Und jetzt ab mit dir. Das kannst du schön im Bett lesen. Wir können dich nicht Thomas Hardy lesen lassen, da wirst du ja ganz trübsinnig. Das würde dein Vater mir niemals verzeihen.«

Ich ging mit ihrem Buch unter dem Arm nach Hause, durch die Vordertür hinein und gleich in die Küche, wo das Abendessen im Ofen stand und noch nicht zu trocken war.

Weil es das nie tut, murmelte ich vor mich hin. *Weil es das nie tut.*

Aus dem vorderen Zimmer war Gemurmel zu hören, und Ma rief mich, um ein paar Leuten guten Abend zu sagen, die vorbeigekommen waren, den Jamiesons. Sie hatten an der Schule unterrichtet, an der auch mein Vater Lehrer gewesen war, inzwischen lebten sie in Griechenland oder so. Tatsächlich hatten sie so gerade noch von dort fliehen können, »mit nichts als den Kleidern, die sie am Leib trugen«, hörte ich Mutter sagen.

Weil es das nie tut.

»Guten Abend, Mrs Jamieson. Guten Abend, Mr Jamieson.« Die Kleider sahen für mein Empfinden ziemlich gut aus. Ihr Kleid war auf jeden Fall besser als Mutters. »Jess!«, sagte sie ganz bekümmert und hielt meine Hand fest. »Die kleine Jess!« (Mir ist schon öfter aufgefallen, dass Leute, wenn sie offensichtlich verstört sind, weil ihr Mann oder ihre Frau gestorben ist und sie einem total leidtun, dass sie einen dann ansehen, als wäre man selbst derjenige, der einem leidtun muss.) »Das ist also die kleine *Jess*!« Fast hätte ich gesagt: »Also, mir geht es gut, machen Sie sich um mich mal keine Sorgen. Alles in Ordnung hier.«

Und dann hörte ich ihn wieder, diesen schrecklichen, schrecklichen Schrei. *Weil es das nie tut.*

Vater kam hereingewirbelt – er hatte sie noch nicht gesehen – »Jim!«, rief er, »Ellen!«, und nahm sie in den Arm. Sie unterhielten sich wie verrückt über Kreta. »… nie versucht, es zu verteidigen … Niemand mit ein bisschen Weitsicht …« Ich verstand nicht, warum sie so überrascht waren. Warum erwarteten sie irgendetwas Gutes? Am Ende geschah es ja sowieso nicht.

Mrs Baxters Buch lag zu meinen Füßen auf dem Boden – ich saß vornübergebeugt auf einem niedrigen Sessel und blätterte vorsichtig um, damit sie es nicht merkten. Das Buch hieß *Aufenthalt im Seengebiet* und war voller Sätze über »die pastellfarbene Dämmerung« und »einen Augenblick innehalten, um dem hellen, einsamen Ruf des Brachvogels zu lauschen« und so weiter. Ich las weiter und stellte fest, dass es das schrecklichste, grässlichste, schlimmste Buch war, das ich in meinem ganzen Leben gelesen hatte, schlimmer als Mrs Hope-Merton, sogar schlimmer als *Die weltlichen und geistlichen Abenteuer des jungen Herrn Gerard*. Ich sah mir das Foto des Autors vorne drin an, seitlich im Moor stehend, einen Hund neben sich, und aus dem schrecklichen, irgendwie ehrlichen Gesicht guckte eine Pfeife. Er sah in den Sonnenuntergang, und irgendetwas an seiner Silhouette erinnerte mich an jemanden.

»Nun denn, wir dürfen den Mut nicht verlieren«, sagte Mrs Jamieson strahlend, als ich das Buch umdrehte, um zu gucken, wer es geschrieben hatte.

Es war von Arnold Hanger.

20

Ich weiß nicht, wie ich die Zeit zwischen diesem Abend und dem nächsten Morgen, als die Schule anfing, überstanden habe. Ich ging danach immer noch jeden Tag in die Bücherei und las sämtliche Unterrichtsstunden in St. Wilfreds hindurch, aber ich verlor mich nicht mehr in den Büchern. Ich ging zurück zu D und fing mit Dickens an – ich hatte ihn übersprungen, weil ich damit gerechnet hatte, ihn zu mögen, wegen dieser sonderbaren Angewohnheit, dass ich Dinge, die ich genießen werde, verschiebe: aber irgendwie hatte ich dann keinen Spaß daran. Als ich mit *David Copperfield* anfing – »Ob ich mich in diesem Buch zum Helden meiner eignen Leidensgeschichte entwickeln werde« –, wusste ich: Wenn ich es vorher gelesen hätte, wäre es das Beste gewesen, was ich je gefunden hatte. Aber irgendetwas war verloren gegangen. Ich wünschte mir, ich wäre nicht zu diesem Vortrag in meiner alten Schule gegangen, niemals, oder dass ich wegen Kicherns rausgeflogen wäre, bevor Arnold H. anfing zu reden. Ich wünschte mir aus tiefstem Herzen, niemand hätte mir je den Floh ins Ohr gesetzt, ich sei Schriftstellerin.

Denn so war es nicht. Offensichtlich war es nicht so. Wenn er pastellfarbene Sonnenuntergänge und den einsamen Ruf des Brachvogels für gut hielt und außerdem mich gut fand, dann bedeutete es, dass ich wie der pastellfarbene Sonnenuntergang und der einsame Ruf des Brachvogels war. Mrs Dobbs hatte recht gehabt. Ich dachte an das schreckliche Gedicht, das ich geschrieben und Miss Philemon gezeigt hatte, und wollte am liebsten sterben. Es war wie in diesen Träumen, die man manchmal hat, dass man in der Kirche steht und mitten im Gloria feststellt, dass man nichts anhat.

Ich las weiter und weiter, einen Dickens nach dem anderen, nahm aber nichts auf, ich blätterte nur im Arbeitszimmer des Stahlmillionärs die Seiten um und wünschte mir, ich wäre nie geboren worden.

Ende April machte die Schule wieder auf – heute vor vier Wochen. Es war ein herrlicher Morgen mit heftigen Windböen, die die Osterglocken umwehten, als wir zur Morgenandacht den Norma Crescent hinauf zur großen Schule gingen. Der Himmel war lila, als würde es ein Gewitter geben, und tatsächlich fielen ein paar schwere Tropfen, aber dann kamen breite Sonnenstrahlen durch die Wolken. Das Meer war in Aufruhr, es warf sich in alle möglichen Richtungen, Wellen türmten sich auf und stürzten ineinander wie in einer Schlacht.

Alle plapperten wie verrückt und lachten. Miss Macmillan und Miss Pemberton, die uns vom Zug abgeholt hatten, sahen auch glücklich aus. Es war lustig, wieder zusammen zu sein. Helen Bell lächelte sogar. (Ihr Freund schien verschwunden zu sein. Dottie sagte: »Um Himmels willen, *erwähnt* ihn bloß nicht.«) Sie hatte die Klavierprüfung Grad IV bestanden, als sie in The Gables war, wo sie den ganzen Tag nichts anderes gemacht hatte, als zu üben, und das, obwohl sie erst dreizehn war! Florence hatte, ihren speziellen verrückten Gesichtsausdruck drauf und redete nur so irres, vernünftiges Zeug. Miss Macmillan sagte, es sei schön, ihr drolliges Gesicht wiederzusehen. Drollig – das ist genau das, was Florence ist.

Helen spielte zum Einzug bei der Morgenandacht, und wir alle marschierten hinein und begannen mit einer Schweigeminute – »in Dankbarkeit«, sagte die LeBouche –, und wir waren alle ziemlich still, auch wenn ein paar Kleinere noch herumalberten. LeBouche sprach das »Gott sei in meinem Geiste«, und dann setzten wir uns, und sie stellte uns die neue Schülersprecherin vor, Bessy Lipton – ein großes, schweres, schwarzhaariges Mädchen mit kurzen Beinen. Sie stapfte hinauf, um das silberne Abzeichen in Empfang zu nehmen, und kam zurück, fast ohne dass jemand geklatscht hätte, denn alle hatten nach Luft geschnappt und einander zugeflüstert: »Iris? Wo ist Iris?«, und an die Stelle geguckt, wo sie immer gestanden hatte, hinten neben der Heizung unter dem Bild einer Frau, die mit verbundenen Augen auf der Weltkugel saß. Aber nicht nur das Bild und die Heizung waren verschwunden. Iris war auch nicht da.

»Iris Ingledew hat die Schule verlassen«, sagte Miss LeBouche mit einer Stimme wie trockenes Laub, »um zu heiraten«, und das Geräusch, das daraufhin einsetzte, klang wie eine Sturmflut. »Sie hat einen Sergeanten im Panzerkorps geheiratet.«

»Aber«, fuhr sie fort, »ich habe noch etwas anderes und höchst Wunderbares zu verkünden, was uns alle sehr stolz machen wird. Es ist großartig, unseren Neustart damit zu beginnen. Gestern habe ich erfahren, dass ein Gedicht aus unserer Schule – unter den Hunderten Einsendungen von Schulen aus dem ganzen Land, aus einigen der besten Schulen Englands –, dass eine *unserer Einsendungen* gewonnen hat. Es wird morgen in der *Times* abgedruckt.«

»Iris Ingledew«, flüsterten immer noch alle.

»Und bla und bla und bla«, fuhr sie fort.

Florence stupste mich an. »Geh schon«, sagte sie.

»Was?«, fragte ich.

»Das bist du, du Trottel.«

»Ich? Wieso?«

»Das Gedicht.«

»Das Gedicht? *Das* Gedicht?«

»Und jetzt, Jessica – Jessica Vye bitte. Komm bitte zu mir, dass ich dir den Scheck über zwanzig Pfund überreichen kann.«

Alle fingen an zu jubeln und zu klatschen.

»Geh schon«, sagte Florence.

»Aber wofür?« Ich war vollkommen platt. Sie musste es auf dem Heimweg in einen anderen Briefkasten geworfen haben.

»Für den Scheck.«

»Was für einen Scheck?«

»Für das Gedicht. STEH AUF UND GEH DIR DEN VERDAMMTEN SCHECK HOLEN.«

»Aber das Gedicht war grauenhaft«, sagte ich. »Lieber Himmel, die spinnen doch.«

Miss Dobbs beugte sich vor, ihr Bart kitzelte mich fast im Gesicht, sie strahlte und schob mich vor. »Geh schon, Liebes. Hoch mit dir.«

Ich rannte beinahe. »Miss LeBouche«, sagte ich. »Da liegt ein Fehler vor. Das Gedicht ist furchtbar. Es taugt nichts. Sie haben sich vertan. Es muss das von jemand anderem sein.«

Sie hob die Stimme. »Ein Scheck über zwanzig Pfund«, sagte sie und lächelte breit, und das Jubeln und Klatschen wurde lauter und lauter. »Mit getrennter Post eingeschickt.« (Hurra! Hurra!)

»Ich kann ihn nicht annehmen. Es tut mir leid. Es war ein schlechtes Gedicht.«

»Nimm ihn schon.«

»Nein, danke. Ich will ihn nicht.«

»Nimm ihn.« (Ihre Brille blitzte.)

»Ich will ihn nicht. Das ist ein Fehler. Wie stehe ich denn da, wenn sich morgen herausstellt, dass ein ganz anderes Gedicht in der Zeitung steht. Das ist eine Verwechslung.«

»Unsinn. Nun nimm ihn schon.« Sie drückte mir den Scheck in die Hand, und ich ging murmelnd wieder an meinen Platz, während alle anderen weiterhin ausflippten – lauter rosige Gesichter, jubelnd und rufend, alle beeindruckt und aufgeregt und neidisch und lächelnd, und Miss Dobbs hatte hektische Flecken am Hals. Und sie hörten auch später nicht damit auf. Sämtliche Lehrerinnen kamen zu mir und sagten: »Prima gemacht, Jessica« und »Kann ich es mal lesen, Jessica« und »Morgen kaufen wir alle die *Times*, Jessica«. Es war ein sehr komisches Gefühl. Selbst beim Fourpenny-Mittagessen fragten mich noch alle: »Was hast du mit dem Geld vor, Jessica?«

Eigentlich vor allem, um dem Ganzen zu entkommen, fragte ich, ob ich in die Kunstgalerie gehen und mir das Bild kaufen dürfe. Sie strahlten und lächelten und sagten: »Aber *natürlich* darfst du das«, und als Florence und Helen und Dottie fragten, ob sie mitdürften, sagten sie: »Aber *natürlich*.«

Also gingen wir nach der Schule, genauso wie letztes Jahr, über die Ginger Street Richtung Elsie Meeney's, aber dann zur Galerie auf der gegenüberliegenden Ecke, im von der See hereinziehenden nieselnden Nebel, der den strahlenden, windigen Morgen abgelöst hatte. Auch das war wie an dem Tag, als wir zum Tea aus waren – trostlos.

Das Bild stand noch im Schaufenster, und der Laden war offen, auch wenn er nicht so aussah, und die Dame darin schien unsicher, ob sie das Bild aus dem Fenster holen sollte. »Es ist sehr groß«, sagte sie. »Es steht schon sehr lange da. Und vielleicht sollte ich gleich sagen, dass es – hüstel – drei Pfund und zehn Shilling kostet. Habt ihr Kinder überhaupt so viel Geld? Ich will nicht …«

Ich sagte: »Hey, das ist sie doch!«

»Was hast du gesagt, Liebes?«

»Wir haben Sie schon mal getroffen.«

»Also so was!« Sie hielt inne, betrachtete uns und ließ ihre bernsteinfarbenen Armreifen aneinanderschlagen. »Soso! Haben wir das?« Sie hatte keinen Schimmer.

Ich sagte: »Bitte, ich habe genug Geld für das Bild«, reichte ihr den Scheck und fragte sie, ob sie mir das Wechselgeld herausgeben könnte. Sie betrachtete den Scheck. »Das musst du bei einer Bank einzahlen«, sagte sie. »Ich kann das so nicht annehmen. *The Times*. Alle Achtung! Bist du Korrespondentin dieser Zeitung? Alle Achtung!«

»Oh, nein! Bitte, ich kenne gar keine Bank.«

»Also gut«, sagte sie. »Ich gebe dir das Bild jetzt mit, und du unterschreibst mir einen Schuldschein. Und wenn du den Scheck eingelöst hast, bringst du mir das Geld. Wie wäre das?«

»Oh, ja, gut«, sagte ich. »Das ist gut.«

»Dann wartet mal kurz, ich hole es eben aus dem Fenster. Ojeoje, was für ein Staub!«

Ich schrieb auf einen Zettel »Ich schulde Ihnen drei Pfund und zehn Shilling, Jessica Vye« und reichte ihn ihr.

»Gut, ich suche mal eben einen Lappen und staube es ein bisschen ab. Dauert nur einen Augenblick.« Damit verschwand sie und kehrte nicht mehr zurück. Nach fünf Minuten sagte Florence: »Wir verpassen den Zug.«

Die anderen wurden ebenfalls unruhig, und nach ein paar weiteren Minuten sagte Dottie: »Ich gehe schon mal.«

»Wartet doch mal«, sagte ich. »Das ist sie doch.«

»Sie?«, fragte Helen.

»Ja – du weißt schon.«

»Weiß was?«

»Das ist sie. Die irre Mrs Hopkins.«

»Und wer soll das sein?«

»Weißt du nicht mehr?«

Sie schienen sich nicht zu erinnern. Ich konnte es nicht fassen. Nach einer weiteren Minute sagten sie: »Kommt, wir gehen.« Florence blieb noch ein bisschen, nahm Dinge in die Hand und legte sie wieder hin, aber am Ende ging sie auch, und ich war ganz allein in dem Laden.

Nach einer Ewigkeit hörte ich Mrs H. wieder, und sie kam zurück in den Laden, einen Lappen in einer Hand und eine Orange in der anderen. »Hier«, sagte sie. »Ich habe überall gesucht. Ich wusste, dass ich sie irgendwo hatte.« Sie gab mir die Orange – ich hatte seit Weihnachten keine mehr gesehen. »Ich weiß noch«, sagte sie, »damals im armen, armen Spanien, wie ich einfach in meinen Garten gegangen bin und mir welche gepflückt habe! Ob du das wohl je tun wirst, mein Kind? Wo sind denn die anderen Mädchen hin?«

»Sie mussten los, sie wollten den Zug nicht verpassen.«

»Nein, natürlich. Also, nimm sie mit, nimm sie. Und hier ist das Bild. Großer Gott, ist das schwer! Auf Wiedersehen, mein Kind, auf Wiedersehen!«

Ich klemmte mir das Bild unter einen Arm – es reichte fast bis auf den Boden, und es war sehr schwer und sperrig. Es hatte einen großartigen Rahmen. In der anderen Hand hatte ich die Orange, und auf dem Rücken Ranzen und Gasmaske.

Florence, sah ich erfreut, stand immer noch am Eingang der Unterführung. »Ich hab gewartet«, sagte sie. »Das kriegst du doch alleine gar nicht geschleppt. Was für ein Rahmen – man könnte meinen, es wäre ein Rembrandt oder so.«

Ich sagte, für den Rest der Welt möge er Rembrandt sein, für mich sei er Willie, und fragte sie, wie Rembrandt eigentlich mit Vornamen geheißen habe. Sie glotzte mich nur an. Sogar ein bisschen besorgt.

»Erinnerst du dich wirklich nicht an sie?«, fragte ich.

»An wen?«

»Na, sie – die Frau da drin.«

»In der Galerie, ja, das war die komische Frau bei Elsie Meeney's.«

»Aber du *erinnerst* dich nicht?«

»Doch, natürlich erinnere ich mich. Aber ich verstehe nicht, was du daran so aufregend findest. Dein Problem ist«, sagte sie, »du bist zu emotional. Benutz doch mal deinen Kopf!«

»Was?«, fragte ich.

»Warum bist du immer so aufgeregt? Krieg doch nicht immer gleich solche Zustände. Du musst es immer übertreiben, das ist das Problem. Du siehst die Dinge verzerrt, wie Kühe.«

»Kühe?«

»Ja. Die sehen alles doppelt so groß.«

»Tja, der *Times* scheint das nichts ausgemacht zu haben.«

Das hätte ich natürlich nicht sagen sollen. Ich weiß wirklich nicht, warum ich es gesagt habe. Ich nehme an, weil Florence, auch wenn sie immer so streng tut, normalerweise ziemlich unkritisch ist. Plötzlich sah ich, glaube ich, dass sie mich manchmal wirklich nicht ausstehen kann.

»Walter de la Mare macht es nichts aus«, sagte ich.

»Ich muss dann mal los«, sagte sie und ging durch die Unterführung, ohne sich noch einmal umzudrehen, und ließ mich mit dem Bild auf dem Gehweg stehen.

21

Erst drehte ich mich wieder zu der Galerie um und dachte, ich könnte das Bild zurückbringen und die irre Mrs H. bitten, es noch ein bisschen für mich aufzubewahren, aber als ich durch die Scheibe hineinschaute, hatte ich ein komisches Gefühl. Der Laden wirkte ziemlich leer und tot, als wäre seit Jahren niemand mehr drin gewesen. Alles darin – das konnte man sehen, wenn man das Gesicht dicht vor die Scheibe hielt – wirkte düster, als wäre es unter Wasser. Es gab einen Korbstuhl mit einer großen runden Lehne und ein Regal voller Porzellankaninchen in Blau und Grün und Rosa mit riesigen Ohren – und einen Perlenvorhang, der über einem Wandschirm hing, alles im Halbdunkel. Man konnte nicht mal ahnen, dass wir soeben den Staub aufgestört hatten. Es gruselte mich ein bisschen.

Also schleppte ich das Bild über die Straße zu den Stufen, die zu Elsie Meeney's hinaufführten, und dann die Stufen hoch, erst eine, dann die nächste. Es sah dort noch haargenau so aus wie bei unserer Tea-Party – dieselben alten Spitzendeckchen und leeren Regale und Vorhänge an einer Stange. Ich dachte, ich würde drinnen Alice und die andere Frau sehen, und ganz plötzlich dachte ich daran, hineinzugehen. Das war, ehrlich gesagt, ein sehr gutes Gefühl, mir vorzustellen, wie ich hineinging.

»Es wäre mir ein großes Vergnügen«, würde ich sagen, »wirklich ein großes Vergnügen, wenn Sie dieses Bild annehmen ...«

»Oh, das können wir nicht annehmen!«

»Doch, nehmen Sie es. Es ist nur eine Kleinigkeit …«

»Aber Madam! Es ist wunderschön! Das können wir nicht annehmen.«

»Doch, nehmen Sie es schon!«

Aber ich kam nicht an den Türknauf, weil das Bild im Weg war. Ich hätte mich vorbeugen können, aber da war die Orange. Ich dachte noch über eine Lösung nach, als Alice mit einer Zigarette im Mundwinkel und hochgekrempelten Ärmeln durch den Torbogen kam. Sie wirkte fuchsteufelswild.

Sie sah mich, und ihr Gesichtsausdruck wurde schlimmer – man merkte, dass das eine Angewohnheit war –, und ich duckte mich und ließ das Bild langsam gegen meinen Kopf sinken. Ich klemmte mir die Orange unters Kinn, breitete die Arme aus, stand langsam auf und merkte, dass ich das Bild auf dem Kopf balancieren konnte, auch wenn ich mit Schulranzen und Gasmaske etwas instabil war. Das Glas war unten und nicht besonders bequem auf meinem Kopf. Ich merkte, dass ihre schäbigen alten Gesichter mich ansahen. »Das ist das Mädchen, Alice!« »Welches Mädchen?« »Die ungezogene Göre, die hier letztes Mal herumdiskutiert hat.« Natürlich konnte ich sie nicht wirklich sehen, ich hatte ja wegen der Orange das Kinn unten.

Ich ging sehr still die Ginger Street hinunter und begegnete niemandem. Wie gesagt, Cleveland Spa ist die toteste Stadt der Welt. Straße um Straße mit Häusern mit schweren Vorhängen und akkuraten Vorgärten und nie eine Menschenseele. In manchen Straßen lebt in jedem Haus eine einzelne alte Dame. Sie sind vom ersten Krieg übrig geblieben, als alle Männer gefallen sind, und seitdem müssen sie da sitzen. Heute sah ich nur die unteren Enden ihrer Gartentore und die Striche auf dem Gehweg, aber ich wusste immer sehr genau, wo ich war, denn ich ging so oft durch die Ginger Street – vier Mal am Tag, wenn man den Gang zum Mittagessen mitzählte; und auch wenn ich jetzt nach der Bombardierung länger nicht hier gewesen war, kannte ich jeden Zentimeter. Wahrscheinlich habe ich immer noch jeden Zentimeter im Kopf, wenn man mich dereinst als zittrige alte Frau mit hängendem Unterkiefer und baumelndem Kinn im Rollstuhl hier durchkarrt. Es ist doch erstaunlich, wie wenig man von etwas sehen muss, um es wiederzuerkennen. Rowley zum Beispiel konnte einen Ford schon von einem Rover unterscheiden, als er noch im Buggy saß und nicht viel mehr als die Räder sehen konnte. Augen sind doch wirklich interessant.

Ich wusste selbst nicht, wohin ich unterwegs war, aber nach einer Weile merkte ich, dass meine Füße Richtung Promenade gingen. Ich kam an dem großen Steintor zum Sea Wood vorbei und ging schnurstracks zu Miss Philemons Haustür. An der untersten Stufe vor der Tür fehlte schon immer ein Stückchen, als hätte jemand davon abgebissen. Ich machte eine Pause, betrachtete die Stufe und musste schlucken – es ist nicht so einfach, eine Orange mit dem Kinn festzuhalten, wenn man ein Gewicht auf dem Kopf hat –, und ich konnte Miss Crakes altes Gesicht geradezu vor mir sehen.

»Dora, da draußen ist etwas.«

»Was denn, Liebes?«

»Ein Bild. Es kommt in unsere Richtung. Es hat Beine.«

»Wie sonderbar. Lass mich mal gucken. Sobald das Brot fertig getoastet ist.«

»Es hat ungefähr die Höhe der vierten Klasse.«

»Verflixt! Ich habe die Butter ins Bücherregal fallen lassen.«

»Es schlägt einen seltsamen Winkel ein. Es kommt an unser Tor.«

»Das wird Jessica sein. Setz doch mal den Kessel auf.«

»Ach, nein, doch nicht. Es dreht um. Es geht wieder weg. Wie sonderbar!«

Als ich wieder am Tor zum Sea Gate war, durchfuhr mich plötzlich eine Art Erkenntnis. Ich setzte das Bild ab und streckte mich. »Du musst hingucken«, sagte ich mir und sah zu den alten Fenstern hin, wo die C. und Miss P. hätten stehen sollen, Miss P. mit dem Messer in einer Hand und der in Papier eingeschlagenen Butter in der anderen, und ihre lustigen alten Gesichter voller Neugier. Es sah gar nicht so schlimm aus, wie ich erwartet hatte – halt wie jedes andere bombardierte Haus.

Ich schob das Bild hinter das kleine Wachhäuschen, wo man eine Eintrittskarte für den Sea Wood kaufen musste, als es vor dem Krieg noch Männer gab, die Eintrittskarten verkauften, und ging die Treppe hinunter zwischen die Bäume, die auf dem gesamten Hang zwischen den eingerollten Blättern wuchsen. Der Bärlauchduft war überwältigend. Es regnete jetzt stärker, man hörte die Tropfen aus allen Richtungen, aber es kam nichts durch. Ich ging immer weiter, den schmalen Pfad entlang, trottete einfach weiter, und es wurde dunkel und abscheulich.

Ich kam an den kleinen Seitenweg und ging weiter hinunter. Seit letztem September war der Wald ziemlich verwildert. Im Winter waren einige Äste heruntergekommen, und niemand hatte sie weggeräumt. Der Wald war dichter geworden, die Bäume schienen enger beieinanderzustehen. Nach einer Weile wurden sie lichter, und unten war der Konzertpavillon im Regen zu sehen. Er hatte viel von seiner Farbe eingebüßt.

Ich ging den Weg hinunter, über den Rasen zum Pavillon, setzte mich auf die oberste Stufe und legte den Kopf an den Eisenpfeiler. Die Beete sahen zerrupft aus, und auf dem Rasen bildeten sich matschige Pfützen. Wie ein verwahrloster Garten. Es stank fürchterlich nach Männertoilette, und einer der aufgestapelten Metallstühle lag in Einzelteilen auf dem Boden. Jemand hatte Herzen mit Pfeilen darin auf den Boden gemalt, und in einer Ecke lag zerknülltes Fish-and-Chips-Papier, fast durchsichtig vor Fett. Auf Höhe meines Gesichts hatte jemand in sehr schöner Schrift ein sehr schlimmes Wort an den Pfosten geschrieben.

Der Regen trommelte auf das Dach und den Rasen und die Reste der Blumenbeete und den ollen Bärlauch und die hohen, traurigen Bäume, er plätscherte in den Bach und prasselte ins Meer und auf den fetten Sperrballon oben auf der Klippe und auf die Männer, die sich um ihn kümmerten, und die Felder dahinter und auf das Moor und dann die Berge, nass und matschig und grau in alle Ewigkeit. Er regnete auf meine nackten Beine, die aus dem Musikpavillon hervorguckten, meine Socken und meine braunen Schnürschuhe.

Ich nehme an, ich saß da ziemlich lange. Irgendwo im Hinterkopf wusste ich, dass die Welt sich weiterdrehte. Wenn ich mir Mühe gegeben hätte, hätte ich mir das alles bestimmt genau vorstellen können – wie Leute dasaßen, atmeten, einander Dinge erzählten, sich anschrien, sich über Teetassen hinweg zunickten, wie sie die Augen verengten und mit Gewehren aufeinander zielten, auf die Uhr sahen, das Gas anzündeten. Wie Mutter in der Küche herumwirbelte und zu Rowley sagte: »Himmel, Jess wird jeden Moment hier sein, und ich habe noch keinen Tea. Rühr dich nicht vom Fleck, ich sause los und hole Bücklinge.«

Aber ich versuchte es gar nicht erst, ich blieb einfach sitzen.

Einmal rannte eine Gruppe Jungs hoch über mir im Sea Wood vorbei, sie riefen einander etwas zu und machten Geräusche wie Maschinengewehre. Dann ein alter Mann im Regenmantel mit seinem Hund. Er rief nach dem Hund. Dann war es wieder still. Dann kam Miss Philemon in den Wald, mit einer Zipfelmütze und einem wasserfesten Umhang und ihrem Bücherkoffer in beiden Händen vor sich wie Rotkäppchen.

»Vielleicht hat Florence recht, und ich sehe wirklich alles verzerrt«, dachte ich. »Komisch, dass Walter de la Mare das nicht bemerkt hat, falls es wirklich stimmt. Es war ein fürchterliches Gedicht. Aber ein Gutes hatte es – die Idee war gut. Die Idee mit dem Verrückten war gut. Das wird Walter de la Mare verstanden haben.«

Aber hatte er das wirklich? Sah wirklich irgendjemand das Gleiche wie jemand anders? Rowley konnte den Unterschied zwischen den kleinsten Kleinigkeiten an Autos sehen, aber er verstand verschiedene Perspektiven nicht. »Mein Rechts ist dein Links«, musste man ihm immer wieder sagen. Mein Rechts ist für jeden anderen links. Es hörte auf zu regnen, und ich blieb weiterhin sitzen, lange, und die Dämmerung brach herein.

Ich sagte mir: »Ich bin hier, aber ich bin nichts. Ich sehe nichts. Ich weiß nichts. Immer wenn ich denke, ich weiß was, stimmt es nicht. Es sind immer Lügen. Was ich sehe, ist immer nur Einbildung. Immer nur: ›O Jessica!‹, ›Um Himmels willen, Jessica!‹, ›Arme Jess!‹, ›Jessica ist ein bisschen durch den Wind.‹ Und wenn man gerade das Gefühl hat, jemand denkt wie man selbst, dann gucken sie einen mit leerem Blick an und erinnern sich an nichts.«

»Ich bin ganz allein«, dachte ich. »Ich bin komplett und vollkommen allein.« Ich sagte es laut, und dann heulte ich ein bisschen, und dann stand ich auf und ging durch den Wald wieder hinauf. Als ich zum Tor kam, blickte ich in den Wald zurück und rief: »Da ist niemand! Niemand ist da!« Eine Frau – eine furchteinflößende Frau in so einem scheußlichen Bisamrattenmantel mit einem schmuddeligen Pekinesen hinter sich, wandte mir den Blick zu und riss erschrocken die Augen auf. Sie guckten etwas hervor, wie Eier. War mir aber egal. Mir waren alle egal. Sie war nichts. Ich war allein.

Ich schleppte das Bild irgendwie zurück zum Bahnhof und sah das untere Ende der fiesen Hose des Stationsvorstehers, als ich an die Schranke kam. »Du kommst wohl besser hier rum«, sagte er und nahm mich mit zum Tor, das in den Gepäckbereich führte. Ich sah den Bogen, den der Riegel auf dem Boden machte, und seine ausgelatschten alten Schuhe, in denen sich die Zehen nach oben bogen. Aber dann verscheuchte ich sie aus meinem Kopf. Er sollte mich nicht interessieren.

Es war ein Zug da, und ich hievte das Bild auf den Boden eines leeren Waggons, schob es zwischen den Sitzen hindurch und folgte ihm. Der Stationsvorsteher beobachtete mich mit seiner fiesen, hängenden lila Lippe – ich sah nicht hin, aber ich wusste es –, und dann kam er zu mir und legte das Kinn ins Fenster.

»Du bist spät«, sagte er.

»Ich habe die Erlaubnis.«

»Dolles Ding. Dafür brauchste ja 'n Lieferwagen.«

Ich versuchte, über seinen Kopf hinwegzusehen, denn ich wusste, dass ich vollkommen allein war. Jeder Mensch auf der Welt war vollkommen allein. Und ich hatte Magenschmerzen.

»Heute keine Pommes?«, fragte er, dann trat er zurück und winkte dem Schaffner. Er hatte so einen Blick in den Augen, und ich war erschrocken, weil ich nur in diesem kurzen Blick etwas Freundliches entdeckte – fast fröhlich –, und ehe ich mich's versah, dachte ich an Rupert Brooke, wie er gesagt hatte: »Ich muss jeden speckigen Knopf lieben ...« Aber dann hörte ich damit auf.

»Liebe bringt nichts«, sagte ich zu den Pferden auf dem Bild. »Von der Liebe kommt nichts Gutes.« Ich ließ die Orange über mein Gesicht kullern, erst in meine eine Augenhöhle, dann in die andere. »Eigentlich«, dachte ich, »war es ein bisschen versnobt, nur die *Arbeiter* herauszupicken. Er hat doch alle gemeint – er hätte die Knöpfe von allen lieben sollen. Angestelltenknöpfe, Lehrerknöpfe, Bisamrattenmantelknöpfe. Wenn man sich selbst daran erinnern muss, die schmuddeligen, alten Knöpfe von Arbeitern zu lieben, dann tut man das in Wahrheit nicht.« Ich fragte mich, was für Knöpfe Dickens und der arme Thomas Hardy wohl geliebt hatten. Oder eben nicht.

Der Zug hielt hier und dort an, und ein paar Leute stiegen ein oder aus. Manche von ihnen warfen mir Blicke zu. Einer sagte: »Dafür brauchste ja 'n Lieferwagen«, und zeigte auf das Bild. (Ich hatte es inzwischen auf den gegenüberliegenden Sitz gehievt. Ein anderer Mann, ein Soldat, setzte sich hin und betrachtete es eine Weile. Er rückte vor und zurück, um es richtig sehen zu können. Ich betrachtete es ebenfalls und ließ dabei weiterhin die Orange herumkullern, mit dem Blick immer auf den Reitern auf dem leuchtend rosa Rasen. (Es ist Gras, kein Sand, es weht im Wind.) »Was soll 'n das sein?«, fragte ein Arbeiter, und ein anderer Mann im Overall sagte: »Ist bestimmt dieser Picasso«, und sie lachten beide und sahen mich an, aber ich sagte nichts.

Ich war inzwischen wirklich seltsamer Stimmung, und als wir in Cleveland Sands anhielten, meiner Station, überraschte ich mich selbst damit, dass ich nicht ausstieg. Ich blieb einfach sitzen. Ich fühlte mich von allem Möglichen beobachtet – Gott, nehme ich an, und meinem Gewissen und allem, und ich sagte, als spräche ich mit Miss LeBouche: »Ich fahre nicht nach Hause. Ich will nicht.«

»Wo fährst du denn hin?«, fragte Gott verblüfft. Ziemlich nett.

»Ich weiß nicht«, sagte ich.

»In Ordnung«, sagte ER.

»Ich fahre in die Dunedin Street«, sagte ich. »Ich bringe diesen Leuten das Bild.«

Sofort ging es mir besser. Plötzlich merkte ich, wie sehr ich mich danach sehnte, sie zu sehen. »Das ist ja ein Ding!«, würde die Frau sagen und die Hände in die Luft werfen. »Guckt mal, wer da ist«, und dann würde sie anfangen zu lachen. »Komma her, Mädchen, komma zu mir.« Diese Frau würde mich wirklich sehen wollen, und Ern und der alte Mann. Tatsächlich fragte ich mich, wieso mir das jetzt erst einfiel.

22

Nach etwa einer Dreiviertelstunde erreichten wir Shields East, und als wir ankamen, ging es mir schon viel besser, bis auf diese Magenschmerzen. Viel entspannter und mit mir im Reinen. Ich wusste, dass sie da sein würden. »Für mich braucht man 'n Kran«, hatte sie gesagt. Ich war mir sicher, dass ich sie nicht verzerrt sah. Davon war ich vollkommen überzeugt.

Außerdem war ich überzeugt davon, dass sie mich sehen wollte. Sie hatte die Arme nach mir ausgestreckt. Sie war so reizend und dick. Sie saß einfach den ganzen Tag da und war glücklich und lachte, was auch immer passierte, selbst wenn die Straße zusammenbrach, und machte um nichts ein Theater. »Warum wolltest du denn da hin?«, hörte ich Mutter sagen, das Haar zerzaust. Ich schniefte und sah durch einen Riss im Rollo hinaus in die Dunkelheit und dachte daran, wie die Reiter in der Dunedin Street hängen würden.

Aber nach einer Weile wurde mir klar, dass sie – die dicke Frau und die beiden anderen – das Bild wahrscheinlich gar nicht haben wollten. Plötzlich wusste ich das einfach. Sie würden natürlich höflich sein, aber wenn ich es recht bedachte, würden sie wohl nicht besonders viel davon halten. Nachdem ich weg war, würden sie womöglich sogar darüber lachen. »Ich weiß was«, sagte ich, »ich gebe ihnen den Scheck. Ich kann ihnen sagen, was man damit machen muss. Man muss ihn zu einer Bank bringen und sagen, man hat ihn geschenkt bekommen, und dann bekommt man das Geld dafür.« Sie wären bestimmt hocherfreut über das Geld, und ich brauchte eigentlich gar keins. Gut, Kleidung – aber es sah nicht aus, als würde ich noch einmal nach High Thwaite eingeladen werden.

Ich wartete, bis die Arbeiter in Shields East alle ausgestiegen und durch die Schranke gegangen waren, dann fragte ich den Bahnsteigschaffner, ob ich das Bild kurz hinter seinem Häuschen abstellen durfte. Er sah mich seltsam an.

»Wo willst du denn hin?«

»Nur kurz nach Shields East.«

»Zeig mir doch mal deine Fahrkarte.«

Ich holte meine Fahrkarte aus der Gasmaske.

»Das ist ja ganz schön«, sagte er. »Aber nur zwischen Cleveland Sands und Cleveland Spa. Von Shields East steht da nichts. Da wirst du zahlen müssen.«

»Ich habe kein Geld«, sagte ich, aber dann fiel mir der Scheck ein. »Also, schon, aber nur als Scheck. Den wollte ich eigentlich jemandem bringen.«

Er betrachtete den Scheck ausgiebig.

»Was soll das denn sein?«, fragte er schließlich. »Zwanzig Pfund von der *Times*? Und du willst mir erzählen, das ist deins?«

»Ja, ist es. Für etwas, das ich geschrieben habe.«

»In der *Times*?«

»Ja.«

»Und das willst du jemandem in Shields East geben?«

»Ja.«

Er starrte mich unverwandt an.

»Freunde in der Dunedin Street«, sagte ich.

Er zeigte mit einem großen Zeigefinger auf mich und hielt ihn dort wie eine Pistole. »Oho«, sagte er, »wusst ich doch, dass ich dich schon mal gesehen habe. Du und dein Kerl, ihr wart hier an dem Sonntag. Dem Sonntag, wo die Dunedin es abgekriegt hat.«

Ich glotzte nur.

»Ab«, sagte er. »Ab mit dir. Du gehst heute nicht in die Dunedin Street, und warum? Erstens, weil du kein Geld hast, um den Bahnhof zu verlassen, zweitens, weil du längst ins Bett gehörst, und drittens, weil es keine Dunedin Street mehr gibt. Drei Viertel sind kaputt, und der Rest ist leer. Evakuiert. Keine Menschenseele übrig. Ab nach Haus mit dir nach Cleveland Spa.«

Also schleppte ich das Bild durch die Unterführung, setzte mich auf dem anderen Bahnsteig hin und wartete auf den nächsten Zug nach Hause, und er warf ab und zu einen furchterregenden Blick zu mir herüber. Es schien eine maue Zeit am Abend zu sein, er hatte kaum Fahrkarten abzustempeln.

Am Ende kam ich zu Hause in Cleveland Sands an und zerrte das Bild aus dem Zug – und dann fiel mir ein, dass ich die Orange vergessen hatte. Also legte ich das Bild flach auf den Bahnsteig und stieg wieder ein und fand die Orange unter den Sitzen zwischen den Leitungen; ich stieg gerade noch rechtzeitig wieder aus, bevor der Zug sich in Bewegung setzte. Hätte ich es nicht geschafft, dann wäre ich wieder zur Schule zurückgefahren, nach Cleveland Spa. Mir war ein bisschen schwummrig, und ich überlegte, wie lange ich wohl auf der Strecke hin und her reisen konnte, bis es jemandem auffiel. Womöglich könnte man in Zügen leben, dachte ich, das wäre ein schönes, komfortables Leben, bis auf das Essen. Meine Bauchschmerzen waren jetzt ziemlich heftig.

Ich hob das Bild auf, zog es zu der Holztreppe, die über die Gleise führte, und lehnte es dagegen. Dann setzte ich mich auf die unterste Stufe und hielt mir den Bauch. Überrascht sah ich, wie schmutzig meine Hände waren. Die Orange war auch schmutzig, und meine Socken, die so nass geworden waren, ebenfalls. Und als ich die Orange betrachtete, ging mir auch auf, warum ich solche Bauchschmerzen hatte: Ich hatte Hunger. Es kam mir vor, als wäre es Tage her, dass ich beim Fourpenny-Essen Eintopf und Grieß gehabt hatte. Und weil alle mich angestrahlt und angesprochen hatten, hatte ich kaum etwas gegessen. Tea musste lange vorbei sein. Es war schon stockdunkel. Die Lichter am Bahnhof waren an – blaue Lichter. Sämtliche Birnen waren dunkelblau angemalt worden, mit einem kleinen Loch unten, es sah aus wie in der Hölle.

»Dann gehe ich wohl besser nach Hause«, dachte ich, lehnte mich ans Geländer und betrachtete eine Maschine, die am Fuße der Stufen stand. Letztes Jahr, als wir noch klein waren, hatten wir immer damit gespielt, wenn wir morgens auf den Zug warteten. Es war eine *Novelty Machine* – jedenfalls stand das auf einem kleinen Messingschild an der Seite: »Novelty Machines, Inc. Stratford upon Avon, Warwickshire«. Man musste Sixpence reintun – es war teuer – und auf einer Art Uhr den Zeiger auf Buchstaben richten und konnte so nach und nach den eigenen Namen und die Adresse stanzen, bis zu dreißig Buchstaben. Dann zog man an einem wirklich riesigen Hebel, und heraus kam eine Metallplatte, die man zum Beispiel an der Haustür anbringen konnte – mit Namen und Adresse. Ihre Majestät, Jessica Vye oder so.

Die Maschine sah wirklich seltsam aus und hatte vier krumme Beine. Chippendale-Beine. Fußballerbeine. Zum ersten Mal sah ich, dass sie auch Füße hatten. Vogelfüße. Vier kleine Klauen, die jeweils einen Ball hielten. Vier Stück. Es kam mir so albern und lustig vor, dass jemand diese Maschine mit diesen Füßen herstellte, jemand in Stratford upon Avon, jeden Tag diese Vogelfüße, Hunderte davon. Jeden Tag ging er morgens los, nahm seine Mütze von der Garderobe, »Tschüss,

Else, ich bin weg«, und dann machte er diese Füße. »Wobei ich nicht glaube, dass er sie jetzt noch macht«, dachte ich, »er ist sicher im Krieg.«

»Und was tust du so in der Chivvy Street, Bill?« »Ich mache Füße.« Plötzlich machte mich dieser Gedanke wahnsinnig glücklich. Ich guckte und guckte mir diese Füße an. Und dann guckte ich mit einem Mal von oben herab – von hoch oben unter dem Bahnhofsdach sah ich aus wie ein armseliges kleines Häufchen mit dem Bild neben mir und dieser großartigen, wunderschönen Maschine, die sich in die Brust warf wie ein Held.

Ich sah bemitleidenswert aus, wie ich daneben kauerte, und dann kam jemand zu mir gerannt – tatsächlich eine ganze Menge Leute, in wildem Tanz, mit fliegenden Armen und Beinen. Große und kleine, alle rannten. Ich dachte: »Was sind denn das für Irre, die sind ja wohl komplett hinüber.«

Rowley schlang die Arme um mich und schlug mir mit dem Kopf gegen die Schulter (sein Kopf ist großartig – hart wie ein Kalbskopf), und Mutter weinte, und Vater rieb eine Faust in der anderen Handfläche wie einen Mörser, und hinter ihnen waren noch andere – der Kirchendiener, der die Fahrkarten verkauft, und (Jesses!) Miss LeBouche und ein Polizist und Florence und Mrs Baxter und alle Welt.

Mutter sah eigentlich hinreißend aus. »O Jessica, Jessica! Es ist schon elf Uhr!«

Ehrlich, was für einen Aufstand sie machten.

Komischerweise fühlte ich mich am nächsten Morgen vollkommen normal und entspannt. Ich hatte eine Mandelentzündung. Das war das Erste, was meine Mutter am Bahnhof nach dem ganzen Theater gesagt hatte (und da dachte ich schon, in dem Punkt kann man ihr vertrauen). »Das gibt natürlich wieder Mandelentzündung«, sagte sie. Sie weinte und heulte immer noch, aber das musste sie trotzdem anmerken.

Jedenfalls hatte sie recht, ich bekam Mandelentzündung und Fieber: Das war aber egal, ich war so glücklich. Mein Vater ging rüber ins Pfarrhaus und holte die *Times*, und da stand es: recht unauffällig in einer Ecke, aber doch. Untendrunter stand JESSICA VYE.

Tatsächlich ist das Gedicht gar nicht so schlecht, wie ich dachte. Ich schaffte es, es mir sehr schnell durchzulesen, und mir wurde nicht übel, wie ich befürchtet hatte. Gedruckt zu werden war doch ein großer Fortschritt. Ich las es sogar im Laufe des Vormittags mehrfach.

Am nächsten Tag kam gigantisch viel Post. Briefe von Giles und Magdalene und einer von Mrs F-S, in dem stand: »Wir waren mit den Masefields in Andover bekannt«, was immer das heißen sollte, und von allen möglichen komischen Leuten, von denen wir nichts mehr gehört hatten, seit Vater in den Kirchendienst eingetreten war. Dann gab es eine irgendwie dünne Briefkarte, die mit »Dein Christian« endete – sehr kindliche Handschrift –, und ein langer Sermon von der Direktorin meiner alten Schule, und eine Postkarte mit einem Panzer drauf, wunderschön geschrieben, von Iris.

Und dann kam mitten am Vormittag ein Telegramm – mein erstes –, und Mutter fing an zu zittern, obwohl sie nicht mal einen Cousin im Krieg hatte. Also wirklich! Darin stand: »Großartig STOP Glückwunsch STOP Ich hatte recht STOP Hanger.« Und Vater sagte: »Wer um alles in der Welt ist das denn? Was für ein unglücklicher Name. Heißt er mit Vornamen Flugzeug?«, und sie lachten.

Aber wie schon zuvor beim Anblick der Novelty Machine war ich plötzlich von Liebe erfüllt, weil ich wusste, dass gute Dinge geschahen.